CB042947

CRISTINA MELO

RESGATANDO O AMOR

1ª Edição

2019

Direção Editorial:	**Revisão:**
Roberta Teixeira	Kyanja Lee
Gerente Editorial:	Martinha Fagundes
Anastacia Cabo	**Diagramação:**
Arte de Capa:	Carol Dias
Gisely Fernandes	

CIP-BRASIL. CATALOGAÇÃO NA PUBLICAÇÃO
SINDICATO NACIONAL DOS EDITORES DE LIVROS, RJ
Vanessa Mafra Xavier Salgado - Bibliotecária - CRB-7/6644

M485r

Melo, Cristina
        Resgatando o amor / Cristina Melo. - 1. ed. - Rio de Janeiro : The Gift Box, 2019.
        248 p. (Missão bope ; 3)

        ISBN 978-85-52923-83-1
        1. Romance brasileiro. I. Título.

19-56967   CDD: 869.3
                            CDU: 82-31(81)

Em meio ao cenário de violência instaurado atualmente no Rio de Janeiro, dedico esta obra e a série Missão Bope aos heróis anônimos que, vocacionados pela sua coragem, saem de casa todos os dias arriscando a integridade física e, por muitas vezes, a própria vida, pelo ideal de garantir os direitos coletivos e individuais de uma sociedade que — em grande maioria — não os reconhece.

A vocês, o meu respeitoso muito obrigada!

E aos familiares dos bravos guerreiros que enfrentaram a morte, mas que foram tombados por essa violência que assola não somente o Estado do Rio de Janeiro, como todo país. Famílias dilaceradas, que convivem diariamente com essa dor imensurável; as minhas mais sinceras condolências e que Deus possa confortar e fortalecer seus corações.

PRÓLOGO

FERNANDO

— Eu não vou deixar você ver, já disse que dá azar!

— Vida, só uma espiadinha, dois segundos, eu juro — falo, beijando-a mais uma vez. Eu não consigo convencê-la de jeito nenhum.

— Eu já disse que não, Fernando! Não existe a menor possibilidade de eu deixar você me ver vestida de noiva antes do casamento — responde, me encarando e batendo o pé. Ela acredita mesmo nessas bobagens de que se o noivo vir a noiva antes do casamento, dá azar.

Estamos juntos há seis anos, eu amo demais essa mulher, sei que uma bobagem dessas não existe. Nada vai me impedir de casar com a mulher da minha vida!

— E se eu pedir com jeitinho? Por favor... Diz que sim, eu não aguento mais de curiosidade. — Beijo seu pescoço, sei que é o seu ponto fraco. Sinto quando ela começa a se entregar à carícia, mas, uns segundos depois, corre para longe de mim.

— Não! Agora só falta uma semana para o casamento, e acho melhor eu ir sozinha fazer a última prova. E você, não está de serviço hoje?

É, já sei que essa eu perdi, ela não vai deixar mesmo, vou ter que esperar, e sei que será a semana mais longa da minha vida. Não vejo a hora de estar casado com ela.

— Nem pensar você vai sozinha. Vou te levar, fico no carro se quiser. Meu turno só começa à noite. Agora, isso é injusto: você viu minha roupa, e eu não posso ver seu vestido.

— Acabou o assunto, Fernando. — Ela balança a cabeça em negativa. — Eu vi sua roupa porque, se deixasse por sua conta, era capaz de aparecer de blusa listrada e calça quadriculada no casamento.

Começo a rir do seu jeito mandão e de como ela me conhece muito bem.

Não vou desmenti-la; eu não entendo nada de moda mesmo e nem quero entender. Tenho 27 anos e namoramos sério desde os 21. Letícia tem 25, e sou apaixonado por ela desde que a vi pela primeira vez. Na verdade, ela me viu.

Estava na praia, e ela simplesmente bateu em meu ombro, me intimando a olhar suas coisas enquanto ia dar um mergulho. Bom, desde então não nos separamos mais.

— Sim, senhora, não vamos discutir na semana do casamento, que dá azar.

— Você é uma figura, Nando! — Agora é ela quem sorri, e saímos em seguida.

— Amor? — Ela me olha. — Não posso ver nem um pedacinho, nem a parte de trás? — pergunto, sacaneando-a. Gosto de vê-la irritada.

— Eu já disse que não! Sério, você vai ficar no carro. Agora dirija e preste atenção na rua. — Ela fica linda, irritada. Na verdade, é linda de qualquer jeito.

— Vida?

— O quê, Nando? — Ela está folheando uma revista de casamento, é só isso que faz há alguns meses.

— Eu te amo e sou o homem mais feliz do mundo por ter você ao meu lado.

Ela me olha, e é o mesmo olhar pelo qual me apaixonei, e quero mergulhar nesses olhos por todos os anos da minha vida.

— Eu também... NANDO! — Seu grito me faz olhar no mesmo instante para frente.

Um carro está atravessado na rua, e em seguida, descem dele três assaltantes armados, apontando para o nosso. É um assalto! Olho para minha pistola embaixo da coxa. Eu não posso parar, eles vão nos matar com certeza, assim que souberem que sou policial. Imediatamente, pego a pistola e a coloco em cima da perna, diminuindo um pouco a velocidade, fazendo menção de parar.

— Letícia, abaixa! — Daí por diante, tudo acontece como um flash. — Não! — grito ao ver o vidro do para-brisa estilhaçado.

Olho para a Letícia e vejo que sua blusa está ensanguentada, então a puxo para que deite a cabeça em meu colo e não seja mais atingida. Não tem outro jeito. Acelero o carro o máximo que consigo, abro o vidro do carona e disparo contra eles, que se abaixam para se defender.

Desgraçados! Estou a toda velocidade, e a Letícia continua deitada em meu colo. Eu preciso ter certeza de que estamos em segurança antes de parar o carro. Olho no retrovisor e não vejo o carro atrás de mim. Entro na próxima rua, com as mãos trêmulas, meu desespero é incomparável!

— Amor, fala comigo!

Sua respiração está fraca e seu corpo, imóvel. O carpete do carro e o câmbio estão lavados em sangue. Tento me lembrar em que direção fica o hospital mais próximo, mas não consigo pensar.

— VIDA! — Eu tiro o seu cabelo do rosto, mas ela permanece com os olhos fechados sem me responder. Passo a mão em seu rosto enquanto dirijo, e ela permanece imóvel.

Por favor, meu Deus, não a tire de mim, por favor, por favor.

Eu tenho que chegar a um hospital. Olho para a rua fixamente e começo a me localizar. Estou próximo de um, então sigo para lá como um louco ao volante.

Dez minutos depois, entro com Letícia nos braços pela emergência, aliviado porque ela ainda respira.

— Ela foi baleada, eu preciso de um médico agora! — grito desesperado, e logo vêm dois enfermeiros com uma maca, e eu a coloco ali. — Fica comigo, Letícia. Você vai ficar bem, eu estou aqui, meu amor — digo, agarrado ao seu rosto; as lágrimas começam a rolar por minha face.

— Senhor, precisamos levá-la, o caso é grave. — Um enfermeiro tenta me tirar de perto dela.

— Eu não vou deixá-la! — Meu medo é maior que tudo nesse momento.

— Senhor, assim que possível daremos notícias. Agora temos que levá-la. — Eu o encaro sem saber o que fazer, transtornado. Ele me olha, e vejo pena em seu olhar. Eu choro feito uma criança. Ela é minha noiva, a mulher da minha vida, não posso perdê-la.

— Eu não vou sair daqui, Vida. Estou te esperando, aguenta firme, por mim, por nós. Por favor, eu te amo. — Beijo-a e deixo que a levem.

E permaneço na sala de espera, totalmente sem chão. Como isso foi acontecer? Não com ela, ela não. *Ela vai ficar bem, ela vai ficar bem, ela vai ficar bem.* Repito isso como um mantra. Ando de um lado para o outro sem saber o que fazer, meu cabelo revolto de tanto passar as mãos pela cabeça, e minhas lágrimas não dão trégua; estou totalmente arrasado, impotente.

Uma hora se passa sem notícias. Minha angústia só aumenta. Eu já liguei para os pais dela, que estão a caminho do Rio de Janeiro, uma vez que moram agora em outro Estado. Daniel já está aqui. Mas eu não quero falar com ninguém, estou apenas concentrado na porta, à espera de qualquer sinal de notícias.

Estou desesperado. Isso não está acontecendo, é um pesadelo, e eu só quero acordar e ter o amor da minha vida ao meu lado na cama, bem, e me dando beijos de bom-dia, como ela fazia sempre que dormíamos juntos.

— Não fica assim, cara. A Letícia é forte, ela vai conseguir, e se eles não deram notícias até agora, é um bom sinal — Daniel fala comigo, com um dos braços em meus ombros.

— Não deu tempo, Daniel. Eu não pude fazer nada; aqueles desgraçados nem esperaram o carro parar, já saíram atirando... eu não pude... — In-

CRISTINA MELO

terrompo a fala, emocionado. — Ela não, minha vida não terá mais sentido sem ela, pois ela é tudo que eu tenho.

— Vai dar tudo certo. Deus é grande, ela é saudável, vai sair dessa.

Confirmo com a cabeça, pois não consigo dizer mais nada, as lágrimas voltam com força total. Eu só quero acreditar que o que ele diz é verdade, que ela ficará bem. Fecho os olhos e me lembro do dia em que nos conhecemos.

— *Vê se não tira os olhos da minha bolsa e dos meus chinelos. Eu já volto, preciso dar um mergulho.*

Olho para cima, pois não conheço essa voz, e agora vejo que também não a conheço. Não consigo dizer nada, ela simplesmente me dá um tapa no ombro, joga a bolsa ao meu lado, retira os chinelos e caminha em direção à água, e eu não sei se estou mais embasbacado por sua atitude ou por sua beleza. Ainda fico uns dez minutos na mesma posição e olhando as coisas dela, como me pediu – na verdade, mandou. Até que a vejo retornar, e a visão é espetacular.

— Poxa, valeu pela gentileza, vir à praia sozinha tem suas desvantagens, mas obrigada. — Ela recolhe suas coisas e sai, passando por mim.

— Ei! — chamo-a, olhando para trás, e ela para e se vira para mim. Me levanto e vou em sua direção. Não tenho a mínima ideia do que dizer, mas eu não a deixarei partir. Como assim, me usa de armário e vai embora? Nem sequer se apresentou. — Você sempre faz isso?

Ela me olha com uma expressão estranha, como se estivesse pensando que sou maluco.

— Vir à praia? Sim, não tem nada melhor — responde naturalmente.

— Estou me referindo ao fato de ter deixado suas coisas comigo, alguém que você nem conhece. E se eu fosse um ladrão?

Ela balança a cabeça de um lado para o outro.

— Bom, é um risco, mas você não levaria muita coisa. E lembre-se sempre do que vou te dizer agora: viver é um risco; e quem não se arrisca, deixa de viver as coisas boas que a vida oferece. — Ela coloca seu dedo indicador em meu nariz, pisca para mim e abre um sorriso que me paralisa por inteiro. — Agora eu preciso ir. Valeu mesmo por não ser um ladrão.

Ela se vira, e eu, sem pensar, puxo seu braço, fazendo-a me encarar. Aqueles olhos são, sem dúvida, os mais belos que já vi em toda minha vida, e o brilho do sol só os deixa mais bonitos.

— É que eu queria dar um mergulho também, e na hora que você chegou, estava justamente pensando em como faria isso, já que vim sozinho e, como você sabe, está cheio de ladrões por aí. Então, será que você pode segurar por um tempo, um tempo rápido, minha carteira, chave do carro e chinelo? — Ela me olha, pensativa. — Poxa, o mar está com uma cara ótima, e você não vai me deixar ir embora sem nem ao menos entrar na água? — Fico na

expectativa da sua resposta, tentando manter o olhar só no seu rosto, que me parece perfeito.

— Ok, nada mais justo. — Ela sorri e anda ao meu lado até chegarmos ao ponto em que eu estava antes. Entrego minhas coisas a ela, que forra a areia com sua canga e se senta, enquanto eu sigo para a água, tentando pensar em uma forma de estender mais o nosso tempo juntos. Sei que parece loucura, mas ela é diferente e eu quero saber o quanto.

— Quem está com a Letícia Braga?

Saio imediatamente das minhas lembranças e corro em direção ao médico.

— Eu sou o noivo dela, Doutor. Como ela está? Eu posso vê-la? — Estou parado na sua frente, meu corpo treme por inteiro. Só quero abraçá-la e ter certeza de que tudo ficará bem.

— Eu sinto muito, nós fizemos de tudo, mas não conseguimos estabilizar a hemorragia... Ela se foi...

— Não! Letícia...! Não pode ser, não é verdade! — Caio de joelhos no chão. Isso não é real, ela não morreu, nós vamos nos casar. Não consigo descrever o que estou sentindo agora. — Letícia! Vida! — Meu grito, assim como meu choro, são incontroláveis. Sinto tanta dor, meu peito parece que vai explodir. Minha vida acabou nesse minuto. Não vou conseguir viver sem ela, não é justo. Isso não é justo! Por que ela? Por quê?

— Vem, Fernando, vamos sentar ali, você vai ter que ser forte. — Daniel me levanta.

— Não, a gente ia casar semana que vem, cara. Ela não pode ter morrido, isso não é verdade! A culpa é minha, Daniel. Eu tinha que ter visto... eu sou policial, porra! Eu tinha... que ter impedido. — Estou soluçando tanto que mal consigo falar.

Minha culpa, a culpa é minha. Por que ela? Eu preferia estar morto agora, a sentir essa dor.

— Foi uma fatalidade, Fernando. E se você tivesse parado o carro, estaria morto também, tenta ser forte. — Ele não tem ideia da merda que está falando. Eu preferia mil vezes estar morto.

— Não foi fatalidade, Daniel! Aqueles desgraçados fizeram isso, e eu, como policial, não consegui impedir. Eles tiraram a minha vida, eles também me mataram hoje! Eu não vou conseguir viver sem a Letícia, ela era a mulher da minha vida, o meu amor! Era para ela que eu queria voltar todos os dias, e agora acabou tudo. Acabou casamento, acabou futuro, acabaram sonhos, tudo. Aqueles infelizes tiraram tudo de mim...

CRISTINA MELO

CAPÍTULO 1

FERNANDO

Oito anos depois

— Não!

Acordo de mais um dos meus pesadelos.

Desde a morte da Letícia, toda vez que eu durmo, o pesadelo se repete. Sempre a mesma cena: eu a vejo morrer de novo e não posso fazer nada. Eu já tentei de tudo e nada funcionou. É só fechar os olhos e tudo volta como se estivesse acontecendo nesse momento. Minha vida perdeu todo o sentido. Hoje eu vivo para o trabalho, e é somente assim que me sinto vivo, pois cada infeliz que eu prendo é como se estivesse vingando a morte da Letícia.

Um mês depois de sua morte, entrei para o curso do Bope. Não queria mais ficar enfiado dentro de um escritório. Eu era tenente da polícia militar e nunca tinha entrado em uma comunidade ou trocado um tiro sequer. Não podia deixar a morte de Letícia ser mais uma; tinha que fazer algo para impedir que se repetisse o ocorrido comigo, destruindo outros sonhos e planos, e o único jeito seria entrando na raiz do problema e parando esses desgraçados a tempo.

Agora eu sou capitão do Bope com muito orgulho e luto todos os dias nessa guerra urbana, mas acredito no que faço. Hoje só tenho uma missão: lutar para que menos pessoas passem pelo que passei, mas vou confessar que é uma missão quase impossível. Sei que sem meu trabalho e o dos meus colegas seria muito pior, então tenho que dar o melhor de mim todos os dias. Esse é o meu objetivo.

Depois de tomar uma ducha e comer alguma coisa, pego minha pistola e a bolsa com o uniforme e saio de casa para mais um dia de luta, ciente de que a guerra está longe de terminar.

Olho para o painel do carro: ainda são 19 horas, estou bem adiantado. Como evito ficar com tempo livre, costumo chegar muito cedo ao batalhão, já que não consigo dormir muito e não gosto de ficar em casa sem ter o que fazer.

Na autoestrada Lagoa-Barra, de repente um carro à minha frente freia do nada. Piso no freio com tudo, tentando evitar a colisão, mas o impacto é inevitável. Acerto a sua traseira em cheio, não consegui nem desviar. Saco minha pistola na hora. Se não é armadilha de bandido, é coisa de idiota, mas nunca se sabe, melhor estar preparado.

Fico dentro do carro, esperando. Se for bote, irá se dar mal, estou com a pistola em punho. De repente, sai uma mulher do carro que nem olha a batida, ela simplesmente atravessa a estrada correndo.

O que ela está fazendo? Além de barbeira, é maluca? Atravessar uma estrada dessas! Quer ser atropelada, no mínimo. Deve estar com a documentação do carro toda cagada, por isso está fugindo; se bobear, nem habilitação tem.

Não vou deixá-la fugir, vai assumir seu erro. E se tivesse machucado alguém?

Saio do carro e escuto um som absurdamente alto. Por isso que fez merda! Como a pessoa dirige assim? Toca uma música do Coldplay, *Viva La Vida*. Animada demais para o meu estado de espírito.

Aproximo-me do veículo, ainda com a pistola em punho, e confirmo que está vazio. Olho para a frente do meu e vejo que não foi um grande estrago, pelo menos. Olho na direção em que a louca correu, e depois de passar um ônibus, a vejo agachada na beirada da estrada. É louca mesmo!

Atravesso na primeira oportunidade, ela deve achar que vai se esconder assim.

— Você é louca?! Parar o carro do nada, no meio de uma autoestrada? Você vai arcar com a merda que fez!

Ela continua na mesma posição, agachada, de costas para mim, sem me olhar.

Vou para sua frente e vejo que está com um cachorro banhado em sangue, estirado em uma vala um pouco abaixo da pista. Ela tem uma das mãos na costela do cachorro, e sua mão também está coberta de sangue.

— Você fez tudo isso por causa de um cachorro que já está morrendo?! Tem noção de que poderia ter morrido ou matado alguém por isso?

Ela me encara pela primeira vez, e seu olhar não é amistoso.

— Será que você pode parar de cacarejar e me ajudar a levantá-lo? — Fico sem palavras com sua petulância. — Ele está com várias fraturas e, pelo visto, com hemorragia. Preciso removê-lo sem que se mexa muito.

— Eu estou indo para o trabalho e não vou me envolver nisso, só quero saber como vai ficar o conserto do carro, já que você provocou isso.

Ela me olha e balança a cabeça de um lado para o outro.

— Sinto muito te informar, mas você já está envolvido. Agora pega aquela tábua ali para colocá-lo em cima, e assim evitamos que ele se debata

CRISTINA MELO

muito. — *O quê? Ela é surda?*

— Eu acabei de te dizer que estou indo para o trabalho, não tenho tempo para isso. Agora é só você me passar o seu contato para o conserto e tudo certo, nem vou fazer ocorrência, vou te dar o desconto pela boa intenção. Mas o cachorro já está quase morto, deixa o bicho aí.

Ela me fulmina com os olhos.

— E eu vou te dizer que estou vindo de um plantão de 24 horas, estou com fome, com vontade de ir ao banheiro e louca para chegar em casa, aonde estava indo, aliás, para fazer tudo isso e poder dormir. Mas agora vou voltar para o trabalho, porque não sou um ser humano como você, e farei tudo que puder para salvá-lo, porque ele, com certeza, é muito melhor do que você. Agora pega a porcaria da tábua, droga! — ela grita na última frase.

Eu não tenho outra alternativa a não ser pegar a maldita tábua e ajudá--la, para ver se me livro logo dessa doida, porque sinto que se não fizer, ela não sairá daqui, e já está escurecendo. Sinto uma preocupação descabida.

— Eu não posso tirar minha mão daqui, então você segura as patas traseiras e no três o colocamos juntos na tábua.

Assinto, olhando para o seu rosto, depois pego-o pelas patas, sujando minhas mãos, pois ele sangra muito. Ao olhar para as minhas mãos ver-melhas, a cena do carro volta à minha cabeça. Começo a ver a Letícia ali, deitada em meu colo, inconsciente, com todo aquele sangue...

— Um, dois, três... Agora! — Saio das minhas lembranças com o gri-to da mulher ao meu lado. — Pelo amor de Deus! Se você desmaiar, não tenho como socorrer os dois, e vou escolher ele, então respira e não olha para o sangue.

Analiso o rosto dela, cuja aparência é de cansaço, realmente, mas isso não tira sua beleza. É, ela é bonita, mesmo com os cabelos amarrados com uma caneta, uma blusa de malha verde e calça jeans bem surrada.

— De novo: um, dois, três... Agora! — Dessa vez eu consigo, e colo-camos na tábua o cachorro, que emite um grunhido quase imperceptível. Ele parece muito fraco.

— E agora? — pergunto, sem saber o que fazer.

— Agora temos que atravessar a rua juntos — ela responde, superse-gura do que está fazendo. Pergunto-me como parei nessa situação.

Conseguimos chegar aos carros, e ela logo abre a porta traseira do seu e tira uma bolsa que estava no banco. Pega duas blusas de malha, abre também a porta da frente e desliga o som absurdamente alto. Como ela consegue? É difícil até raciocinar com uma música alta assim.

Em seguida, pega seu celular e volta para perto de mim, segurando o aparelho entre o ombro e o ouvido, envolvendo em seguida uma das blusas no ferimento do cachorro, que agora eu seguro sozinho e não tenho a mínima ideia do que fazer.

— Zé? Sou eu, Cecília. A Dra. Juliane e o Dr. Heitor ainda estão aí? — ela pergunta, enquanto rasga a outra camisa e faz uma espécie de atadura para segurar a primeira camisa que já está em cima do ferimento. Essa mulher é o quê, parente do cara de *Busca Implacável*? — Ai, que bom, pede para eles esperarem, estou com um paciente grave, e prepara o centro cirúrgico, em quinze minutos estou chegando. — Ela desliga o celular e em seguida pega a tábua com o cachorro da minha mão e a coloca no banco de trás.

— Aguenta firme aí, amigão, você vai conseguir — fala com o cachorro e vai em direção à porta do motorista, para entrar no carro.

— Ei, aonde pensa que vai? E como fica o carro? É isso mesmo, vai fugir da sua responsabilidade? — Sigo atrás dela e não a deixo entrar.

Ela se curva, entra com meio corpo dentro do automóvel, logo depois volta em minha direção com uma cara nada boa. Olha para a batida e joga um cartão em cima de mim.

— Apesar de não ser minha culpa, eu pago a porcaria do conserto e...

— Se a culpa não é sua, não sei mais de quem poderia ser — interrompo-a, e ela balança a cabeça em negativa.

— Quem bateu no meu carro foi você! Você que está errado! — *O quê? Ela é maluca!*

— Você para o carro do nada, em uma autoestrada, e a culpa é minha? — Eu cruzo os braços e fico encarando-a, mas ela parece não se abalar.

— Claro que é! Se você tivesse respeitado o espaço mínimo, não teria batido — retruca, cheia de marra.

— É claro que eu respeitei, mas estava a noventa, e você parou do nada! Ela sorri e revira os olhos, vejo que é deboche.

— Olha, não vou e não tenho tempo para discutir com você. Tenho coisa mais importante agora para fazer. Me liga amanhã e conserto a porcaria do seu carro. Já que é mesquinho, eu não sou. Agora preciso ir. — Ela se vira, entra no carro e sai, encerrando a conversa ou discussão, seja lá o que estávamos tendo, sem nem me deixar falar.

Ela acha mesmo que estava certa? Claro que não sou mesquinho, é só que o certo é o certo. Olho para a frente do carro, constatando que não é nada grave, só uma lanterna e um pouco do para-choque.

Olho para o cartão que ela me deu, onde leio: *Dra. Cecília, Veterinária.* Ela é veterinária, por isso agiu assim. Entro no carro, ainda embasbacado com sua atitude e segurança. Sem contar que também é muito bonita. E maluca! Parar o carro assim, do nada, e fazer o que fez. Será que não pensou nos riscos? Não é porque é veterinária que tem que salvar todos os animais do mundo.

"E se fosse um assalto ou qualquer outro caso policial, você também não pararia, Fernando?", faço a pergunta a mim mesmo, apesar de já saber a resposta. É claro que pararia.

CAPÍTULO 2

CECÍLIA

— Não, não. Você não vai morrer agora, fica forte, agora está em segurança. Viu todo o risco que a tia correu por você? Já estamos quase chegando na clínica e vai ficar novinho em folha, e vou te dar um daqueles ossos bem grandes!

Não sei se dirijo ou olho o vira-lata atrás de mim, minha mão ora no câmbio, ora nele, que não se mexe. Ele está com uma hemorragia das grandes, com o abdome bem distendido e já colocando sangue pela boca. Está cada vez mais fraco, mas ainda respira.

Que ódio desse tipo de gente que se diz ser humano! Simplesmente jogou o bicho para fora, com o carro em movimento, e foi embora. Como algumas pessoas podem ser tão cruéis? Eu não tive outra alternativa, na boa, nem pensei na hora ou sequer olhei pelo retrovisor, parei o carro assim que vi a cena, que, infelizmente, é mais comum do que podemos imaginar, ainda mais nesse período de final de ano.

Querem viajar e simplesmente se livram do cachorro, como se fosse um objeto qualquer. O bichinho ainda tentou correr atrás do carro, antes de levar uma porrada de outro automóvel que vinha atrás, e aí sim caiu naquela vala. Vi tudo, pois estava devagar, me concentrando na música alta. Amo escutar música no volume máximo, mas confesso que, na maioria das vezes, é para me ajudar a não pegar no sono ao volante.

O plantão da noite passada não foi diferente dos anteriores; como sempre, bem movimentado. Como costumo dizer, as piores emergências acontecem à noite. Essa noite, então, não consegui tirar nenhum cochilo, a internação estava lotada: animais epiléticos em crise, cardiopatas descompensados, outros se recuperando de cirurgias, e um gato que caiu do sexto andar por falta de tela. É, por falta de tela! Inacreditável! Querem ter gatos no sexto andar e sequer se preocupam em colocar uma simples tela para evitar a queda, e pela falta dela, o gato é que sofre. A cirurgia do gatinho foi uma das duas cirurgias de emergência que fiz, só à noite.

O dia foi bem agitado também, mas já sabia o que esperar, pois as cirurgias e consultas são agendadas e dificilmente aparecem coisas inesperadas. Mesmo assim não parei, a não ser por dez minutos para comer um sanduíche, a única coisa que ingeri hoje.

CRISTINA MELO

— Falta pouco, fica forte, vai conseguir. — Ele começa a engasgar com o sangue. Encosto o carro e puxo sua língua para o lado. Ele precisa ser operado imediatamente.

— Mais dois quarteirões e chegamos — digo, voltando a dirigir. — Não faz isso comigo, amigão. Viu tudo que a tia passou para te salvar? Até no meu carro bateram e, por sinal, o barbeiro era um gato, você viu? Tem noção de quanto tempo a tia não esbarra com um gato desses? O negócio está difícil para o meu lado, não está caindo peixe na minha rede há muito tempo, se é que me entende. Não que ele tenha caído na minha rede, nada disso. Na verdade, ele só queria saber do lindo carro dele, que ficou com uma batidinha à toa, e ainda por cima me mandou deixá-lo lá para morrer. Pode até ser gato, mas é mesquinho e insensível. Então fica forte e não dá esse gostinho para ele. Lembra que ele mandou te deixar lá e quando o vir de novo, morde a bunda dele! Segura aí, amigão! — Paro o carro de qualquer jeito, em frente à clínica.

— Zé, me ajuda! — grito para um de nossos enfermeiros, enquanto já estou retirando a tábua do carro com o cachorro. — Chama o Thiago, ele vai precisar de transfusão, perdeu muito sangue, e está hipotérmico também. — Corremos com ele em direção ao centro cirúrgico.

— O que houve, Cissa? — pergunta Heitor, que entra com a Juliane o seguindo.

Eles já estão colocando as luvas, preparados para este momento. Coloco a roupa cirúrgica e as luvas também. O Heitor começa a prepará-lo para a anestesia, enquanto a Juliane o examina.

— Ele foi jogado de um carro em movimento e atropelado em seguida. Parece que está com várias fraturas, mas temos que controlar logo a hemorragia.

Eles assentem.

— Nossa, o negócio está feio! — Juliane fala o que eu já sei.

— Zé, bisturi. — Tento ser o mais rápida possível.

Duas horas depois

— Ele vai conseguir, não vai, Jujuba? — pergunto para a Juliane. Ela é minha melhor amiga e dei esse apelido a ela desde a época da faculdade, pois nunca vi alguém gostar tanto de jujuba quanto ela, além de se chamar Juliane.

— Eu realmente não esperava que ele aguentasse a cirurgia, o ressuscitamos duas vezes. Agora é esperar, Cissa, mas você sabe: se você não fizer o milagre depois de Deus, claro, ninguém mais faz. Você é a melhor veterinária que conheço, e nós fizemos tudo que podíamos, agora é esperar as famosas vinte e quatro horas. Agora depende dele.

Eu respiro fundo, sentindo-me muito cansada, mas bastante esperançosa. Ele vai conseguir, é um lutador.

— Agora, você vai deixar o carro aqui e vamos no meu carro, não tem a mínima condição de dirigir.

Eu concordo com a cabeça, meus olhos estão fechando, e nem a música mais alta do mundo iria me despertar.

— Eu preciso dormir uma noite e um dia inteiro — falo ao sairmos da clínica. Deixei ordens para me avisarem se o Sorte piorasse. Não tinha outro nome a lhe dar se não esse.

— Sabe que não vai receber quase nada esse mês. O Dr. João não dá mole. Cirurgia e internação vão ser uma grana. — Ela me lembra o que eu não queria.

— Eu sei, ainda tem o prejuízo do carro, a franquia é uma nota, mas eu não podia deixá-lo lá, Jujuba.

Ela sorri para mim e liga o carro.

— Eu também faria o mesmo, amiga. Às vezes concordo com a tia Ester. Devíamos ter feito medicina, como ela fala. Nós, veterinários, temos o coração cheio e o bolso vazio.

Concordo com ela ao lembrar da frase que minha mãe vivia dizendo.

— Fazer o quê, é o que somos e amamos ser, eu não conseguiria ter outra profissão. E vamos combinar que é muito melhor ter o coração cheio.

Ela assente, sorrindo.

Alguns minutos depois, chegamos em casa. Moramos no mesmo prédio e mesmo andar. Eu sugeri, na época em que procurávamos apartamento, morarmos juntas, mas a Juliane é muito chata no quesito bagunça, toda metódica, chega a ser compulsiva por limpeza. Já eu, o que posso dizer: deixo a vida me levar, não fico com essas neuras. Na verdade, nem tenho tempo para isso, na maioria das vezes que estou em casa só durmo.

Não que minha casa seja uma bagunça, claro que não, mesmo porque minha mãe não deixa chegar nesse nível, manda a faxineira dela aqui uma vez por semana, e para mim é o suficiente. Por conta dessas e outras, resolvemos que era melhor sermos só vizinhas.

Despedimo-nos e eu entro, indo direto para o banho. Meia hora depois, saio de banho tomado e o cansaço me domina. Nesse exato momento, não sei se estou com mais sono ou fome.

Abro a geladeira e pego uma travessa com salada russa e a garrafa de chá gelado. Coloco em cima do balcão da cozinha, sento-me no banco para, enfim, poder jantar às 23 horas. E a semana está apenas começando.

Como já era de se esperar, acordo com o barulho do meu celular tocando, não posso me dar ao luxo de desligá-lo nunca. Ainda de olhos fechados, tateio por cima da mesinha de cabeceira.

— Doutora Cecília. — Atendo e não faço questão de esconder que me acordou, porque, na visão dos clientes, veterinário não come, não vai ao banheiro, não dorme, entre outras coisas.

— É... Bom dia, desculpa, te acordei? — pergunta a voz do outro lado.

— Bom dia, pode falar, estou ouvindo — falo com os olhos ainda fechados e o travesseiro sobre a cabeça. Não tenho ideia de que horas são, mas como meu despertador não tocou, sei que estou na minha hora. Eu nem sei por que insisto em acioná-lo; alguém sempre me liga antes mesmo.

— Eu sou Fernando... Você... me deu seu contato.

— Sim? — Por que as pessoas não vão direto ao assunto? Meu Deus, é claro que dei meu contato, sempre faço isso para me ligarem se precisarem.

Ele fica mudo por um tempo, já sei que não vem coisa boa.

— Desculpa, não chegamos a nos apresentar. Eu sou o mesquinho da batida de ontem.

Quê?! Jogo o travesseiro para cima e me sento na cama, arrumando o cabelo. Meu pai do céu! É ele? Ele realmente ligou? Estou com a boca aberta, mas não sai uma palavra sequer. Limpo o rosto, ajeito meu camisão velho de dormir. Louca! Como se ele fosse me ver...

Estou segurando o aparelho, sentada sobre os joelhos, sem saber o que dizer. Não me lembro da última vez que alguém me deixou nesse estado.

— Oi, você ainda está aí? — pergunta-me.

— Tô! Quer dizer, estou. — Aperto os olhos, eu não sei mesmo o que dizer. *O que é isso, Cecília? Você é uma mulher adulta e madura de 28 anos.*

Respiro fundo. Na verdade, eu estou com um pouco de vergonha agora, por ter falado com ele da forma que falei.

— Só estou te ligando para combinarmos o dia que pode levar o carro no meu lanterneiro — ele fala tranquilamente. *Que voz é essa ao telefone? Além de gato, tem uma voz linda. Estava tão nervosa ontem que nem me dei conta disso!*

— Não! — Meu tom sai um pouco elevado. — Olha, me desculpa por ontem. Eu estava nervosa com a situação e não pensei direito. Você tem razão, a errada fui eu de parar do nada em uma autoestrada, mas não podia deixá-lo ali para morrer. E também não deveria tê-lo chamado de mesquinho.

Ele fica quieto por um tempo.

— Na verdade, você estava certa. Eu bati na sua traseira, portanto, a culpa é minha. Como fazemos? O seu conserto também já está pago. Viu, não sou tão mesquinho — retruca em um tom mais descontraído.

— E eu já pedi desculpas pelo mesquinho. — Não sei mais o que dizer. Para quem disse ontem que estava certo a todo custo e hoje já pagou até o conserto...

— E como ele está?

— O Sorte? Ele resistiu à cirurgia, daqui a pouco vou para a clínica, mas acredito que ele vá ficar bem, é um guerreiro!

— Que bom! Eu só liguei para te deixar mais tranquila sobre o conserto. Resolvendo o dia para levar o carro, me avisa, e desculpa ter te acordado. — Sinto que seu tom de voz muda e fica mais sério. — Realmente, preciso desligar. Tenha um bom-dia.

— Bom... — Ele nem me deixa terminar a frase; desliga o celular. O que deu nele? Fico um tempo encarando o aparelho em minhas mãos. Será que falei demais ou disse algo errado?

CRISTINA MELO

CAPÍTULO 3

FERNANDO

Hoje é o aniversário da Letícia, por isso estou aqui em sua lápide.

— Oi, eu trouxe as flores de que gosta. — Coloco os lírios no vaso em cima do túmulo. — Por quê, meu amor? Eu juro que tento todos os dias, mas minha vida não tem sentido algum sem você. Eu estou completamente sozinho, meus dias são vazios, vivo por viver, meu trabalho é a única coisa que me distrai. Fora isso, não tenho mais nada. A não ser pelo insuportável do Daniel, eu não tenho mais ninguém. Eu sei, sei que prometi tentar, e como te disse no sonho, estou tentando. Qualquer um diria que foi só um sonho, mas sei que não. Bem do seu feitio aparecer para me dar esporro. Eu te prometi e juro que estou tentando, meu amor.

Faço uma pausa, respirando fundo.

— Mas ainda dói tanto não ter você aqui comigo. Quando fecho os olhos, consigo te ver perfeitamente, seu sorriso contagiante e seu cheiro ainda tão vivos em minhas lembranças que chegam a ser assustadores. Você ainda está em tudo, meu amor...

Limpo algumas lágrimas, ao mesmo tempo que ouço o toque do celular em meu bolso. Retiro o aparelho e olho o identificador.

— Viu? É o mala do Daniel — falo, antes de atender. — Fala, Daniel.

— Oi, cara, tudo bem? — me pergunta, um tanto receoso.

— Levando, como sempre. O que manda?

— Estou ligando porque a pessoa que disse que vinha, ainda não apareceu, e tenho um monte de carros agendados para conserto. Se o carro não estiver aqui até amanhã, você vai me desculpar, mas só vou poder mexer nele no próximo mês.

Respiro fundo. Só vem bomba! Essa mulher é realmente maluca: há mais de uma semana eu disse a ela que estava tudo certo, era só levar o carro, mas nem sequer me ligou para pegar o endereço. Qual a dificuldade nisso?

— Eu vou resolver isso agora mesmo, Daniel, e volto a te ligar. Eu realmente tinha me esquecido disso, foi mal.

— Sem problemas, cara, estou no aguardo. Vou lá, tenho que atender um cliente.

— Valeu, te ligo sem falta, bom trabalho.

Desligo o telefone e tento achar o número dela em chamadas efetuadas. Não salvei o número, droga! Fecho os olhos, tentando me lembrar onde está o cartão que havia me dado. Bom, a última vez que o peguei estava em minha carteira. Se não joguei fora, deve estar lá. Chego ao carro dez minutos depois, pego a carteira, e lá encontro o cartão que diz: *Dra. Cecília, a louca*. Bom, a louca é por minha conta.

Pego o celular, disco o número dela, que chama até cair na caixa postal. Insisto mais três vezes e nada. O quê? Ela agora não quer me atender? Mas que mulher maluca! Eu aqui tentando usar toda a educação que minha mãe me deu, e ela não pode nem ao menos me atender para me dar uma satisfação e dizer: *obrigada, idiota, mas não quero sua ajuda.*

Ela está toda errada, ela que parou a porcaria do carro do nada no meio de uma autoestrada. Mesmo assim, eu tentei entender, já que ela me ofendeu sem nem me conhecer, me chamando de mesquinho, coisa que não sou. E agora, não pode nem atender ao celular? Volto a olhar para o cartão e vejo um endereço. Deve ser lá que ela trabalha. Eu vou ensiná-la a ter educação, pois é muito mal-educada.

Ligo o carro e sigo em direção ao endereço indicado no cartão. Por sorte ou azar dela, é bem próximo da minha casa.

Logo, estou encostando o carro em frente a uma clínica veterinária.

— Boa tarde, por favor, a doutora Cecília.

Uma senhora baixinha, com um sorriso acolhedor, me olha e pega uma agenda embaixo do balcão; acredito que seja a recepcionista.

— Tem hora marcada, senhor? — *Como assim: tem hora marcada? Tenho cara de cachorro?*

— Não, senhora, eu só preciso falar com ela.

Ela fecha a agenda e me encara.

— O senhor pode esperar ali na sala de espera, todos estão esperando para falar com a doutora.

Olho na direção que ela aponta e me assusto com a quantidade de pessoas. Apesar de maluca, deve ser boa no que faz, porque se eu fosse esperar ali, só sairia daqui à noite.

— Olha, será que a senhora pode me fazer um grande favor? Eu não posso esperar esse tempo todo, tenho que trabalhar mais tarde. Só pode, por favor, dizer a ela que o Fernando, que bateu no carro dela, está aqui?

— Eu vou falar com ela, espera um minuto.

— Obrigado.

Ela me dá outro sorriso cativante e sai. Fico ali esperando por uns minutos até que retorna.

— Oi, a doutora Cecília já vai falar com o senhor, assim que terminar de atender o paciente que está no consultório.

— Ok, eu vou aguardar então, muito obrigado pela atenção.

— Disponha.

Ela me lembrou de minha mãe, sinto uma saudade boa. O telefone começa a tocar, e a senhora atende. Eu me viro, vou andando até uma vidraça que fica bem próximo da recepção e fico ali esperando e olhando o movimento do lado de fora. Mania de policial, ficar sempre atento.

Alguns minutos se passam até que ouço latidos e, quando me viro, lá está ela. Não sei por quê, levo um baque ao olhá-la. Ela está de lado, e acho que ainda não me viu. Está explicando algo para o cara que segura a coleira do cachorro gigante que, pelo que eu entendo, parece um labrador e gostar muito dela, pois não para de cheirá-la e, de vez em quando, dá umas lambidas.

Balanço a cabeça em negativa ao pensar que o cheiro dela deve ser realmente bom. Pelo menos o cachorro acha, e o cara para quem explica algo presta mais atenção nela do que no que ela fala. Permaneço sem conseguir desviar o olhar. Ela parece muito segura do que diz, seu perfil é muito bonito.

O que estou fazendo? Não vim até aqui para ver se o perfil dela é bonito ou não. Mesmo assim, não consigo deixar de olhar. O que está acontecendo comigo? E justamente quando me faço a pergunta, ela se vira de frente para mim e seu olhar se prende direto ao meu. Sinto algo dentro de mim que não sentia há muito tempo, e isso é perturbador, para não dizer assustador.

— Oi, como vai? Tudo bem? — se dirige a mim, parada bem na minha frente, e eu, por um momento, esqueço-me do motivo que me trouxe até aqui.

— Eu... Você não me ligou, tentei te ligar mais cedo, mas não atendeu.

— Vamos até o consultório? — me interrompe.

— Sim, claro, por favor. — Faço um gesto com a mão para que me mostre o caminho. Ela anda até o consultório, que fica ao final de um corredor, e eu a sigo.

— Doutora, os exames da Cacau — fala um homem parado na porta do que acredito ser o consultório dela.

— Obrigada, Zé. Já fizeram a medicação que pedi?

— Sim, senhora.

— Ok, tudo certo, então. — O tal Zé se retira e ela faz sinal para que eu entre na sala. Assim faço.

— Estou vendo que está ocupada, não quero atrapalhar. Como disse, não consegui falar com você, e a pessoa que vai cuidar do seu conserto... — Ela me olha e faz uma careta. — Quero dizer, do conserto do seu carro... — Ela agora sorri. O que é isso? Estou totalmente desconcertado e buscando palavras.

Ela começa a retirar o jaleco branco que está usando, e engulo em seco com que eu vejo. Eu lembrava que era bonita, mas foi tudo tão rápido que não avaliei direito. Ela dobra o jaleco e o coloca na cadeira, enquanto analiso a cena como um todo. Ela é espetacularmente bonita.

Estava admirando só o seu rosto de longe enquanto ela conversava com o homem há pouco, e agora ela me revela o que tem escondido embaixo daquele jaleco branco. É perfeita! Está com uma calça jeans que mostra bem suas curvas, uma camiseta azul de alças, também colada, que não me deixa nenhuma dúvida do seu corpo lindo.

— Então você quer me consertar? — Volto à realidade quando ouço sua pergunta, feita em um tom divertido. Ela me olha de braços cruzados, sorrindo, o que só a deixa mais bonita.

— A pergunta é: você tem conserto? — Arrependo-me imediatamente ao dizer isso. Ela sorri mais ainda, corando um pouco. Acho que a deixei sem graça. De onde saiu isso? Não foi para isso que vim.

— Alguns dizem que não — confessa, me encarando nos olhos, e a intensidade com que me olha me desestabiliza por um momento, mas não quero recuar.

— E você, o que diria? — pergunto a ela, ainda olhando em seus olhos.

— Eu digo que nessa vida tudo é possível e que não custa nada tentar. Às vezes, a mudança é a melhor coisa que poderia nos acontecer. — Continua me encarando e engulo em seco. Isso não está certo. Como chegamos a isso?

— Tatuagens? — Mudo totalmente de assunto, ao notar que ela tem algumas.

— Alguma coisa contra? — retruca.

— Só a favor. É que eu estava vendo você lá fora, e com esse jaleco aí, não se diz o que tem embaixo. — Fecho os olhos e faço uma careta. Sei que o que acabei de dizer não saiu nada legal.

— Pois é, um belo disfarce! Mas deixa eu te contar uma coisa: por mais que não pareça, existe vida fora do consultório — fala sorrindo, com ar brincalhão.

CRISTINA MELO

Nesse momento, escutamos uma batida na porta antes que eu consiga dizer algo. Aliás, nem saberia o que dizer, ela está me deixando sem palavras, nem me lembro da última vez que isso aconteceu comigo.

— Sim? — Cecília pergunta, e a senhora da recepção surge pela porta aberta.

— Doutora, o dono do Pingo está aí fora. Como a senhora pediu para que ele passasse na frente, estou avisando — diz a senhora, com a mesma voz calma e doce com que me abordou há pouco.

— Eu já o chamo, dona Barbara. Obrigada.

A senhora assente e se retira, fechando a porta outra vez.

— Desculpa, eu estou tomando seu tempo.

— Que tempo? Eu nem sei o que é isso — fala, fazendo gestos com as mãos e em tom divertido. — Aquele lance que disse há pouco, de que existe vida fora do consultório, vamos deixar só metaforicamente. — Ergue as sobrancelhas, e eu sorrio junto com ela.

— Então, não quero te atrapalhar mais, vi como está cheio lá fora. Como te disse, tentei te ligar e você não atendeu. A pessoa que irá fazer o conserto do seu carro me ligou e disse que só poderá fazer se for essa semana, senão só no próximo mês. Por isso vim até aqui, precisava saber o que você pretende fazer para informar a ele — falo em um tom que sai conservador demais, fugindo bastante do que estávamos tendo até aqui.

— Me desculpa, não foi por mal que não te atendi. Fico numa consulta atrás da outra e dificilmente consigo atender ao celular. E não te liguei antes porque esqueci de salvar seu número. Muita coisa junta, às vezes, aí eu esqueço do óbvio.

Observo-a se explicando e sei que está dizendo a verdade.

Na verdade, ela não é mal-educada, pelo menos não me parece. Mas sim, está com mais coisas para fazer do que pode dar conta. Isso não é da minha conta, só vim resolver logo esse problema e pronto.

— E aí, como fazemos? — pergunto a ela e vejo que não tem a mínima ideia.

— Eu não sei. Agradeço de verdade, Fernando, por todo seu empenho, mas eu só tenho esse carro. Moro em Botafogo e nem sei como ou quando poderei levá-lo no seu lanterneiro. O melhor a fazer é você deixar isso como está; sei que já pagou e tudo, mas se ele não te devolver o dinheiro, eu faço o serviço com ele quando der e te pago o que gastou, não se preocupa.

Olho para ela o tempo todo enquanto fala e noto que realmente não tem a mínima ideia de quando fará esse conserto, e pelo que estou concluindo da sua vida, ela não fará nunca.

— Me dá a chave do seu carro — peço, estendendo a mão.

— O quê?! — pergunta assustada.

— A chave do seu carro — repito firme.

— Não, não precisa, não mesmo. Eu não tenho como ficar sem carro e, além do mais, ele está cheio de coisas que levaria um século para tirar de lá — diz e meneia a cabeça o tempo todo.

— Eu só preciso da chave, Cecília. Não se preocupe que o resto eu resolvo, me responsabilizo. — Ela me olha, esperando que eu concorde com ela, mas me mantenho firme, com a mão estendida.

— Mas você não tem que fazer isso — fala, parecendo não entender minha atitude.

Se tem que resolver, que se resolva logo, e pelo que estou vendo, não tenho outra alternativa; sei que ela não consertaria esse carro. Olho para a mesa e vejo um bloco de papel. Pego a caneta e anoto meus telefones e endereço. Retiro minha identificação da polícia do meu bolso e mostro a ela.

— Capitão do Bope; não vou roubar suas coisas e nem seu carro. Meus telefones e endereço estão aqui. Agora me entrega a chave, porque estamos perdendo tempo. — Aponto com o polegar para a porta, e ela ainda fica calada, me olhando. Mantenho minha postura. Ao me ver irredutível, ela se vira, pega a chave na bolsa e me entrega.

— Que horas você sai? — pergunto a ela, que ainda me olha, parada em seu lugar.

— Hoje devo sair umas 19 horas.

— Ótimo, te pego então e te deixo em casa.

— Não! Claro que não! — Ela nega com a cabeça. — Eu me viro, você já está fazendo demais, dou meu jeito. Não se preocupa com isso, pelo amor de Deus! — fala meio desesperada, noto que está sem graça.

— Não se preocupa com isso, é caminho, tenho que trabalhar hoje à noite, e o batalhão é bem perto de Botafogo. Agora vou deixá-la trabalhar, te vejo mais tarde. — Viro-me e deixo a sala. Ela fica lá e não diz nada.

Ainda bem que a oficina do Daniel é bem perto daqui. Saio da clínica após um aceno de cabeça, agradecendo à senhora da recepção, e só agora me lembro que esqueci de perguntar onde estava seu carro, mas deve estar por perto. Olho mais atentamente e o encontro no canto, na última vaga da direita. Sigo até o Logan vermelho. Quando entro no carro, levo um susto!

Nunca vi um carro tão bagunçado e com tanta coisa dentro igual a esse. O banco de trás não daria para ninguém sentar, se quisesse: tem roupas e jalecos pendurados em cabides; bolsas de viagem; tênis; sandálias; chinelos, então, são mais de um par. O resto nem consigo identificar, só sei que ela estava certa quando disse que levaria um século para tirar tudo. Não consigo imaginar meu carro com um terço disso.

— Essa é boa! Vim para me livrar da maluca e acabei me mudando para o hospício!

CAPÍTULO 4

CECÍLIA

Estou há alguns minutos na mesma posição, olhando a porta que foi fechada há pouco, ainda tentando entender como um cara que não conheço e de quem nada sei a respeito, tem o poder de me desnortear de tal forma. Pelo menos sei que é Capitão do Bope, o que só me deixou mais em choque. Ele é uma fantasia real, e simplesmente lindo!

Que mulher não gostaria de ter um capitão do Bope ao seu dispor? A todo o momento que esteve parado à minha frente tentei agir naturalmente, como faço com um cliente – quer dizer, eu não falo para os clientes as coisas que disse para ele. E o que foi aquilo de eu lhe perguntar se queria me consertar?

Nunca fui dessas meninas tímidas e deslumbradas; estou mais para uma mulher prática e decidida. Mas confesso que, mesmo tentando agir com naturalidade na frente dele, me deixou totalmente sem ação e sem saber o que dizer. Coisa que nunca acontecia. Cecília Castro Gutierrez nunca ficou sem saber o que dizer, pelo menos até o dia em que me ligou: hoje.

Não consegui demovê-lo da ideia e simplesmente fiz o que ele queria, entregando-lhe a chave do meu carro. Estou me analisando e reanalisando desde que saiu daqui e ainda não entendo como fiz isso. Pior: como deixei que ele fizesse? Estou parecendo uma menina de 18 anos, abobalhada com um homem bonito, e não uma mulher de quase 30 anos que sabe quem é e o que quer. *Eu o quero!* Essa é a verdade!

Respiro fundo e visto o jaleco. Preciso voltar a ser a Doutora Cecília!

— Era o que eu temia, Cristiano. As plaquetas do Pingo estão muito baixas, só duas mil, quando o normal é acima de duzentas mil. Ele realmente está com Erliquiose, que é a doença do carrapato, e precisa começar o antibiótico hoje mesmo. O quadro dele já está muito avançado.

Ele assente.

— Você vai fazer esse antibiótico por vinte e oito dias; eu prefiro que faça esse tempo para termos certeza de que tudo está bem. Daqui a uma semana você volta, para eu examiná-lo e repetir o exame de sangue. Mas qualquer coisa antes disso, venha aqui ou me liga.

— Ok, doutora, muito obrigado.

Despeço-me dele e do Pingo, e eles vão embora. Eu, como sempre, fico torcendo para que o dono faça tudo conforme pedi, para que o animal tenha as melhores chances de cura.

Estou terminando a última consulta quando ouço uma batida na porta. Esse povo não aprende que não gosto de ser interrompida quando estou em consulta, a não ser que seja um caso de vida ou morte. A porta se abre e aparece um de nossos enfermeiros.

— Sim, Thales? — Ele não fala nada, olha do cliente para mim com cara de pânico. Tem merda à vista! — Só um minutinho, Thales, já estou terminando aqui. — Entrego a receita para o cliente e me despeço.

— Agora, desembucha! Que cara de desespero é essa?

— É o Skol, ele não está respondendo. Acho que ainda está vivo, mas está estranho.

— Estranho como, criatura? Quem é a veterinária que está de plantão hoje, na internação? — Pego meu estetoscópio e já corro com ele me seguindo para a internação.

— É a doutora Raquel, mas ela foi lanchar — diz correndo atrás de mim.

Ao chegar na internação, abro a porta do guichê onde Skol se encontra, totalmente parado. Escuto o peito, constatando seu coração fraco. Retiro-o de lá e corro com ele para o consultório ao lado. É um pinscher bradicárdico, com batimentos abaixo do normal, e bradipneico, com movimentos respiratórios baixos. Verifico as pupilas e concluo que ele está em choque e pode ter uma parada a qualquer momento.

— Me dá o prontuário dele, *agora*!

O enfermeiro sai correndo e volta em menos de trinta segundos com a prancheta nas mãos.

Olho rapidamente e vejo que deu entrada na clínica com quadro de convulsão, e a doutora fez uma dose de anestésico diluído em atropina para ele relaxar. Constato também que a mesma medicação foi feita há trinta minutos, mas essa não está com a assinatura da doutora Raquel.

— A doutora Raquel saiu há quanto tempo? — pergunto ao enfermeiro.

— Há uma hora, mais ou menos, doutora.

Não, não é possível o que estou pensando.

— Então, quem foi que fez a medicação há trinta minutos? — Enca-ro-o, e minha cara já não é das melhores.

— Eu que fiz, Doutora. — Minha boca se abre enquanto olho para ele. — Mas eu fiz direitinho, injetei no jelco, 4 ml como diz aí, foi tudo. — Agora meus olhos se arregalam.

— Misericórdia! Aqui diz 2 ml, você dobrou a medicação! Começa a rezar para ele não morrer. E isso não é seu trabalho! Você não tem que aplicar ou injetar remédio algum em nenhum cachorro aqui! Ninguém te disse isso? — falo, muito exaltada, e o rosto dele cada vez mais é de desespero.

— Desculpa, doutora. Eu devo ter confundido, eu só queria ajudar.

— Você ajuda fazendo o seu trabalho! — Solto o ar com força. — Deve ter mais de cinco veterinários na clínica neste momento, era só chamar alguém, como fez comigo depois que a besteira estava feita. Agora pega um soro novo, atropina, e reza com todo seu coração para ele resistir e não ter uma parada nessa mesa!

Aumento a dosagem do soro e injeto uma dose de atropina. Agora é observar e torcer para que o quadro regrida. Olho para o enfermeiro, que está com cara de paisagem, como se tudo já estivesse resolvido, e isso me irrita profundamente. Não que eu ache que ninguém possa errar, mas uma coisa é errar e a outra é procurar o erro. No caso dele, já começou errando a partir do momento em que achou que poderia aplicar ou medicar um animal que está sob os cuidados da clínica e da veterinária responsável.

Minutos depois, ainda estou parada em frente à mesa onde o Skol recebe o soro com a medicação. Volto a escutar seu coração para ver se o noto mais forte e, quando olho para o lado, o filho da mãe que fez a cagada está sentado, mexendo tranquilamente em seu celular, alheio a tudo ao seu redor.

Juro por Deus que minha vontade é atirar a prancheta que está à minha frente na cabeça dele, mas como não podemos fazer tudo o que queremos, só solto o ar com força pela boca. Fiquei com pena dele a princípio, mas agora estou possessa de raiva!

— Não sei, acabo de adquirir um caderninho preto estilo Pablo Escobar. Meu defeito ou qualidade: memória excelente. Fica a dica — digo séria ao enfermeiro, que me olha assustado. Ele sabe que eu não estou brincando.

E bem nessa hora, a doutora Raquel adentra o consultório. Passo uns dez minutos explicando o ocorrido a ela, que na verdade também tem sua parcela de culpa. É seu primeiro ano aqui e já começou errado. Mas isso não é da minha alçada. Só digo uma coisa: que esse cachorro não morra ou a merda vai feder!

Saio do consultório deixando o Skol aos cuidados dela, como deveria ser. Olho as horas no celular: já são 19h30. Retiro o jaleco ainda no corredor. Hora de ir para casa: o dia foi longo e o cansaço me domina.

— E aí, sumida!

— Eu, sumida? Eu praticamente moro aqui! Você que não aparece há quase uma semana, seu cara de pau! — falo, abraçando o Heitor, quase em frente ao meu consultório.

— Eu estava com dengue, uma semana de cama, e você nem foi me visitar. Que amiga, hein!

Olho com mais atenção para seu rosto e reparo como está abatido.

— Meu Deus, Heitor! Eu não sabia disso, ninguém comentou nada. Mas você já refez o exame de sangue? Já pode voltar a trabalhar? Está se sentindo bem? Você tem que tomar muito líquido, sabe disso, não é?

— Meu Deus! Parece que estou em uma consulta médica e não com minha amiga. — Ele dá um sorriso para mim. Dessa vez sou eu quem sorri.

— Por ser sua amiga, é que te digo que tem que se cuidar.

— Pensando bem, eu ainda não estou muito bem. Precisando muito de uma amiga que cuide de mim, o que acha? Pode fazer o que quiser comigo, não vou ligar — fala daquele jeito sedutor dele. Ele não desiste mesmo.

— Sei — digo, sorrindo de sua cara de pau, e quando olho para o lado de relance, meu coração dispara de uma forma que há muito tempo não acontecia.

Fernando está parado, de braços cruzados, nos encarando, e sua cara não é das melhores.

CAPÍTULO 5

Fernando

Estou parado aqui pelo menos há 40 minutos, esperando-a. Embora superatrasado, até um minuto atrás não queria incomodá-la, achando que estivesse ocupada e por isso não tinha cumprido o horário combinado, mas agora vejo qual era sua ocupação verdadeira. Eu realmente devo ter cara de babaca, só isso justifica sua atitude.

Estou esperando a hora que vai se mancar, isso é o cúmulo do absurdo! Essa mulher realmente não tem noção alguma. Primeiro provocou aquele acidente, e o trouxa aqui assumiu o prejuízo, mesmo sem culpa. Pior, vim buscar o seu carro, já que ela não poderia levar e acabaria ficando sem conserto, e ainda me ofereci para ser seu motorista.

Agora tenho que ficar aqui que nem um idiota, observando sua cena romântica e esperando a hora que vai se tocar. Deveria ter entendido quando ofereci a carona e ela disse que não precisava. Quem me mandou ser cavalheiro? Ela agora me olha e vem na minha direção. Espero que se desculpe pelo meu tempo perdido e diga que não precisa mais, não estou a fim de continuar bancando o palhaço. Quero me livrar logo dessa louca!

— Oi, desculpa a hora. Tive uma emergência na internação. Só vou pegar minha bolsa, mais um minutinho só.

Quê? Nem respondo, ela é louca mesmo, fala como se estivesse tudo certo e eu fosse seu motorista.

— Podemos ir — me diz ao voltar, já com sua bolsa e uma maleta nas mãos, junto com um jaleco com estampa de gatos.

Continuo calado e faço um gesto para que siga na minha frente. Será que o cara não pode levá-la em casa? Quem mandou eu me oferecer? Agora tenho que aguentar.

Destravo o carro, pego seus pertences das mãos, coloco no banco de trás, abrindo a porta do carona em seguida para ela. Já que sou seu motorista, vou cumprir minha missão como se deve.

— Obrigada! — agradece ao entrar no carro, e eu entro logo em seguida do lado do motorista.

— Coloca o cinto — falo ao colocar a pistola sobre o banco, embaixo da coxa direita. Dou partida no automóvel, evitando olhar muito em sua direção, que está com uma feição confusa, me olhando.

— Está tudo bem, Fernando?

Assusto-me com sua pergunta e seu tom inquisitivo. Estou me aproximando de um sinal de trânsito, e assim que paro, a olho.

— Por que não estaria? — retorno a pergunta, olhando em seus olhos, que me fulminam.

— Não se responde uma pergunta com outra, ainda não sabe disso? — Seu tom de voz parece irritado.

— Sério? Não me disseram ainda — respondo, fingindo surpresa, sem desviar o olhar do seu. Ela me encara por uns segundos antes de começar a falar novamente.

— Olha, não sei qual é o seu problema. Na verdade, não me interessa. Se não queria me dar carona, era só dizer, era melhor nem ter oferecido, não te pedi nada.

Ela me encara, e eu seguro firme seu olhar. Quem pensa que é para falar assim comigo? A questão não é a carona, claro que não, a questão é ela se achar dona do mundo e me fazer de palhaço a ponto de esperá-la se agarrar com outro, para depois pegar carona com o otário aqui.

— Bom, você que está dizendo que eu tenho um problema, mas como é a doutora aqui, tenho que acreditar, apesar de ter quase certeza de não ter problema algum.

Ela balança a cabeça em negativa e dá um sorriso, soprando o ar ao mesmo tempo. Sei que não é seu melhor sorriso.

— Pois é, minha mãe sempre me disse para fazer medicina, mas acho os animais "irracionais" muito mais interessantes. Como pode ver, não sou eu quem vai resolver o seu problema — diz bem calma, mas sinto ironia em suas palavras. — Mas vamos aproveitar que o sinal está fechado e resolver parte dele. — Coloca a mão na maçaneta do carro, e sinto que vai abrir a porta. É o que faz, mas sou mais rápido do que ela e puxo seu braço, voltando a fechar a porta antes que saia.

Estou bem perto dela agora, ainda segurando seu braço. Ela vira o rosto para mim, que vem direto de encontro ao meu, e agora estamos a centímetros um do outro. A intensidade de seu olhar me desarma por completo.

Sua respiração está acelerada. Vejo quando ela baixa o olhar para meus lábios, então olho para sua boca, que parece um convite delicioso e impossível de resistir, e começo a diminuir o caminho até ela, e quando estou a milímetros de prová-la, sou interrompido bruscamente por sons de buzinas estridentes, fazendo com que percamos o momento em que estávamos.

Vejo que ela tenta se ajeitar, sem graça.

— Vou te deixar em casa e em segurança, Cecília. Esse foi o combinado, e não costumo fugir das minhas responsabilidades — falo, engatando a marcha e acelerando o carro.

Ela não diz mais nada, pega seu celular e parece responder mensagens. Será que está falando com aquele cara? Mais uma vez, sinto uma raiva que não deveria. O que está acontecendo comigo?

— Suas coisas estão na minha casa. Você estava certa, realmente tinha muita coisa, fiquei quase uma hora esvaziando seu carro. — Tento puxar uma conversa normal. Ela me olha por um instante, mas logo em seguida volta sua atenção para o telefone.

— O lanterneiro disse que seu carro fica pronto em cinco dias, no máximo. Se quiser o contato da oficina, te passo, ou eu mesmo posso entregar na clínica. A oficina é perto da minha casa e minha casa perto da clínica, tudo perto. — Olho-a, e continua entretida na porcaria do celular. Parece que não está me ouvindo, o papo no telefone deve estar bem interessante, não pode nem me olhar enquanto falo.

— Se quiser, pode deixar as coisas lá em casa até o carro ficar pronto, eu mesmo coloco tudo de volta novamente e te devolvo. Fica tranquila, não vou mexer em nada.

Continua da mesma forma e não me olha. Minha vontade é pegar o celular das suas mãos, para que preste atenção em mim.

— Cecília, você está me ouvindo? Estou falando com você, será que a conversinha aí está tão interessante que não pode nem me responder?

Olha-me com cara de tanto faz.

— Agora você quer conversar? Desculpa, não sabia — fala, totalmente sarcástica, virando em minha direção. *Quê?*

— Não é educado fingir que não está ouvindo as pessoas, sabia? — indago, já irritado. Ela arregala os olhos com meu comentário.

— Gente, que bom! Alguma coisa de educação você sabe, então não é tão sem-noção como estava imaginando. — Seu tom é de quem descobriu algo importante, mas sei que finge essa empolgação

Ela tem o dom de me tirar do sério, só pode. Viro o rosto para encará--la, não pode falar o que bem entende, nem me conhece.

— Ai, meu Deus, Fernando! — grita, já levantando as mãos à frente do rosto.

Volto a atenção para a pista depois do seu grito, e tudo é muito rápido;

um caminhão está na contramão e vem de encontro ao meu carro. Para não sermos atingidos em cheio, por puro reflexo, jogo o volante com tudo para a esquerda em direção ao canteiro da pista.

O caminhão passa por nós sem nos atingir. Continuo tentando controlar o carro, até que consigo parar. Respiro fundo e olho para o lado. Um medo que não me visita há muito tempo se faz presente. Retiro meu cinto e me aproximo mais dela, que está com uma das mãos sobre o rosto.

— Você está bem?

Faz um gesto de positivo com a cabeça, mas está pálida. Retiro sua mão da testa e vejo que seu supercílio sangra.

— Está machucada. Cecília, me perdoa. Eu me distraí. Não vi esse idiota vindo na contramão. Vamos agora mesmo para o hospital. — Pego minha bolsa de trabalho no banco de trás. Minhas mãos estão trêmulas, não diferente de todo o corpo. Pego a toalha dentro da bolsa e coloco em cima do ferimento, que não para de sangrar. Meu pavor me transporta para oito anos atrás.

— *Aguenta firme, você vai ficar bem. Vamos para um hospital.* — *Olho para minhas mãos e vejo muito sangue. Letícia está deitada em meu colo e não reage.*

— *Vai ficar bem, já vamos chegar a um hospital.* — *Não consigo respirar, o medo de perdê-la domina minha mente.*

— Fernando!

Escuto o grito e volto à realidade. Fecho os olhos e respiro, tentando me manter nela. Todas as lembranças do pior pesadelo da minha vida retornaram de uma maneira assustadoramente realista. Respiro pesadamente, meu peito sobe e desce rápido demais, não consigo controlar o pânico que me domina.

— Está tudo bem, Fernando. Olha para mim, foi só um corte bobo, devo ter batido em algum lugar quando virou o carro. Não fica assim, estou bem.

Sinto sua mão em meu rosto, e é como uma anestesia para todo o meu desespero, como uma calmaria depois de vários dias de tempestade. Abro os olhos para encontrar os seus, que parecem desvendar todas as minhas dores e fraquezas.

— Me desculpa — peço com a voz fraca. Todo controle que demorei anos para recuperar tinha sumido agora.

— Não foi sua culpa.

— Foi, sim — falo, colocando a cabeça em seu ombro. Referia-me à morte da Letícia e ao nosso acidente de agora há pouco; os dois foram minha culpa.

— Não foi, Fernando. Acidentes acontecem, não fica assim. Graças a Deus estamos bem. — Passa a mão livre em minhas costas, com uma voz tão doce a me acalentar, e sem que eu espere, seu carinho me transporta para um lugar desconhecido, um lugar que me dá muita vontade de conhecer, mas sei que, para mim, isso já não é mais possível. Então, afasto-me devagar. Já basta toda a cagada que fiz com ela até agora.

— Tem certeza de que está bem? — pergunto, retirando a toalha do ferimento que, ainda bem, parou de sangrar.

— Estou sim, fica tranquilo. Daqui a pouco chegamos na minha casa e faço um curativo.

— Acho melhor irmos ao médico, bateu a cabeça, pode ter complicações.

Ela se joga para o meu lado, para olhar no retrovisor, e a proximidade do seu corpo ao meu faz com que algo se acenda dentro de mim, algo que se apagou há muito tempo. Não é só físico, e isso me apavora. Meu nariz está em seus cabelos, sentindo seu cheiro delicioso.

— Está vendo? Nem vai precisar de pontos, é que essa área sangra muito mesmo. Vou ficar legal, e se precisar de plástica, já sabe, mais um prejuízo para o seu bolso. — Sorri ao terminar de falar e pisca para mim, me deixando encantado.

— Pode deixar, estou vendo que vou à falência com você. — Tento descontrair um pouco. Ela dá uma gargalhada, e é um dos sons mais lindos que já ouvi na minha vida.

— Quer que eu dirija? —pergunta preocupada.

— Acho que dou conta — respondo, já ligando o carro. Como ela disse, graças a Deus foi só um susto.

Sigo agora em silêncio, minha atenção toda no trânsito, só peço o nome da sua rua e número da casa quando paramos em um sinal de trânsito. Seguimos mais uns minutos em silêncio, com ela me olhando o tempo todo, até eu encostar em frente ao seu prédio.

— Você vai ficar bem? Tem certeza de que não quer ir ao médico? — Não queria ter que me despedir dela agora, e esse sentimento me perturba.

— Estou bem, não foi nada de mais, só o susto mesmo. Bom, obrigada pela carona. Não quer subir? — fala, ao abrir a porta do carro.

— Eu realmente estou atrasado, Cecília. Deixa para a próxima.

Ela assente, parecendo sem graça. Saio do carro também, na verdade não sei por que saio, mas saio.

— Deixa que te ajudo com isso. — Pego sua maleta no carro. Ela me olha e sorri. Seu sorriso é simplesmente lindo e uma visão espetacular.

Desço meu olhar para seu corpo. O conjunto da obra é incrível: seu cabelo é de um tom de loiro meio mel, sei lá como se chama a cor, mas é lindo. Sua pele é branca e parece muito macia ao toque. Algumas tatuagens compõem sua pele, uma tela perfeita, uma tela que seria orgulho para qualquer artista. Eu consigo ver uma no pescoço, o desenho de um gato bem pequeno; no ombro direito tem uma mandala; no pulso esquerdo, um pequeno símbolo do infinito, com algum nome que eu não consigo ler; e na cintura eu vejo alguma coisa, por conta da barra da blusa que subiu um pouco, mas não o suficiente para revelar mais.

Todas elas combinam perfeitamente, e estou curioso para descobrir se tem mais alguma que ainda não vi. Uma curiosidade que não deveria estar sentindo, porque não tenho esse direito e nem deveria querer ter, como estou desejando agora. Isso não é mais para mim, e ela, pelo que parece, já é comprometida.

Ao pensar nisso, volto a encarar seus olhos, de um verde tão cristalino, que me despertam uma fraqueza e um sentimento que enterrei há oito anos, e é assim que deve continuar: enterrado. Não conseguiria me reerguer se passasse de novo por algo como o que passei. Então, desvio bruscamente o olhar do seu.

— Eu preciso ir agora. Se precisar de algo, pode me ligar, a hora que for — digo firme, assumindo minha postura de capitão, entrando no meu modo defensivo, colocando a armadura que criei para mim mesmo há oito anos.

— Ok, Fernando. Caso eu tenha algum caso de polícia para resolver, pode deixar que te ligo. Fora isso, acho que sei me virar. Obrigada mais uma vez pela carona e bom trabalho — ela revida meu tom, se vira e sai, me deixando em pé, sem saber o que dizer.

Fico alguns segundos assim, olhando para ela, que desaparece ao entrar no prédio, então travo o carro e corro atrás. Estou agindo por impulso, mas ela deve ter me entendido errado. Sei que não posso me envolver, mas já estou envolvido, pelo menos até entregar seu carro reparado.

Entro no prédio a tempo de vê-la entrando no elevador. Coloco uma mão entre as portas, impedindo-as de fechar, entrando logo em seguida. Ela, por sua vez, só me olha muito surpresa e confusa.

Fico parado à sua frente, e ela continua me olhando, balançando a cabeça em negativa. Estamos sozinhos no elevador em movimento. Continuo sem saber o que dizer, mas não consigo parar de olhá-la, parece que uma força invisível me prende a ela. Do nada, começa a gargalhar. Ri tanto que fica vermelha. Ela está rindo de mim?

— O que foi?

Ela balança a cabeça em negativa.

— Depois você fala que não tem nenhum problema. Você é uma figura, Fernando! — *Como assim, figura?* Ela não para de sorrir.

— Não entendi a piada. Qual é a graça? — falo sério.

— Ainda pergunta? Sério, Fernando, você tem muito problema! — termina de falar ao mesmo tempo que as portas do elevador se abrem. Ela passa por mim e sai. Eu sigo atrás dela.

— Por quê? — pergunto, ainda sem entender o que ela quer dizer.

— Eu te convidei para subir e me disse que não podia porque estava atrasado para o trabalho, e aí, do nada, vem atrás de mim — diz me encarando, ambos parados no corredor. Estou sem saber o que dizer em minha defesa, não sei como explicar meu impulso, estou buscando uma explicação a mim mesmo e ainda não a tenho.

— E eu estou atrasado, mas você saiu toda nervosinha. — Tento uma desculpa, e ela dá um sorriso debochado.

— Eu não saí nervosinha coisa nenhuma, te agradeci e dei tchau — me confronta.

— E disse que me ligaria se tivesse um problema policial, não entendi — indago, cruzando os braços, bem sério, encarando-a.

— Deixa para lá, Fernando. É melhor você ir, não quero te atrasar mais. Desculpa qualquer coisa. — Vira as costas e começa a abrir uma porta na nossa frente, deixando-me mais confuso ainda.

— Cecília, qual o problema? — Puxo seu braço para que me olhe e tire essa confusão que está na minha cabeça.

Ela apoia suas coisas no chão.

— Eu não tenho nenhum problema, Fernando. Diferente de você. Realmente desisto! Você aparece no meu consultório do nada, pega a chave do meu carro, depois me oferece carona, chega para me buscar todo emburradinho, mal fala comigo e me ignora. Depois sofremos um acidente, fica todo solícito, depois volta a me ignorar novamente. Você, no mínimo, é bipolar, mas isso não é da minha conta, nós mal nos conhecemos e você não tem nenhuma responsabilidade comigo. Tenho 28 anos e sei me virar muito bem, obrigada — joga tudo na minha cara, bem irritada, me tirando todas as palavras e me deixando pior do que já estava.

A intensidade de seu olhar me pega desprevenido. Seus olhos me chamam. Como uma força invisível, sou guiado por eles, me aproximando mais e mais dela, até que minha boca fica a centímetros da sua. Meu corpo involuntariamente se junta mais ao dela e meu braço rodeia sua cintura. Minha mão, que estava em seu braço, o solta e segura sua nuca macia por baixo do cabelo. Estamos tão próximos agora que posso sentir a frequência dos seus batimentos e a respiração acelerada. Seu cheiro é inebriante, me atraindo mais para ela. Encosto meus lábios nos seus, bem devagar...

— Cecília? — a voz masculina nos interrompe, fazendo-me soltá-la no mesmo instante para encarar o dono da voz, que nos olha de braços cruzados e de cara feia.

Quem é esse? Dúvida e raiva surgem juntas.

CAPÍTULO 6

CECÍLIA

Esse homem com certeza é louco, mas na posição em que estou agora, em seus braços, com sua boca a centímetros da minha, não estou ligando de assumir o papel de psicóloga ou até psiquiatra.

Acredito que a segunda opção é a especialidade de que ele mais precisa. Mas, nesse momento, a única coisa que preciso é que ele me beije.

Ai, meu Deus, estou parecendo uma adolescente encantada com o garoto mais bonito da rua. Minhas pernas estão bambas e minha barriga parece conter um monte de mariposas. Ele fez com que minha revolta se esvaísse sem dizer uma palavra, isso nunca aconteceu antes.

Seus lábios enfim se encostam aos meus, e só esse leve toque me deixa extasiada e rendida. A sensação é maravilhosa! O filho da mãe está me torturando. Tão calmo, parece saber o que está fazendo, como se calculasse cada gesto, cada toque.

Ele roça os lábios nos meus tão lentamente que minha vontade é xingá-lo, mas não me atrevo a me mexer ou falar, preciso saber até onde vai, preciso que ele vá bem longe. Esses são os segundos mais longos da minha vida, a expectativa está me matando.

Esse homem mexe comigo de uma maneira absurda! Meu corpo está colado ao seu, e a sensação é indescritível.

Enfim, sinto que vai se tornar verdadeiro o beijo que até agora não passou de um selinho. Parece realmente que eu tenho 15 anos e darei meu primeiro beijo, minha ansiedade se equipara a isso, e quando acho que a mágica vai acontecer...

— Cecília? — Somos interrompidos pela voz que eu não fazia a mínima questão de ouvir há mais de um ano, mas que teima em invadir meus ouvidos e minha vida todo esse tempo.

Sério, Alex sempre aparece nos piores momentos. Na verdade, em qualquer momento que aparece é ruim, mas agora ele se superou.

Fernando me solta e me sinto abandonada. Ele se vira de frente para o Alex, que o encara com aquela cara de que eu estou fazendo algo errado. Ele é um ridículo! Teima em achar que ainda tem algum direito sobre mim ou minha vida.

— Posso saber o que significa isso, Cecília? Quem é esse cara? — pergunta alterado. *Essa é boa!*

— Não é da sua conta, Alex — respondo, muito puta da vida. Quem ele pensa que é para exigir alguma coisa ou satisfação?

— É muito da minha conta e você sabe disso. Agora deu para ficar se agarrando no meio do corredor? Já passou dessa idade, não acha?

Que vontade de voar nesse infeliz! Como pude um dia ser apaixonada por esse projeto de homem? Olho para o Fernando, que continua quieto, observando. Não disse uma palavra, deve estar pensando só merda a meu respeito.

— Alex, faz um favor para mim e para a humanidade? Some! Se coloca na porcaria do seu lugar. Acabou! Será que vou ter que desenhar para você entender? Estou de saco cheio das suas babaquices.

Ele me olha como se eu estivesse falando o maior absurdo do mundo.

— Não acabou não, senhora. Você me pediu um tempo, só isso. Não disse que queria terminar e não vou te deixar assim. Foram cinco anos, e não cinco dias.

Tenta se aproximar, mas Fernando entra na minha frente e o encara. Não consigo ver seu rosto, mas pela cara do Alex, não é de bons amigos.

— Que foi, cara? Não se mete onde não foi chamado, ou o negócio vai ficar feio para o seu lado. Meu assunto é com ela.

Fernando passa a mão pelo cabelo e respira fundo. Suas mãos se fecham em punho e parece tentar se controlar.

— Eu não tenho nenhum assunto com você, Alex. Entenda que acabou, isso já tem muito tempo, me deixa em paz! Você não é bem-vindo aqui — falo ríspida com ele. Tento sair de trás do Fernando para encará-lo, mas este me impede, travando com uma das mãos.

— Ela acabou de dizer que não tem nenhum assunto com você. Agora, é melhor ir — Fernando fala com uma voz baixa e mortal.

— E eu já disse para não se meter onde não é chamado ou vai se arrepender — Alex o ameaça, bem alterado. Sei que seu próximo passo será partir para a briga, um dos motivos por eu ter terminado com ele: sua violência descabida.

— Então eu vou me arrepender, porque você vai sair daqui agora! — Em um gesto muito rápido, Fernando dá uma gravata nele e puxa um dos seus braços para trás do corpo, deixando o Alex totalmente imobilizado.

— Me solta agora, seu idiota! A Cecília é minha noiva! Quem está sobrando aqui é você! — Alex berra, tentando se libertar do aperto do Fernando, que me olha tentando confirmar o que ele acabou de dizer, e eu nego com a cabeça.

— Alex, nós não somos mais nada há mais de um ano — tento convencê-lo mais uma vez, como fiz todas as vezes que me procurou.

— Engano seu, Cecília. Se você não for minha, não será de mais ninguém, eu te prometo. — Olha direto para mim, e o que vejo nos seus olhos me dá medo.

Nem um segundo depois, Fernando o cola na parede, prendendo-o pelo pescoço com uma das mãos, e coloca o rosto bem próximo ao de Alex.

— Ameace-a de novo, seu desgraçado, e vai me conhecer bem intimamente. Aliás, não quero sonhar em saber que chegou perto dela de novo sem seu consentimento. Ouviu bem? — Bate a cabeça do Alex na parede com toda força, me assustando com o barulho que ecoa. Alex mais uma vez tenta se livrar, mas é em vão. — Ouviu? Responde, seu infeliz! — Fernando parece fora de si.

— Vá embora, Alex. Pelo amor de Deus! O que tivemos ficou no passado, não tem volta, entenda. Solte-o, Fernando.

— Eu vou soltar depois que me responder: você entendeu, seu merda? Ela não quer, agora arruma outra e a deixa em paz. Se eu vir você perto dela novamente, vai arrumar um problema sério para sua vida: eu. Agora me diz que entendeu o que eu disse.

Alex assente, muito contrariado, e Fernando o empurra com tudo para dentro do elevador que acabou de chegar ao andar. Sem dizer nada, Alex permanece encarando Fernando com seu olhar de ódio. As portas começam a se fechar, mas Fernando coloca uma das mãos para impedi-las.

— Não deixe que meu aviso a você seja em vão, ou juro que faço você desejar nem ter nascido — ameaça-o mais uma vez com tom de voz mortal e libera as portas para que fechem.

Ele permanece de costas para mim, olhando para a porta do elevador que foi fechada há alguns segundos. Continua com as mãos em punho, vejo sua respiração muito acelerada.

— Fernando? — eu o chamo. Ele continua quieto e não me olha. — Fernando? Entra um pouco.

Ele levanta o braço esquerdo e parece olhar as horas.

— Eu preciso ir agora, Cecília — diz, ainda de costas, chamando o elevador.

— Não quer beber uma água, pelo menos?

Ele nega com a cabeça e nem se vira para me responder. O elevador chega e ele entra.

— Obrigada — digo. Ele só assente com a cabeça e eu fico ali, olhando-o sem saber o que dizer, até as portas se fecharem.

Viro-me e vou em direção à minha porta. Esse homem está me deixando cada vez mais confusa. Não consigo entendê-lo. Aproxima-se um passo e se afasta dez. E o que foi isso agora com o Alex? Depois volta a ser o cara que parece não se importar, volta a ser frio e me ignorar. Nós estávamos quase nos beijando, aí a praga do Alex aparece – porque aquilo é uma praga ou, no mínimo, um carma –, ele veste a armadura brilhante, me defende como se eu fosse importante e depois simplesmente parece que nada aconteceu.

Ele tem um problema psicológico muito sério e está me causando um também, porque ninguém nunca foi tão ilegível para mim. Sempre me orgulhei de conseguir ler as pessoas de imediato, mas ele está sendo inde-cifrável, e isso tem me deixado louca.

— Pessoa! Fecha a porta não! — Escuto a voz da Juliane e abro mais a porta que estava fechando. Ela entra e noto que está toda suada.

— O que é isso? Estava malhando com essa roupa? — pergunto, quando ela já está abrindo a geladeira e pegando água.

— Nada, subi de escada; faz dois dias que não consigo ir à academia, esses horários nessa clínica nova estão me matando. Ontem e hoje subi a pé nove andares, estou toda dolorida — fala e bebe a água.

Ela continua a falar, mas minha mente está longe dali.

— Cissa? Está me ouvindo?

— Oi, estou, claro — respondo, assustada com seu grito.

— Está nada, o que eu disse? — ela pergunta, e eu só a olho. Curiosa, ela corre e se senta ao meu lado no sofá. — Fale agora ou cale-se para sempre! — Acreditem se quiser, esse é o jeito da Jujuba começar uma conversa mais séria.

— Ai, Jujuba, aconteceu tanta coisa do trabalho até aqui, que nem sei por onde começar — falo desanimada, lembrando de tudo o que passei em poucas horas, ou minutos; perdi até a noção do tempo.

— Então começa do começo, sempre é mais fácil. — Ela se levanta e pega a sua bolsa, em seguida a abre e tira um pacote de jujubas de dentro.

— Legal, só fico imaginando por que subir nove andares de escada para depois comer jujuba.

Ela faz uma careta para mim.

— Seria pior comer jujuba e não malhar, ficaria uma bola. Agora pode começar a falar. — Coloca duas jujubas na boca.

Um tempo depois, acabo de falar tudo e ela continua me olhando quieta.

— Cissa, só posso te dizer o que acredito que já saiba: você está caidinha por esse cara — fala bem tranquila.

— Claro que não! Você ouviu alguma coisa do que eu disse? Eu não o conheço e não consigo entendê-lo.

Concorda com a cabeça e me dá aquele sorriso acusatório. Ela entendeu tudo errado.

— Você pode até mentir para si mesma, Cissa, mas não acho legal mentir para mim, sua amiga desde a faculdade, aquela que caiu no seu vômito, que te impediu de tirar a roupa enquanto dançava bêbada em cima da mesa do bar perto do campus, que te livrou de ficar com o Thiago narigudo enquanto estava com a visão distorcida pela bebida, que te salvou de tatuar o nome do Alex na sua bunda, que...

— Está bom! — grito para que ela pare, porque se fosse enumerar todas as merdas que fiz, iríamos até de manhã nisso. — Não precisa jogar na cara. Eu estou confusa, não caidinha, só confusa.

— Ah, também tem o fato de que nunca contei a ninguém que você come a papinha dos pobres cachorros da internação durante a madrugada! Isso é pesado mesmo, é como tirar o leite da boca de uma criança. Mas não conto, pois sou sua amiga. Ah, também...

— OK! — grito de novo, a impedindo. — Ele me atrai, e muito, mas não estou assim como você diz, já é exagero! E deixa de ser dramática que eu não tiro leite da boca de criança nenhuma, tem um armário lotado de papinhas, e de madrugada dá uma fome danada.

Ela começa a rir.

— Você só funciona na tortura, Cissa! Agora, mudando de assunto, você deveria dar queixa do Alex, ele te ameaçou e isso é sério. — Seu tom é preocupado.

— Alex está desesperado, só isso. Tenho certeza de que não seria capaz de nada grave, acho que ele só não consegue aceitar que acabou.

— Sei lá, ele está meio transtornado, apesar de que nunca achei que fosse muito bom da cabeça, sempre te disse isso.

Concordo com um aceno.

— Eu devo ter o dom de atrair malucos, isso sim, como um ímã. Agora aparece esse capitão, nem o conheço, mas uma coisa já tenho certeza: ele não é normal.

— É, amiga, cada um tem a cruz que merece — fala, sorrindo.

— Pois é, todo mundo vê as cachaças que bebo, mas não vê os tombos que eu levo.

— Ai, Cissa, só você! — Ela dá uma gargalhada. — Deixe-me ir, que isso pode pegar. — Levanta-se e pega a bolsa. — Qualquer coisa, já sabe, estamos aí, e sábado tem barzinho com a galera, não vai esquecer. Agora preciso tomar um banho e dormir por 24 horas, só quero minha cama.

— E o Eduardo?

Ela me olha irritada.

— A essa hora da noite você vem me lembrar de coisas ruins, para me fazer ter pesadelos... — fala aborrecida.

— Ué, estava toda apaixonada semana passada, não entendi. — Finjo-me de desentendida.

— Entendeu, sim. Você me conhece: começou a me dar problemas e pegar no meu pé, despacho logo. Ih, estou muito nova ainda para esquentar a cabeça e enrugar minha pele linda com esse tipo de coisa — fala com seu jeito prático e fácil de ser.

— Um dia ainda vou te ver apaixonada de verdade.

— Não joga praga! — Mostra a língua para mim. — Agora, vou lá. Boa noite e sonhe com o capitão. — Já está abrindo a porta do seu apartamento.

— Muito engraçada! — retruco, e ela gargalha. — Já passei da fase de sonhos, amiga, o ao vivo é bem melhor, mas como só arranjo maluco, está difícil para o meu lado. — Ela sorri mais ainda e agora me junto a ela. Segundos depois, nós duas fechamos as respectivas portas.

Sigo para o banheiro, tomo banho e, minutos após comer meu sanduíche, estou deitada. Não consigo mudar o curso de meus pensamentos, só consigo pensar no Fernando, em como seu comportamento está me deixando maluca também.

Se não é maluco, tem um problema bem acentuado de bipolaridade. Nem o conheço e já está mexendo comigo de uma maneira que me deixa assustada.

— Esquece esse homem, Cecília. Será problema na certa, está escrito na testa dele: *sou problemático, não se aproxime.* — Solto o ar pela boca com força e abraço o outro travesseiro, tentando pegar no sono. Minha vida estava tão tranquila, e do nada esse homem aparece e começa a assombrar minha cabeça. Um selinho, somente um selinho, e eu estou toda abalada. Que doideira!

Esta sou eu: gosto das coisas mais complicadas e difíceis de serem resolvidas, mas até agora isso só era em veterinária e matemática. Até conhecer esse capitão misterioso e gostoso...

— Ai, ai, Cecília! Dorme!

CAPÍTULO 7

FERNANDO

Entro no meu carro completamente perdido em sentimentos.

Que porra é essa? O que está acontecendo comigo? Sopro o ar dos pulmões, tentando controlar a raiva, o mesmo ar que segurei até chegar ao carro.

O que essa mulher está fazendo com minha cabeça? Eu saí de mim como há muito tempo não acontecia. Minha vontade era fazer picadinho daquele filho da puta! Meu ódio ao pensar que ele era realmente o noivo dela me deixou transtornado, e quando a ameaçou, só tive vontade de quebrar a cara dele até aprender a falar com uma mulher. Desgraçado!

Não posso me deixar levar por esses sentimentos e impulsos, até agora não entendi o que me fez segui-la até seu apartamento. Ok, ela é especialmente bonita e tem uma língua afiada, é muito diferente das mulheres com quem me envolvi nos últimos anos. Não que eu tenha um envolvimento com ela ou queira ter.

Esse é o ponto. Não quero e não posso me envolver com ninguém a sério e sei que ela não aceitaria o que tenho a oferecer, que é uma noite ou outra, nada mais, pois a única em minha vida sempre será a Letícia. Por mais encantado e com falta de sexo que esteja, ninguém nunca ocupará o lugar da mulher que amei desde o primeiro momento em que a vi, até ser arrancada de mim de forma violenta. Provavelmente essa bagunça em minha cabeça seja por conta de todos os acontecimentos até chegar aqui.

Balanço a cabeça para afastar as lembranças, ligo o automóvel e sigo meu caminho. Preciso trabalhar e ocupar minha mente com coisas úteis.

Chego ao batalhão e só quero enfiar a cara no trabalho.

— Boa noite, Capitão. — O cabo André presta continência e eu lhe respondo igualmente. — O Comandante pediu para ir até a sala dele assim que chegasse.

Agradeço e sigo para a sala do Comandante, ciente de que vem merda das grandes pela frente.

— Boa noite, Comandante. — Presto continência e espero que me libere.

— Sente-se, Capitão. — Mostra a cadeira à sua frente com um gesto de mão.

— Pois não, Comandante. — Sento-me à frente de sua mesa.

— O senhor deve ter acompanhado no noticiário sobre a fuga do traficante Rato, do hospital, ontem?

— Sim, senhor, vi algo na TV e as notícias correm.

O desgraçado tinha sido resgatado por um bando armado que invadiu o hospital, causando a morte de um civil.

— Acabo de receber uma ligação do secretário de Segurança. A mídia está caindo em cima disso, e ele está cobrando resultados. Ele quer o infeliz preso em, no máximo, 24 horas. Por isso chamei o senhor. Prepare a equipe.

— Ok, Comandante, vou reunir a equipe agora mesmo.

Pego o papel contendo todas as informações e sigo para o pátio. Essa noite será movimentada, exatamente o que eu estou precisando.

A entrada da comunidade está uma "festa": é viatura da PM e policial para todo o lado, sem contar com alguns carros de reportagem. Como pegar alguém de surpresa desse jeito, fazendo esse alarde todo? Passo a mão pelo rosto, em desânimo. A essas alturas, o desgraçado já está sabendo, ou já fugiu, ou está se preparando para fazer isso, mas se ele ainda estiver na comunidade, não saio daqui até pegá-lo.

Reúno a minha equipe, explicando a tática de ataque que usaremos. Espero que consigamos resultados. Deixo-a pronta para adentrar a comunidade e atenta a qualquer informação extra que nos ajude na captura.

— Comandante? — me reporto ao comandante da PM.

— Sim, Capitão?

— Como andam as coisas, Comandante, algum grupo já entrou? Alguma informação?

— Dois grupos já avançaram, Capitão, fechamos o cerco de acordo com informações que recebemos de possíveis esconderijos, mas ainda não temos nenhum resultado.

Assinto e lhe explico que vamos entrar e que faremos o possível para capturar o indivíduo.

Estamos no encalço do desgraçado, foram quase seis horas dentro da comunidade, e agora nos preparamos para estourar o local. Pelo que tudo indica, o miserável se encontra em uma casa velha, no alto da comunidade, que nem reboco tem na fachada. Faço um gesto para que os cinco da esquerda tomem a frente, alguns já cercam a casa pelos fundos, e eu estou à direita com mais cinco membros da minha equipe. Se esse maldito estiver ali mesmo, não terá jeito de fugir; está cercado. Afirmo com a cabeça, e a primeira equipe invade o local com tudo.

— Polícia! Perdeu, vagabundo! — o Tenente Carlos dá o aviso, em seguida invadimos também o local, encurralando o infeliz e seus comparsas.

Confirmo que é realmente o cara que procurávamos. Missão cumprida.

Entregamos o desgraçado, com mais quatro que estavam com ele, para o comandante da PM, testemunhados por flashes e câmeras da imprensa, que ainda se encontra na entrada da comunidade. Todos os cinco tinham culpa no cartório, nenhum era inocente. Apreendemos com eles também drogas e armas.

Quando saio do batalhão, já são quase 9 horas e estou muito cansado. Entro no meu carro e olho para o banco do carona. A lembrança de Cecília me invade; saí de lá tão transtornado e confuso com tudo que aconteceu, que me esqueci completamente do ferimento em sua cabeça. Meu Deus! Fecho os olhos, arrependido por meu impulso. Ela deve estar chateada comigo, e com toda razão. Pego o celular, pensando em ligar para ela.

Para com isso, Fernando, não complica o que já está complicado, isso está saindo do seu controle. Sopro o ar pela boca em sinal de derrota, jogo o celular no banco ao meu lado e saio com o automóvel.

Estou parado em um sinal de trânsito a uma quadra de onde ela mora, então olho para o meu telefone e não resisto. Pego-o, e quando me dou conta, já estou com o celular no ouvido, chamando, esperando-a atender, mas ela não atende e cai na caixa postal, me deixando frustrado a ponto de não desistir e ligar novamente.

Insisto e insisto, até que na quinta vez ela atende.

— Oiii. — Sua voz está distante.

— Cecília? Tudo bem? Está em casa?

— Não muito! Estou, sim. — Sua voz está longe e com eco, não fala direto no aparelho — Não! — grita, me levando ao desespero.

— Cecília? Fala comigo, o que está acontecendo? — Encosto o carro.

— Merda! Não, não, não faz isso! — grita com desespero. Merda!

— Cecília?! — grito ao telefone, mas não me responde. Porra! Dou ré no automóvel como um louco, tinha acabado de passar pela rua dela e o

CRISTINA MELO

próximo retorno é muito longe, ainda bem que não tem trânsito.

Paro o veículo na frente do seu prédio, coloco a pistola no cós da calça, aciono o alarme do carro e entro com tudo em seu condomínio. O porteiro está de papo com o cara dos correios e nem me vê passar. Merda de segurança a desse prédio!

Minha adrenalina está lá em cima. Enfim o elevador chega e o invado; quando as portas se abrem no andar, já saco a pistola. Se tivesse algum vagabundo dando cobertura no corredor, já iria rodar. Mas quando saio, o corredor está vazio e parece calmo, então avanço para a porta que ela começou a abrir ontem.

— Cecília? — chamo e bato na porta ao mesmo tempo. Meu corpo treme, o medo de acontecer algo com ela me faz companhia.

— Entra! — Ouço seu grito ao longe, empunho a arma e abro a porta com tudo...

— Fernando?

A cena que vejo, ao entrar, me mostra o que realmente acontecia e ao mesmo tempo me inunda com um alívio sem igual. Graças a Deus, ela está bem.

Seu rosto para mim é de surpresa e susto, então me dou conta de que ainda aponto a arma para ela, e constato que está em meio a uma grande confusão, mas nada perigoso como havia imaginado.

— O que está fazendo aqui? — indaga confusa.

— Passava bem perto da sua casa, quando resolvi te ligar para ver se estava bem e você não falou comigo direito, pelo contrário, começou a gritar, achei que estivesse em perigo.

Desengatilho a pistola e a coloco sobre a mesa de canto da sala. Aproximo-me dela, na pequena cozinha integrada à sala. Descalça, os cabelos em um coque que quase não existe mais e usa uma blusa de malha branca que não deixa muito para minha imaginação, pois só cobre até o quadril e, ainda por cima, está toda molhada por conta da confusão à sua frente.

— Estamos com problemas? — indago, parando a poucos centímetros dela.

— Muitos problemas! Essa porcaria de apartamento velho, cada hora é uma coisa. Agora foi a torneira que resolveu estourar — reclama bem chateada. A cena está engraçada, mas tento me controlar para não sorrir.

— E você está conseguindo resolver com os panos de prato? Quanto tempo está aí? — Meu tom sai divertido.

— Pelo menos os panos estão evitando que molhe meus armários, e já chamei o Sr. Isaías. — Alivia o pano, e a água que estava com muita pressão avança em seu rosto. Mordo os lábios para segurar o sorriso.

— Encanador? — indago.

— Não, o porteiro. Tem meia hora que interfonei para ele e estou presa aqui, segurando esse pano para não inundar minha cozinha.

— Bom, duvido que ele possa te ajudar, nem o serviço dele está fazendo. Está de papo e nem viu quando subi. Agora, seria muito mais fácil fechar o registro do que ficar presa aí, não?

— Como, Fernando? Você não entendeu? A torneira estourou, não dá para fechar! — fala irritada.

— O registro geral, Cecília — explico. — Onde é?

Olha para mim, confusa.

— Eu sei lá, Fernando, moro aqui há pouco mais de um ano e mal fico em casa.

Não seguro mais o riso e me aproximo mais dela para ver se encontro algum registro perto da pia.

— Vai se molhar, Fê.

Alguns respingos molham minha camisa de malha e meu jeans, mas não me importo. Não acho nenhum registro ali.

— Não está aqui, deve estar no seu banheiro. Onde é?

— A primeira porta do corredor — responde.

Assinto e tiro meu tênis que se molhou, para não sujar o resto da casa. Entro no banheiro e logo vejo o registro. Espero que seja o geral e não só o do banheiro. Fecho-o.

— Parou? — grito.

— Parou, Fê! — Sinto alívio junto com sua resposta.

Volto para a sala, e em seguida entro na cozinha para tentar ver o que tinha acontecido, e quando paro à sua frente, a visão dela com aquela camiseta molhada me desestabiliza. Não consigo olhar em outra direção que não seja seu corpo, e quando percebo, estou descendo e subindo o olhar sobre ela, como um estúpido adolescente sedento por sexo.

Consigo ver perfeitamente que está sem sutiã e, com isso, o formato de seus seios redondos e empinados. Também vejo que sua calcinha é vermelha. Passo a língua pelos lábios como um animal faminto pela presa. Seus olhos estão nos meus, e sua respiração fica descompassada. Ela morde os lábios e não resisto mais; em um movimento preciso, envolvo sua nuca com uma mão e a colo ao meu corpo. Meu polegar circula seus lindos lábios, que chamam os meus como um ímã. Não me detenho, baixo minha boca, indo ao encontro da sua.

— Droga! — reclama ao ouvirmos o som de sua campainha, impedindo nosso beijo mais uma vez. — Deve ser o Sr. Isaías, deixa eu abrir a porta.

O quê? Ela vai abrir a porta vestida assim? Nem a pau, não deixaria que outro tivesse a mesma visão que eu, não mesmo.

— Eu cuido disso. Acho melhor tirar essa roupa molhada.

Ela baixa o olhar para a camiseta e assente, passando por mim e seguindo para o corredor. Essa visão dela por trás também é espetacular! A campainha toca mais uma vez e caminho em direção à porta.

— Bom dia — cumprimento firmemente o homem ao abrir a porta. Não gosto de gente irresponsável e relapsa no trabalho, aliás, em nenhuma função.

— Bom dia, senhor. A dona Cecília me chamou para dar uma espiada em um vazamento.

Balanço a cabeça em negativa, puto por sua falta de noção. Olha quanto tempo demorou; se estivesse ocupado eu até entenderia, mas vi que estava de papo.

— Não é um simples vazamento. O senhor entende de hidráulica?

— Não, senhor, vou tentar quebrar o galho aí e tentar resolver.

— Então agradeço sua disposição, mas ela não precisa de alguém que tente, e sim de alguém que resolva. Pode ir que aqui está tudo sob controle, eu já estou cuidando disso.

Ele assente e parece satisfeito de eu o ter dispensado. Mas é um encostado mesmo! Não costumo implicar com ninguém, mas quando cismo é porque algo tem, e esse aí não me desceu.

Fecho a porta, indignado com a má vontade do cara. Veio aqui só para constar, tenho certeza. Sigo para a cozinha novamente e verifico que a torneira está estourada no registro, vai ter que ser substituída. Tenho certeza de que, trocando, acabamos com o problema.

— Ué, cadê o Sr. Isaías?

Viro-me para olhá-la, e agora estou em dúvida se estava mais bonita com a camiseta molhada ou com esse short soltinho verde, que me chama, e a blusa de alcinha com estampa de gato, além dos cabelos presos em um rabo de cavalo, deixando seu pescoço lindo à mostra. Mas tento me concentrar na sua pergunta.

— Esse cara é um preguiçoso! Demora uma eternidade para atender a um chamado e ainda ficou todo satisfeito quando eu o dispensei. — Meu tom sai irritado, odeio gente preguiçosa e com má vontade.

— Fernando! E agora? Eu não sei mexer nisso e não sei quem saiba.

Ergo as sobrancelhas para ela, que acha que vou deixar isso como está e ir embora.

— Eu vou resolver isso, Cecília, fica tranquila.

Ela me olha desconfiada.

— Não quero te dar trabalho, Fernando. Pode deixar que vejo alguém para fazer isso. Parou de vazar, já me adiantou muito. — Vejo que está sem graça.

— Isso não é trabalho, Cecília. Já resolvo o problema.

Ela sorri, e minha vontade é agarrá-la e matar toda a vontade que estou dela, mas não posso.

Viro-me para a pia e começo a retirar a torneira, mas ela não alivia para o meu lado. Coloca a mão em minhas costas, próximo ao meu ombro, acho que para olhar o que eu estou fazendo. Seu corpo está perto demais do meu e seu cheiro me domina. Porra, vai ser foda resistir assim! Se eu a pegar, não vou liberar tão cedo.

— Devo deduzir que... — Porra, Cecília! Ela só pode estar me provocando, sua mão agora sobe e desce pelas minhas costas, e eu estou a ponto de explodir de tanto desejo.

— Hum? — Sua pergunta, em forma de gemido, me deixa louco.

Deixo a torneira que eu já havia retirado em cima da pia e me viro de frente para ela, que está ofegante. Seu olhar encontra o meu, e o desejo que vejo nele me deixa sem outra alternativa. É como jogar combustível em uma fogueira para tentar apagá-la.

Minhas mãos vão para o seu quadril e o puxam para que se encaixe ao meu. Ela me dá um sorriso de lado, e sei que sentiu minha ereção. Suas mãos agora passeiam por meu peito. Levo minha boca ao seu pescoço lindo e deposito alguns beijos ali e vou subindo meus beijos até chegar ao pé do seu ouvido.

— ... Que não tem uma torneira nova ou em condições de uso em casa? — provoco-a. Sei que a essa altura o que menos interessa é a torneira.

— Oi? Sério isso, Fê? — Está irritada, e imagino exatamente o porquê; ela também precisa acabar com a tensão sexual que nos persegue.

— Muito sério. Precisamos de uma torneira para acabar com o problema. — Pisco para ela.

— Pode ter certeza que meu problema agora não se resume à porcaria da torneira. — Sua irritação me faz querer jogá-la em cima dessa pia e lhe mostrar como a desejo, mas também estou adorando provocá-la.

— Não? — Uma de minhas mãos segura sua nuca para que não fuja do meu olhar. — E qual é o seu problema, Cecília?

Sua respiração está ofegante, eu sei exatamente qual é o problema dela, mas preciso ouvir de sua boca. Fazia muito, mas muito tempo mesmo que não desejava alguém como a estou desejando.

— Droga, Fê! Vamos pular essa parte, você sabe exatamente a qual problema estou me referindo. — Sua voz sai abalada, carregada de desejo. Claro que eu sei como resolver o problema dela, e irei resolvê-lo, ah, se irei.

— Nada de pular partes... — Minha mão agora passeia por seu rosto e lábios, a outra invade sua blusa e toca a pele macia de suas costas. Seus olhos estão fechados, seu corpo reage a mim de uma maneira que me deixa louco.

— Toda parte, cada passo, cada palavra é muito importante, Cecília. Então, nada de pulá-los. — Minha boca passeia por seu pescoço e agora roça seus lábios, provocando-a. Ela os abre para receber meu beijo, ansiosa, mas me afasto. — Você consegue entender como cada parte é indispensável? — Minha pergunta sai quase em forma de comando.

— Sim.

Seu sim me deixa extasiado. Seus olhos ainda estão fechados. Minha mão, até então nas costas dela, agora segue para a frente do seu corpo e logo alcança seu objetivo e segura um de seus seios sob a camisa. Ela está sem sutiã, e minha mão se molda perfeitamente sobre ele. Meu polegar passeia sobre o bico e ela geme, e a visão dela assim, com a cabeça apoiada na minha outra mão, a pele ruborizada pelo desejo e os sons dos seus gemidos, estão destruindo meu controle.

— Então me diz, minha linda. Qual é o seu problema e do que você precisa? — Como eu queria resolver sem precisar esperar por sua resposta.

Num impulso, a suspendo e a coloco sentada na pia, ficando entre suas pernas. Minha mão direita volta para o seu seio e a esquerda puxa um pouco seu cabelo, soltando-os do rabo de cavalo que ela havia feito. Nossos corpos estão colados e nada faz mais sentido do que isso. Minha boca vai para o seu pescoço, provocando-a com meus beijos, e os gemidos que ela dá me provocam. Preciso dela, mas também preciso que ela diga que precisa de mim.

— Diz... — peço, e meu controle já era, ela me domina. — Me fala o que quer.

— Humm... Fê... eu...

— Cissa, você não acredita o que...

CAPÍTULO 8

Cecília

Não, não, não! Só pode ser praga de ex, nome na boca do sapo, carma ou até mesmo os astros que estão conspirando contra mim. Não é possível! Eu devo ter atirado pedra na cruz ou quebrado milhares de espelhos para ter tanto azar!

— Ai, meu Deus. Gente, desculpa, a porta estava aberta, por isso não toquei a campainha. — Fernando continua na mesma posição, mas solta o ar com força. Não o conheço muito, mas sei que está puto pela interrupção. Meu olhar para a Juliane é assassino, ela vê isso, pois fica vermelha. — Foi mal, podem continuar aí, eu não estive aqui. — Ela está muito sem graça, e eu, frustrada.

— Eu vou comprar a torneira — Fernando diz seco, e se afasta, me deixando com um vazio enorme.

Ele coloca o tênis, pega a arma em cima da mesa e segue para a porta, fazendo um gesto de cabeça para cumprimentar Juliane, que acabou de ter seu nome incluído no meu caderninho preto. Esse mesmo que você está pensando, aquele "estilo Pablo Escobar". Fernando sai e fecha a porta sem dizer nem um tchau.

— Porra, Jujuba! Obrigada! — Desço da pia muito puta da vida, pego o pano e começo a secar o chão.

— Desculpa, Cissa, hoje realmente não é meu dia...

— Pois estava sendo o meu — a interrompo. — Até você entrar por essa porta, estava sendo o meu dia de pegar um homem maravilhoso e tirar o atraso. Você reparou o cara gostoso que acabou de sair por aquela porta, né? — Descarrego a frustração nela.

— Ai, Cissa, já disse que foi mal! Sabe que não sou do tipo empata foda, sou a primeira a te dizer que já está na hora de cair na pista e tirar essa teia de aranha daí.

Faço uma careta com um sorriso forçado para ela.

— Não é Ave Maria, mas é cheia de graça. Muito engraçadinha! Eu já estaria no quinto orgasmo se não tivesse me interrompido.

Ela sorri.

— Só você para me fazer rir hoje, Cissa. Cinco orgasmos também já é muita expectativa da sua parte. Vai mais devagar, doutora, conselho de amiga: espere sempre o pior para não se decepcionar, e o que vier de bom, estará no lucro. — Ela pisca e se senta no sofá.

— Ok, Juliane Marques! Você sabe como brochar uma pessoa. Agora fala o que aconteceu. — Torço o pano no balde e o volto para o chão. Ela se levanta e vem em minha direção.

— Eu saí do plantão e fui ao supermercado próximo da clínica, aquele que vamos às vezes.

— Hum, e aí? — Continuo com o pano nos pés, indo de um lado para o outro para terminar de secar o chão.

— E aí que eu conheci o cara mais escroto e sem educação que eu já vi na vida! — Sua voz está bem alterada. — Sem educação é pouco, o cara é um ogro estúpido, um babaca, um... Ai, nem tenho mais definições para aquilo, que raiva! — Ela está irritada mesmo, e olha que tirar a Jujuba do sério é a coisa mais difícil do mundo, tudo para ela está bom.

— Nossa, o que o ogro fez de tão grave?

— Você não vai acreditar. — Ela me olha e revira os olhos, fazendo uma careta.

— Então me conta logo de uma vez e deixa que resolvo se acredito ou não — digo, sem paciência.

— Ih, tá estressada, hein, está precisando de sexo. — Só a olho e meu olhar diz claramente: estava prestes a fazer e não o fiz por sua culpa. — Ok, foi mal, não resisti à piada. Vamos voltar para o ogro. — Inclina-se sobre o balcão.

— Bem melhor, agora me fala logo o que esse ogro fez de tão absurdo assim.

— O que ele não fez, amiga, essa é a questão! Que cara mal-educado! Estava eu no supermercado, precisamente no corredor de bebidas, quando o locutor anuncia promoção daquela cerveja que gosto...

Termino o que estou fazendo e encosto na pia para ouvi-la.

— Aí sigo para onde estava a cerveja, a promoção era "Leve 5 pacotes de cerveja e pague apenas 3". A gôndola já estava vazia e só tinha uns seis pacotes. Beleza, eu precisava só de cinco para aproveitar a promoção, e quando pego a primeira embalagem para colocar no meu carrinho, o abusado vem e pega também dois de uma só vez e coloca no carrinho dele. Olhei-o incrédula! Será que ele não viu que a quantidade não dava para os dois aproveitarem a promoção? Ele continuou pegando, e eu abismada, olhando sua falta de educação. Eu cheguei primeiro. Até que um repositor entra na seção...

JULIANE

— Oi, você tem mais dessas embalagens no estoque? — perguntei a ele.

— Não, senhora, a promoção está desde ontem e essas são as últimas.

Agradeci, ainda com as mãos em minha embalagem, e quando olho, o babaca já tinha colocado quatro em seu carrinho, então segurei a outra. Se eu não ia aproveitar a promoção, ele também não iria, afinal tinha que levar cinco. Quando ele percebeu isso, parou, cruzou os braços como se fosse me intimidar e ficou me encarando.

— Você reparou que eu cheguei aqui primeiro? Então eu tenho o direito de pegar o que quiser primeiro.

Ele me olhou de cima a baixo com cara de desdém. Sério, ninguém nunca me olhou com essa cara, cheguei a me olhar também para ver se tinha algo errado comigo ou minha roupa, mas não, tudo estava como deveria ser.

— E onde está escrito isso? Você é dona do mercado? — Seu tom era irônico, foi a primeira vez em minha vida que senti ódio à primeira vista. Eu o odiei.

— Não. — Quando vi, já saiu e não sabia o que dizer.

— Como eu imaginei. — Deu um sorriso forçado e se aproximou mais de mim para pegar o outro pacote que eu segurava. Seu corpo roçou o meu, seu cheiro era uma delícia, isso não vou negar. Sua mão agora estava na embalagem que eu também segurava.

— Você não vai levar essa, essa é minha! — Sim, eu iria lutar pelo menos por essas duas embalagens até o final, agora já era questão de honra!

— Não, só será sua quando você pagar no caixa, por enquanto é do supermercado e todos os clientes têm direitos sobre ela. — Sua voz saiu baixa e não gostei da sensação que provocou em mim, pois odeio gente mal-educada! Eu o odiei e não podia gostar da voz dele.

— Isso não tem cabimento, eu já tenho as quatro no meu carrinho, e de qualquer forma, você não vai conseguir a promoção, então pode comprar em outro lugar — disse simplesmente. Seu corpo estava tão perto do meu que, por um momento, desejei saber um daqueles golpes letais de Krav Maga para matá-lo rápido, sem deixar rastros.

— Você é muito cara de pau e sem-noção! — disparei contra ele e sua testa se enrugou para mim. — Eu cheguei aqui primeiro, portanto, você tinha que esperar eu pegar primeiro. — Ele deu um sorriso de lado. Meu Deus, que sorriso lindo! *Foco, Juliane, você o odeia.*

— Por quê? Por que eu tinha que esperar? — indagou com aquela voz sexy e baixa. Nossa distância não chegava a 30 centímetros.

— Porque essa é a lei das boas maneiras e da educação, cavalheirismo: primeiro as damas, essas coisas. Nunca foi apresentado a esse tipo de coisa? Certamente que não.

Ele aumentou o sorriso.

— Engraçado... Vocês, mulheres, vivem reclamando e exigindo direitos iguais e quando um homem dá isso a vocês, não aguentam.

Que vontade de tacar esse pacote na cabeça dele.

— Quer saber, deixa pra lá. Engole a cerveja, pode levar tudo, não estou nem aí, não vou ficar discutindo com um cara como você, não vale a pena!

Sua testa enrugou de novo e ele passou a me encarar com um olhar intenso.

— Sinto muito te informar, mas já está discutindo comigo. — Piscou para mim, e eu só queria ser louca o suficiente para voar no pescoço dele e o estrangular.

— Ah, que se dane! — Retirei a mão da embalagem, me virei e comecei a sair dali, empurrando meu carrinho vazio.

— Espera! — Fui parada quando ele travou o meu carrinho com a mão. Olhei-o, e nunca estive tão irritada. — Podemos dividir as cervejas, pronto, resolvido.

O quê?!

— Eu não vou dividir nada com você, pode ficar, não me importa. Faça bom proveito. — Meu tom saiu mais alterado do que eu esperava.

— Bom, tentei ser educado, mas se você não quer, melhor que sobra mais. — Seu tom de deboche me irritou mais ainda.

— Nossa, muito educado! Estou impressionada com tanta educação. Agora solta meu carrinho que tenho mais o que fazer.

— Nervosinha, não? — provocou.

— Na boa, vai...

— Olha! — me interrompeu na hora que iria mandá-lo à merda. Ele parecia se divertir às minhas custas e isso estava me deixando muito puta da vida.

— Vá pentear macaco! Agora sai da minha frente.

Ele começou a rir da minha cara, mas não saiu. Então empurrei o carrinho com toda raiva, tirando-o da minha frente, e segui o meu caminho sem olhar para trás.

Olho para a Cecília, e ela está muda esse tempo todo me ouvindo.

— Viu só que cara babaca?

Ela não responde.

— Como ele era? — solta a pergunta.

— Eu já disse, um idiota, um mal-educado...

— Fisicamente? — ela me interrompe com a pergunta.

— Sei lá, nem reparei. — Não quero descrever o cara mais lindo e idiota que já vi na vida. Sua gargalhada me assusta de tão alta.

— Para cima de mim, Jujuba? — Me faço de desentendida. — Você consegue reparar até se uma pessoa tem pontas duplas no cabelo; não ia reparar, nesse tempo todo de conversa, como o cara era? Até parece. — Nunca me senti tão sem respostas.

— Não foi conversa, foi discussão! — tento convencê-la, como estava tentando me convencer desde que virei as costas para ele, que ele não mexeu comigo.

— E desde quando você é de brigar por qualquer coisa? Você mal toma uma latinha de cerveja, para que toda essa questão?

Se tem uma coisa que aprendi sobre a Cecília, é que ela não se convence fácil.

— O problema foi o abuso dele, Cecília, e não a cerveja.

Ela balança a cabeça de um lado para o outro, e o sorriso idiota não sai de seu rosto.

— Eu sabia que esse dia chegaria — diz, me encarando.

— Que dia? — Não entendo aonde ela quer chegar.

— O dia que um cara iria mexer com você de verdade. Ele achou uma brecha e conseguiu entrar. Juro que estava preocupada, amiga, achei que realmente não tinha coração.

Agora tenho que aturar gracinhas da minha melhor amiga. Eu mereço! Claro que ele não mexeu comigo dessa forma. Amor para mim não existe, isso é só uma desculpa que as pessoas arrumam para justificar sua falta de noção quando estão juntas. Eu sou prática, e relacionamentos são para diversão e não para me causar problemas. Quando vejo que eles vão começar, corro e arrumo outro que queira o que eu quero: nada complicado, nada de prisão.

— Na boa, Cecília, não dá para conversar com você, a gente fala uma coisa e você interpreta outra. Que saco! Vou dormir, que é o melhor que faço.

Ela não para de rir. Me viro rápido e, quando vou abrir a porta, ela é aberta antes que eu toque a maçaneta. É o *affair* dela. Ele me olha, o rosto bem sério. Estou vendo que os dois precisam muito de sexo.

— Pena que não pegou o telefone dele! — ela grita para mim.

— Não enche, Cecília! — Saio e a deixo lá, ainda sorrindo. Ainda não estou conseguindo entender do que ela achou tanta graça.

CECÍLIA

Meu sorriso morre assim que vejo o rosto do Fernando. Seu semblante está diferente, com aquela cara amarrada. Esse homem tem algum tipo de transtorno, com certeza. Ele fecha a porta pela qual a Jujuba acabou de passar e vem em minha direção com uma bolsa na mão.

— Eu comprei esta. — Retira da sacola uma torneira que parece ter funções além do esperado, com um design também bem bonito. — Ela é bem útil e resistente. Esse filtro aqui é bem mais confiável que o da sua antiga torneira.

— Ela é bem bonita, não precisava se preocupar tanto. Saindo água já está bom.

Ele balança a cabeça em negação e começa a passar uma fita branca na rosca da torneira.

— A qualidade é importante, vai por mim. — *Ainda estamos falando da torneira?*

— Prontinho, vou ligar o registro para ver se está tudo certo. — Ele passa por mim, e não parece o mesmo que me agarrou nessa pia até sermos interrompidos. Sério, esse homem está bagunçando minha cabeça como nenhum outro.

— Agora vamos ver se a mágica acontece.

É só o que quero ver: a mágica acontecer. Estou esperando-o testar, encostada no balcão de frente à pia. Ele abre a torneira e tudo parece perfeito.

— Isso aí, problema resolvido. — *Só se for o seu, porque o meu, nem de longe está.*

— Obrigada. — Não tenho outra coisa a fazer a não ser agradecer. Bom, na verdade, eu tenho sim, mas não sei como recomeçar de onde paramos. Percebo, pelo seu jeito frio e por nem ter me olhado desde que voltou, que não quer recomeçar, e isso me abala de uma maneira absurda.

— Eu preciso te pagar a torneira, pelo menos. Me diz quanto foi. — Tento manter o tom da minha voz normal, sentindo algo que não experimentava há muito tempo. Estou com um bolo em minha garganta e me sentindo rejeitada, com vontade de deitar em minha cama e chorar.

— Não se preocupa com isso, Cecília, está tudo certo. — O tom de sua voz é sério. Não lembra em nada a voz sexy que falava ao meu ouvido há pouco.

— Claro que não! Isso já é abusar demais — falo firme, tentando não mostrar para ele o quanto estou abalada com sua atitude. Não estou me reconhecendo.

— Já disse que não tem que se preocupar com isso. Agora eu realmente preciso ir, tenho um compromisso. — Ele não me olha, está olhando para todas as direções, menos para mim. Parece incomodado com minha presença.

— Ok, Fernando, então só posso te agradecer. Obrigada. — O sentimento de rejeição dá lugar à raiva. Vai ser bipolar assim lá longe! Não tenho paciência e nem tempo para isso, já me livrei de um maluco quando terminei com o Alex, não vou arrumar outro. — Desculpa ter te assustado ao telefone e tomado seu tempo. — Saio da cozinha e sigo para a sala, indo na direção da porta de entrada.

— Não foi nada, que bom que pude ajudar. Está tudo bem? — pergunta desconfiado, acho que minha cara já lhe dá a resposta.

— Tudo ótimo! Agora tenho uma torneira funcionando novamente. — Fujo da sua pergunta e dou um sorriso forçado para ele, que me olha pela primeira vez desde que voltou com a torneira.

— Que bom que resolvemos o problema. — Sua voz sai pouco confiante.

— Resolvemos? — Não consigo disfarçar mais o sarcasmo. Esse homem me leva do céu ao inferno em segundos.

— Está tudo bem? — Não, *para de me perguntar se está tudo bem!* Ele só pode estar de sacanagem com a minha cara.

Claro que não está tudo bem ou tem algo a mais aí. Claro, como não pensei nisso antes? Preferi achar que ele era maluco, com certeza que tem algo a mais, e pensar o que estou pensando faz minha raiva subir em um nível nunca visitado.

— Vamos jogar limpo aqui, Fernando, não gosto de enigmas. Você é casado, é isso? — solto de uma vez. Nunca fui covarde e não vou começar a fugir agora, prefiro saber de uma vez. Sinto algo por ele, não sei se é só tesão ou algo a mais. Mas estou sentindo e não tenho mais idade para ilusões.

Ele continua me encarando e ainda está mudo. Acertei em cheio, deve estar pensando em uma daquelas desculpas esfarrapadas para me dar.

— Te fiz uma pergunta e estou esperando uma resposta. — Encaro-o, de braços cruzados.

CRISTINA MELO

CAPÍTULO 9

FERNANDO

O olhar de Cecília, inquisitivo, está fixo no meu. O que sinto com sua pergunta me assusta, me deixa paralisado, sem conseguir ao menos lhe responder. Desde a morte da Letícia, lamentei cada segundo, hora e dia desses oito anos por não ter conseguido viver o que planejamos para nós, por não ter conseguido casar e por não ter construído nossa vida e família juntos.

E pela primeira vez durante todo esse tempo, estou feliz em poder responder que não sou casado. E isso me deixa muito mal, me sinto traindo a Letícia, traindo o sentimento que me acompanhou durante tanto tempo, traindo a minha própria dor e meu amor.

Isso não está certo, estou me iludindo e me deixando levar por um caminho sem saída, e pelo olhar que Cecília me dirige, tenho certeza de que não aceitaria o que tenho a oferecer. Ela não merece um cara fodido como eu, minha bagagem é muito pesada até para mim, imagina para ela.

Sei que essa felicidade que penso estar sentindo é momentânea. Eu enterrei meu coração junto com a Letícia e é lá que deve ficar. A Cecília é linda e está mexendo muito comigo, mas não posso ser o cara que ela espera e deseja, disso eu tenho certeza. Então o melhor é parar isso enquanto é possível, a última coisa que quero é magoá-la.

— Ainda não sei ler pensamentos, Fernando. Acho que não é tão difícil assim dizer sim ou não. Ou é? — Seu tom de voz está cada vez mais irritado.

Continua me encarando séria, com os braços cruzados na frente do corpo. Respiro fundo e fecho os olhos. Como chegamos a isso?

— Não, Cecília. Eu não sou casado e nem quero ser. — Sou firme e decidido em minhas palavras. Ela tem que saber que não deve criar expectativas em relação a mim. Não passarei por tudo de novo, não farei planos ou desejarei um futuro incerto com alguém. Meu destino é viver sozinho, pois todos que amei se foram e eu já me conformei e o aceitei.

— Eu... Me desculpa, eu só achei a sua atitude estranha, precisava saber onde estava me metendo. — Seu tom está mais ameno, parece ter baixado a guarda, mas não posso deixar que se iluda com algo que nunca será possível. Vejo claramente que o fato de eu ter dito que não sou casado a encheu de expectativas.

— Não queira saber e nem se meter. Não vale a pena. — Seus olhos se arregalam com minha resposta. Sou mais áspero do que pretendia. Seu semblante muda, e isso faz com que me arrependa instantaneamente de minhas palavras.

— Entendi perfeitamente o recado, Fernando. Mais uma vez, obrigada. Agora acho melhor você ir, para não se atrasar para o seu compromisso. — Sua voz sai fria como gelo, e vejo desprezo em seu olhar.

— Cecília... eu... — Sou interrompido por um barulho de celular.

— Eu preciso atender, pode ser importante.

Assinto, e ela volta para a cozinha e pega o aparelho em cima do balcão.

— Alô.

Estou olhando para ela sem conseguir desviar o olhar. Minha vontade é abraçá-la, pedir desculpas, e dizer que não era minha intenção magoá-la.

— Hã? E quem te disse isso? — Volto a prestar atenção em suas palavras, seu tom é irritadiço. — Então você pode dizer para ela que o Sorte vai ficar internado até eu achar que está na hora de receber alta. — Seu rosto está vermelho. — Como assim, na responsabilidade de quem? Ele está sob minha responsabilidade, todo mundo sabe disso, dona Barbara! — Ela está bem irritada. — Ok, dona Barbara. Daqui a pouco estou chegando e resolvo isso, pode deixar que vou falar com ela. — Desliga o aparelho e solta o ar pela boca. Já reparei que toda vez que está irritada faz isso.

Ela ainda não olhou novamente em minha direção. Sinto uma vontade incontrolável de abraçá-la, não sei qual é o problema em si, mas queria dizer que vai ficar tudo bem, queria protegê-la. Quando me dou conta, já estou com as mãos em seus ombros, parado atrás dela. Minhas mãos massageiam sua pele macia, beijo sua cabeça. Meu desejo por ela me domina, não me deixa agir com a razão.

Eu sei o que é o certo a fazer, mas uma força invisível e indomável me puxa e prende, me instiga a seguir o caminho contrário do que deveria. Sei que não posso ser o que ela quer e espera, mas meu egoísmo fala mais alto. Preciso dela, mesmo que só por um instante eu preciso tê-la. Nunca senti tanta urgência por uma mulher antes, nem mesmo pela...

— Fernando... — Ela se vira de frente para mim e logo uma de minhas mãos envolve o seu quadril com firmeza, e a outra, seu pescoço. Seu olhar se prende ao meu e não consigo interpretar o que vejo neles. Tem desejo, mas também tem outra coisa. — Eu não sei a que tipo de jogo você está acostumado ou gosta, mas não gosto de jogos e não faço o tipo submissa. Então, esse tipo de atitude e joguinho não vão funcionar comigo. — É direta, e agora identifico a outra coisa: é raiva. Seu olhar não desvia do meu, ela me encara, decidida.

— Cecília, me desculpa, eu não quis ser grosso ou indelicado...

— Mas foi! Não sei realmente qual é o seu problema, Fernando, mas eu não tenho paciência e muito menos espaço na minha vida para esse tipo de coisa.

Meu Deus, mal consigo assimilar suas palavras, pois meus olhos e meus pensamentos só trabalham juntos e falam em um único coro: como ela fica linda, irritada.

Meu polegar circula seus lábios, minha vontade em prová-los está além do limite. Desço minha boca sobre a sua, sedento...

— Você entendeu o que eu disse? — Sua pergunta é disparada quando minha boca está a um milímetro da sua.

— Entendi, nada de jogos. Eu quero você, Cecília, e isso eu não posso negar. — Mal termino a frase, ela invade o espaço que faltava e nossas bocas se colam. Minha língua se junta à sua. A explosão de sensações que tenho com apenas esse beijo, além de indescritível, me assusta.

Você já sentiu como é boa a sensação de voltar à superfície, depois de minutos submerso embaixo d'água e enfim poder respirar novamente?

Já teve aquela sensação de que podia voar quando está em um mirante ou em um lugar muito alto?

Aquela sensação de enfim chegar em casa, depois de um dia terrivelmente exaustivo?

Sabe aquela sensação de liberdade e felicidade do primeiro banho de chuva?

Aquela sensação de ver o sol, depois de dias de chuva?

E sabe aquele lugar que sonha em conhecer, e quando enfim conhece, sente que faz parte dele, que ali é seu lugar, mas que não pode ficar?

Foram todas essas sensações que eu tive agora, em um único beijo. É como se despertasse de um coma depois de anos. Sinto a respiração de cada poro do meu corpo, sinto o sangue pulsar em cada veia e bombear meu coração, que bate descompassado. Sinto-me vivo.

Suas mãos afagam meu pescoço e cabelos, a carícia simples me causando fortes sensações. Não consigo parar de beijá-la, seu beijo desperta em mim um frenesi, me fazendo querer mais e mais. Preciso demais dela, preciso de tudo o que puder ter.

Ela começa a retirar minha camisa e a ajudo; ao afastar nossas bocas por segundos apenas, me faz sentir sua falta nesse curto espaço de tempo. Jogo a camisa em cima do balcão, aproveito e retiro minha pistola, deixando-a ali também.

— Fê... eu... — Ela tenta dizer algo, sua voz está baixa e sexy pra caralho! Minha boca não quer abandonar a dela.

— Shiuuu, minha linda, eu preciso muito de você. — E realmente preciso. Não sei como, mas pareço ter encontrado meu ponto de equilíbrio novamente, mas agora não quero pensar muito, só quero voltar a ser o Fernando sem amarras e bagagens e aproveitar tudo que posso. Pensar é a última coisa que quero agora.

Retiro sua blusa, e quando pouso meu olhar sobre a pele exposta, paraliso por uns segundos. Ela é muito mais linda do que minha imaginação me dizia, posso dizer que é perfeita. Não me seguro mais e desço minha cabeça, levando a boca para explorar cada pedacinho seu até então desconhecido.

— Ah! — Escuto um gemido rouco quando minha língua começa a trabalhar em seu seio perfeitamente redondo e empinado. As suas mãos no meu cabelo me puxam mais e mais para ela, deixando-me extasiado como nunca.

Minha mão direita tateia sua barriga até chegar à altura do elástico do short. Preciso vê-la por completo, então, com um único movimento, faço com que a peça escorregue por suas pernas, deixando-a completamente nua. Puta que o pariu!

Já teve um baque tão grande, daqueles que seu coração parece parar de bater por alguns segundos e, do nada, volta com mil batimentos por minuto?

Sim, é exatamente esse baque que tive agora.

Não resisto e me ajoelho à sua frente, preciso ver tudo bem de perto. Beijo sua barriga, dando leves mordiscadas. Sorrio ao ver por completo o que tanto me deixou curioso no outro dia: a tatuagem, que é uma pimenta com alguns ramos por trás dela. Linda!

— Apoie as duas mãos no balcão, minha linda.

Ela faz o que peço, em seguida, ergo uma de suas pernas, colocando-a em meu ombro. Não consigo mais esperar, levo minha boca e minha língua para explorar sua entrada. Seu gosto é maravilhoso, me deixa alucinado. Circulo minha língua em seu clitóris, enquanto a penetro com um dedo. Puta que o pariu! Realmente não sei se algum dia já senti tanto tesão como estou sentindo agora.

— Ah... Fê... isso. — Sua voz descontrolada pelo desejo só me deixa mais louco ainda. Continuo com minhas investidas com a língua e os dedos, sinto seu corpo começar a enrijecer. Sei que está perto, então sugo seu clitóris com força e...

CRISTINA MELO

— Ahhh... — Seu grito confirma o que eu já sabia. Ela chegou ao clímax, e ser responsável pelo seu prazer me leva ao êxtase. Subo minha boca, deixando um rastro de beijos por seu corpo lindo, até chegar aos seus lábios e iniciar um beijo profundo. Poderia passar horas a fio só a beijando, mas agora eu quero mais, preciso senti-la por inteiro, preciso estar dentro dela. Suspendo-a em meus braços e sigo com ela até o sofá, sem desgrudar minha boca da sua.

— Eu preciso de você, Cecília, preciso estar dentro de você. Você me quer?

— Hum... te quero muito, Fê, como eu quero.

Porra! Deito-a no sofá e, antes que me junte a ela, pego o preservativo em meu bolso e retiro o resto da roupa, ficando completamente nu. Trocamos olhares, notando que o dela é de puro desejo. Ela me olha sem pudor e com entrega. Termino de colocar o preservativo sem desviar o olhar do seu e rapidamente me aproximo dela.

— Eu não consigo mais esperar, preciso de você.

— E nem eu quero que espere. — Ela me surpreende ao passar uma perna por cima de mim e, quando percebo, está por cima. Quando me dou conta, já estou dentro dela, e essa sensação, nem que eu quisesse poderia descrever, pois não há nada no mundo que se equipare a isso. Não mesmo!

Começamos a nos movimentar e a nos beijar ao mesmo tempo. Vejo-me em um turbilhão de sensações. Nosso encaixe é espetacular de tão perfeito.

Ela começa a estremecer, chegando ao clímax novamente.

— Fê! — Minha libertação chega ao ouvir sua voz rouca de desejo me chamar.

— Cecília! — grito seu nome, liberando todo meu prazer dentro dela e para ela.

Ela se deita em cima de mim e beija meu pescoço. Estou ali completamente rendido e embriagado com seu cheiro, um momento tão perfeito que me dá medo, mas fecho os olhos e tento afastar os maus pensamentos. Não queria me privar, não do momento que estou vivendo agora. Sei que será apenas um momento, mas quero vivê-lo, egoísta ou não. Eu *preciso* disso.

— Foi perfeito — digo baixinho. Acaricio suas costas e beijo sua cabeça. Ela beija meu pescoço.

— Perfeito, essa é a palavra — diz, ao pé do meu ouvido, e já estou pronto para recomeçar. Começo a beijá-la, mas de repente escuto o som de um celular tocando.

— Eu preciso atender. — Tenta se levantar, mas a seguro.

— Não precisa, não — tento convencê-la do contrário.

— Não quero, mas preciso, pode ser importante. — Ela morde meu ombro e a deixo ir.

— Alô, é ela.

Levanto-me também e sigo para o banheiro. Tomo uma ducha rápida, visto a cueca, volto para a sala, encontrando-a ainda ao telefone.

— E o que você tem com isso? — Cecília está de costas para mim e grita ao telefone. — Eu não acredito que está me vigiando! Hã? E você vai fazer o quê?

Ela está muito nervosa, com quem está falando? Quem a está vigiando? Que merda está acontecendo?

CAPÍTULO 10

Cecília

Estou esperando sua resposta, muito revoltada. É sério, Alex está passando de todos os limites. Ele tinha que me ligar e estragar o melhor sexo e momento que tenho em anos? Por que fui atender a porcaria desse telefone?

— Eu não vou aceitar isso, Cecília — responde, desviando da minha pergunta.

— Você não tem que aceitar nada, Alex! Eu sou livre e desimpedida e me envolvo com quem eu quiser, não tenho que lhe dar satisfações da minha vida.

— Foram cinco anos, Cecília, isso não conta? E tudo que planejamos, nosso futuro juntos, nada disso conta? Como pode ser tão fria? — Começou o drama, estava demorando, era sempre assim: da agressividade para o pobre coitado.

— Nada disso existe mais, Alex. Acabou! Eu não te amo mais, entende isso, não tem mais um futuro para nós juntos! Arruma outra para encher o saco e me deixa em paz! — O celular é tirado das minhas mãos, me dando um susto.

— Olha aqui, seu infeliz, eu já te dei o aviso, agora não terá mais chance! Se cruzar o caminho dela, some! Ela está te dizendo que não quer mais, aceita para o seu bem. — A voz do Fernando é baixa e mortal. Ele está de lado para mim, sua outra mão apoiada no balcão em forma de punho, os nós dos seus dedos, brancos, como se colocasse muita força ali.

— Não é uma ameaça, seu desgraçado, é uma certeza. Eu acabo com a sua raça se você só pensar em chegar perto dela sem que ela queira, ouviu bem? — Ele retira meu celular do ouvido e o olha com uma careta nada boa, parece indignado. — Covarde! — exclama, e me olha com os olhos fumegantes de raiva. — Onde é a casa desse cara? — pergunta-me, furioso.

— Por quê? — Estou assustada com o que vejo nos olhos dele. Eu não o conheço, não sei do que é capaz, porém sei que o Alex não irá baixar a guarda para ele, ou seja, essa história não acabará bem.

— Eu vou ensiná-lo a ser homem e a te deixar em paz.

Essas coisas só acontecem com você, Cecília Castro! Nem o direito de curtir um orgasmo eu tenho, sou logo transferida para um filme de bangue-bangue.

— Deixa que eu cuido disso, Fernando. É meu assunto. — Ele enruga a testa para mim.

— Não é mais apenas seu assunto quando eu, como policial que sou, o vejo te ameaçar. É meu dever tomar uma atitude. — Está me encarando muito sério e de braços cruzados.

— Eu conheço o Alex, ele só late e não morde. Fica tranquilo que sei lidar com ele.

— É isso o que a maioria das mulheres espancadas e mortas pensam, que o infeliz do companheiro não teria coragem de ir até o final.

— Ninguém vai espancar e nem matar ninguém aqui, Fernando. Pelo amor de Deus!

— Quem te garante? Pelo que eu vi no outro dia e pelas ameaças dele ao telefone, não está longe disso.

— Eu te garanto, eu o conheço há muito tempo e sei que suas ameaças são só ato de desespero. Ele jamais me faria algum mal. — Sou firme em minha resposta. Fernando me olha e dá um sorriso zombeteiro.

— Eu realmente pensei que você fosse uma mulher inteligente — solta, irônico.

— Como é que é? — Quem ele pensa que é para falar comigo nesse tom?

— O cara está te ameaçando e você está achando normal e bonitinho. Bom, de repente está até gostando, vai saber.

— Olha aqui, eu não admito que você fale comigo dessa forma, já disse que o Alex é meu assunto e não te pedi opinião ou conselho, então guarda para você. — Estou praticamente gritando; já ele não alterou a voz em nenhum segundo.

— Deu para perceber bem que para você ter ficado com um tipinho como aquele infeliz, não é de admitir muita coisa mesmo. Acredito em você. — Pisca, debochado, e começa a vestir a calça.

— Sai da minha casa, Fernando! — Minha raiva é palpável. Retiro a camisa dele que eu estava vestindo, e jogo em cima dele, que a pega. Pego minha blusa, short, e os visto sob seu olhar.

— Bom, você deveria voltar para ele, então. Já que acha que a atitude dele é normal, se merecem! — Veste a camisa e pega sua arma em cima do balcão.

Minha raiva é tanta que nem consigo lhe responder, mas de uma coisa eu sei: não quero olhar para sua cara nunca mais.

— Sai! — Aponto para a porta e não consigo nem olhar para ele.

Ele sai pisando forte e bate a porta ao sair. Permaneço na mesma posição. Como fui do melhor sexo da minha vida para essa raiva excessiva?

CRISTINA MELO

Quem ele pensa que é?

Mal me conhece, não tem direito de me julgar ou me dar ordens. Ele queria o quê, que eu desse o endereço do Alex para ter certeza de que não sou a favor das atitudes dele? Não tenho que provar nada para ele, convivi cinco anos com um idiota e não estou a fim de conviver nem um segundo com outro, e ainda por cima machista. Não tenho vocação e nem tempo para isso. Ser gostoso não lhe dá o direito a um passaporte para babaquices.

Sigo para o banheiro e me enfio embaixo do chuveiro, esperando que minha raiva se esvaia junto com a água que escorre pelo ralo, mas esta insiste em ir sozinha, enquanto a raiva permanece intacta dentro de mim. Fecho meus olhos com força, ao relembrar os momentos que acabei de viver, e as lembranças de minutos atrás me dão a certeza de duas coisas: ele realmente tem sérios problemas e havia mexido comigo.

E de problemas já bastam os meus. Ele é lindo, mas infelizmente, pelo pouco que me apresentou, é só uma embalagem bonita, sexo espetacular e nada mais.

Dois dias depois...

— Doutora, seu celular. — Sou avisada do que estava tentando ignorar, mais uma vez, pelo cliente à minha frente.

— Não se preocupe, retorno depois, obrigada. — Dou um sorriso educado e olho o visor em cima da mesa, confirmando que é o mesmo número que não parou de aparecer no meu celular desde que saí do banho, há dois dias.

— Então agora a mocinha aqui está liberada. Todas as vacinas estão concluídas, vamos fazer o reforço destas uma vez ao ano. — Entrego a carteirinha de vacinação a ele. — Agora, já pode também caminhar na rua, viu só? Vai poder desfilar com uma coleira bem linda, Belinha! — Acaricio a cabeça da basset à minha frente.

— Obrigado, doutora.

— Que é isso, qualquer coisa com a mocinha aí, só ligar para cá ou no meu celular.

— Com certeza, doutora.

Ele sai com a cadelinha no colo, me despeço sorrindo e logo depois fecho a porta. Essa foi a décima quinta e última consulta do dia. Sento em minha cadeira, criando coragem para ir embora.

Ainda estou sem carro, não peguei o contato da oficina onde está sendo consertado e ainda não quero conversa com o gostoso maluco e machista. Sei que uma hora eu terei que falar com ele e perguntar do meu carro, mas minha raiva não baixou a ponto de querer vê-lo ou falar com ele, e exatamente por isso venho ignorando cada ligação ou recado seu há dois dias.

— Boa noite, dona Barbara — cumprimento nossa recepcionista ao dar de cara com ela, ao sair do meu consultório.

— A senhora já está indo? — me indaga.

— Daqui a pouquinho. Vou dar uma passada no canil para ver o Sorte.

— Tudo bem, eu vim para te entregar esse recado. — Me repassa o pequeno post-it amarelo, contendo o mesmo número e nome.

— Dona Barbara, se essa pessoa ligar novamente, não precisa mais me repassar o recado, ele com certeza está errando a especialidade. Em vez de veterinária, deveria ligar para uma psiquiatra. Bom, sempre que ligar, não estarei na clínica ou estarei em cirurgia, consulta, qualquer coisa.

Ela me olha sem entender. Pisco para ela e forço um sorriso. Ele já está me irritando com essa insistência.

— Tudo bem, doutora. Eu já estou indo também. Um ótimo descanso para a senhora e até amanhã.

— Uma ótima noite para a senhora também, dona Barbara, e bom descanso — me despeço e sigo para o canil.

— E aí, rapaz, como você está? — Abro a baia onde o Sorte está e ele já vem fazendo festa e abanando o rabo. Ainda está um pouco difícil sua locomoção, por conta da tala na pata dianteira, mas nada que o impeça de vir falar comigo. Sei que se sente agradecido por eu ter salvado sua vida.

Muitas pessoas podem achar que os animais não entendem nada e são irracionais, mas eu tenho absoluta certeza de que são mais inteligentes do que nós e muito mais fiéis também. Tenho convicção de que se o maldito que o abandonou naquela estrada aparecesse aqui, agora, ele o amaria da mesma maneira, como se nada tivesse acontecido.

O perdão, a gratidão e a fidelidade já nascem com eles. Isso é sublime. Animais são puros, amam incondicionalmente, não importa o que você tem e quanto tem. Se ele te escolhe, vai te amar até sua morte, sem interesses, sem cobranças; ele só ama, sem pedir nada em troca.

— Quanto beijo! — Estou sentada no chão, com ele em meu colo, que não para de me lamber. — A tia também está bem. Estou muito feliz, sabia? Você é um guerreiro! Eu sabia que conseguiria.

Ele late em resposta.

— Eu sei que também está feliz. — Acaricio sua cabeça.

— Cecília?

— Oi, Heitor, você está aí? Não te vi o dia todo.

— Fica meio difícil ver alguém, trancada o tempo todo naquele consultório.

— Ué, esse é meu trabalho. — Sorrio. — E você, muitas cirurgias hoje?

— Só três, já estou indo embora. Não vi seu carro no estacionamento. Quer carona?

— Ainda estou sem carro. Se não for te atrapalhar, vou aceitar. A Jujuba está na outra clínica hoje e estou com uma preguiça de ir embora.

— Claro que não me atrapalha, te deixo em casa. Só vou pegar minhas coisas e já volto.

— Obrigada. Vou te esperar na entrada.

Ele pisca para mim e sobe as escadas.

Quarenta minutos depois, estamos entrando na rua onde moro.

— Você vai ao aniversário do Thiago? — Heitor me indaga.

— É na próxima sexta, não é? E o barzinho que estava combinado amanhã, desmarcaram?

— Então, amanhã tem muita gente com plantão à noite, por isso a maioria achou melhor desmarcar e deixar o encontro para o aniversário do Thiago. Vai todo mundo para a casa dele.

— Beleza, então, estamos juntos!

Sorri e começa a encostar o carro, quando, de repente, meu coração dispara com o que vejo. É o carro dele que está parado em frente ao meu prédio. Nunca fui de fugir, mas não quero olhá-lo novamente, ainda não.

— Heitor, estou morrendo de fome e abriu um restaurante ótimo na outra rua, gostaria de ir comigo?

— Agora? — pergunta surpreso.

— Sim, mas se tiver compromisso, só me deixa lá. Por favor, é pertinho. Depois volto andando.

— E você acha que eu perderia a chance de jantar com você? Nem morto! Vamos lá. — Ele avança com o carro, me dando a última visão do carro de Fernando.

CAPÍTULO 11

FERNANDO

Estou sentado no carro sem tirar os olhos da portaria do prédio da Cecília. Pareço estar em uma missão. Na verdade, estou. Preciso explicar direito meu ponto de vista, já que ela não me deixou concluir e me expulsou da sua casa. Sei que não deveria ter ido embora naquele dia sem deixar as coisas claras, mas, pela primeira vez, em anos, deixei a raiva e a estupidez me dominarem.

Sim, eu fiquei com muita raiva ao vê-la defendendo o ex. Nós tínhamos acabado de transar, e perceber que ela ainda sentia algo pelo babaca me deixou completamente frustrado. Não sei o porquê fiquei tão irritado, eu não tinha nada a ver com a vida dela e nem quero ter.

O que rolou na casa dela foi bom. Mas que porra estou falando? Foi o melhor sexo que tive em anos! Mas muito provavelmente não se repetiria, não que eu não quisesse, mas já desconfiava que ela não fazia o tipo sexo casual e, pelo que entendi, ela ainda gosta do ex. Agora tenho certeza disso.

Bom, ela que seja feliz da maneira que achar melhor, com ou sem aquele babaca do ex. A única coisa que quero é sair dessa enrascada em que me enfiei. Não quero que pense que sou um canalha, só deixar as coisas claras. Entregarei seu carro, que é o que me prende a ela, e pronto, cada um segue seu caminho.

Mas além de louca, ela é uma teimosa. Está fugindo de mim, não me atende no celular e não retornou nenhum dos recados que deixei na clínica em que trabalha. Nesses dois dias não obtive respostas. Então, vamos ver por quanto tempo vai conseguir fugir de mim; sou treinado para isso, e achar fugitivos é minha especialidade.

Olho o relógio e vejo que já são 21 horas. Estou aqui exatamente há três horas. Já me informei e o porteiro preguiçoso disse que ela ainda não havia chegado.

> Eu preciso falar com você, será que pode me retornar?

Envio a mensagem para ela pelo WhatsApp. Um minuto depois... visualiza e, mesmo assim, não me responde.

> Cecília, precisamos conversar.

Visualiza.

> Não.

Responde.

> Precisamos sim, só uns minutos, temos coisas ainda inacabadas.

Ela não responde mais.

— Droga! Que mulher irritante e teimosa! — Soco o volante. Quer saber, que se dane!

Não faz diferença para mim. Quando ela achar que deve pegar seu carro, tem meu contato, ela que me ligue se quiser. Quer se fazer de difícil, pois bem, isso não vai funcionar comigo. Não estou nem aí, só queria cumprir com minha palavra até o final, mas acabei de me tocar que, pelo tipo que escolheu para noivo, ela não está nem um pouco acostumada com gentilezas.

Ligo o carro, frustrado, minha raiva por sua recusa em me atender está fora de controle. A coisa mais difícil do mundo é me tirar do sério, e ela consegue isso com uma facilidade absurda.

Paro em um sinal de trânsito e pego o celular; ela não me respondeu mesmo.

Na boa, sério isso? Quanta maturidade! Se ela não quer responder, problema dela, não estou nem aí.

Três dias depois...

Meu humor está uma merda. Quero, mas não paro de pensar na Cecília e em como ela é mal-educada e intransigente. Tentei contato mais três vezes, mas não obtive sucesso ou retorno. Não consigo me concentrar no meu trabalho, meu foco foi desviado e só penso nela. Bato a porta da viatura e sigo na direção do alojamento.

— Fala, Daniel. — Atendo o celular no caminho.

— E aí, cara, tudo bem? — me indaga.

— Tudo certo.

— O carro que deixou aqui já está pronto. Sabe como é meu espaço, se puder buscá-lo, te agradeço. — E o mundo gira, gira e volta para o mesmo lugar: Cecília.

— Já te falo, vou tentar entrar no hospício agora.

— Oi? — pergunta confuso.

— Nada, já te ligo.

Como vou falar com essa louca, se ela não me atende? Coloco meu número no privado, vamos ver se me atende agora.

— Doutora Cecília. — Atende no terceiro toque.

— Cecília.

— Estou ocupada agora, Fernando — responde, depois de uns segundos calada.

— Será que você pode me ouvir um minuto, Cecília? A gente precisa conversar e esclarecer as coisas, só isso. Será que isso é tão complicado? — Tento manter o tom tranquilo.

— Agora não posso. — Seu tom é frio.

— E quando é que pode falar? Se eu ligo à noite, está de plantão; se ligo de dia, está atendendo. Será que vou ter que comprar um cachorro e marcar uma consulta para poder falar com você? — Meu tom agora sai mais alterado. Ela não responde. — Cecília? — Olho para o aparelho, e não acredito que ela desligou na minha cara.

Desconto minha raiva no armário à frente com um soco; em seguida, fecho os olhos, tentando me controlar, e encosto a cabeça ali, tentando entender como ela me desestabiliza dessa forma. Nem consegui falar do carro, que deveria ser o assunto em questão. Ela me tira o foco, controle, palavras, respostas e juízo. Eu desisto! Não há como manter um diálogo com ela.

Preciso de um banho gelado para baixar um pouco da adrenalina e tentar controlar a vontade que estou sentindo agora de ir até ela e fazê-la me ouvir. Eu não sou assim, não ajo por impulso, pelo menos não agia, até conhecê-la.

— Tenente — cumprimento o Carlos, ao perceber que não estou sozinho no alojamento.

— Capitão — responde ao cumprimento, aceno com a cabeça e sigo para o chuveiro.

Nem debaixo do chuveiro o rosto de Cecília sai da minha cabeça. Não estou apenas furioso por sua atitude em me ignorar, também sinto algo que não deveria sentir, mas não tenho como controlar. Estou com saudades, tenho que admitir. Mesmo depois desses dias, ainda sinto seu cheiro e me lembro de cada parte de seu corpo, e sinto raiva por pensar que não tive o suficiente dela. Sinto raiva por saber que estou indo por um caminho desconhecido e cheio de armadilhas, e ansiando por esse caminho, mesmo com a certeza de que é sem volta e que provavelmente não conseguirei sair ileso dele, e meu sensor de defesa não está sendo o suficiente para me impedir de segui-lo.

Entro em casa quase às 19 horas, depois de passar no banco e mercado. Estou guardando as compras quando meu celular começa a tocar novamente. É o Daniel.

— Oi, desculpa aí, cara. Acabei esquecendo de te retornar. Eu busco o carro aí amanhã, ainda não consegui falar com a Cecília, mas dou um jeito de buscar pela manhã.

— Ok, te agradeço. Mas e aí, como é essa Cecília? Se for gata, não me importo de eu mesmo fazer a entrega.

— O quê? Não te interessa como ela é. — A raiva me invade, mesmo sendo meu amigo, minha vontade é esganá-lo.

— Tudo bem, já vi que é gata e que está no páreo — me provoca. — Não sou fura-olho, sabe disso.

— Não tem páreo nenhum, e se ela é gata ou não, não é da sua conta. — Sou áspero.

— Calma, cara, não sabia que estava rolando algo entre vocês, eu estava só brincando.

— Na boa, Daniel. Hoje não estou a fim de brincadeiras, amanhã pego o carro aí. — Só de pensar em alguém dando em cima dela, ainda mais o Daniel, me deixa possesso. Sei que não tenho esse direito, mas não consigo controlar.

— Estou feliz por você, cara — fala empolgado.

— O quê?

— Nada! Te espero amanhã, então.

Desligo o celular, e a imagem do Daniel dando em cima da Cecília me perturba.

Ainda estou andando de um lado para o outro quando a campainha toca. Quem será?

Abro o portão, e a surpresa é tão grande que não consigo formar nenhuma palavra.

— Oi, eu preciso de umas coisas que estavam no meu carro. — Não consigo colocar em palavras o quanto me sinto bem ao vê-la aqui. — Desculpa vir sem avisar. Eu só preciso daquela maleta grande. É meu microscópio, preciso dele para fazer um exame. — Seu tom está tranquilo, e eu ainda não consegui dizer nada e nem consigo parar de olhar cada pedaço do seu corpo. — E também preciso...

Não a deixo terminar. Puxo-a para meus braços e a beijo, levando-a para dentro, com seu corpo colado ao meu, batendo o portão sem desgrudar minha boca da sua em... nenhum momento.

— Fernando...

— Me desculpa — a interrompo. — Eu não devia ter falado com você daquela forma e muito menos ido embora sem esclarecer as coisas. Me desculpa, eu perdi a cabeça. — Beijo-a novamente, com urgência.

Ela ter aparecido aqui e estar agora na minha sala foi uma das melhores surpresas que já tive. Retiro sua blusa com pressa, sentindo as mãos dela no meu corpo. Beijo seu rosto, pescoço, e quando vou descer para seu corpo lindo, sinto o vibração e ouço o toque de seu celular. Fecho os olhos, já enfurecido.

— Você não vai atender.

— Eu preciso. — Sua voz sai carregada de desejo. Ela pega o celular no bolso da calça, porém nem a deixo olhar; retiro o aparelho de sua mão, o coloco sobre a mesinha de centro e volto a beijá-la.

Um minuto depois, o aparelho volta a tocar, perturbando nossa paz.

— Ai, meu Deus!

— Que foi? — Me assusto com seu grito.

— Eu preciso atender, Fê. — Tenta pegar o celular na mesa.

— Não precisa, depois você retorna. — Procuro convencê-la, não quero de jeito nenhum parar o que estamos fazendo.

— Não! Deve ser o Heitor.

— Quem é Heitor? — Encaro-a, sedento por informações.

— Ele me trouxe até aqui, está me esperando. Ai, meu Deus, eu disse que não ia demorar. — Tento assimilar suas palavras. — Eu preciso ir. — Veste sua blusa rapidamente. — Será que pode pegar o microscópio e a maleta pequena? —fala, toda nervosa.

— Você está saindo com ele? — Encaro-a e ela faz uma careta.

— Não, ele é só um amigo. Só me deu uma carona, só isso.

— Sei — digo, puto. Claro que não é só isso.

— Eu não lhe devo satisfações, Fernando. — Me encara irritada. Sabia que tinha coisa.

— E eu não estou pedindo, só te fiz uma pergunta. — Sei que não tenho esse direito, mas imaginá-la com outro me tira toda a sensatez.

O telefone volta a tocar, e quando vejo que vai atender, desfaço a distância entre nós dois e envolvo sua cintura, travando-a junto a mim.

— Fica. — O pedido sai, surpreendendo até mesmo a mim, e pelo olhar que me dá, sei que não foi diferente com ela. — Diz para ele que não vai agora e que já tem carona para voltar.

Ela também sente algo por mim, ou não estaria nos meus braços, com o outro lá fora esperando por ela. Eu queria muito ganhar essa e levar o prêmio, pelo menos por hoje. Minha cabeça está uma bagunça, graças à Cecília.

— Fê, você está me deixando maluca — confessa, e sorri.

— Posso te acusar pelo mesmo crime. — Passo o nariz por seu maxilar e a sinto estremecer.

— Não posso fazer isso, Fernando. Tenho que ir.

A fúria, o sentimento de perda e a impotência me dominam.

— Você deveria ao menos ser honesta — digo, me afastando.

— Hã? Na boa, não dá para ter uma conversa com você. — Altera a voz.

— Que eu saiba, não estávamos conversando — revido, a encarando, e ela sopra o ar, com raiva.

— Não vim aqui para isso. Será que pode entregar minhas coisas? E pode me dar o endereço do lugar onde meu carro está.

Não respondo. Sigo para o quarto de hóspedes e pego as duas maletas, devem ser essas que ela quer. Como pode uma única mulher me tirar do sério dessa forma? Me faz ir do desejo ensandecido para uma raiva absurda. O melhor para minha sanidade mental é me afastar dela o quanto antes. Agarrando-a como fiz há pouco, fica difícil me afastar. Eu sei que fiz merda, mas a surpresa e o desejo reprimido que estava sentindo me fizeram mais uma vez agir por impulso.

— Oi, Heitor, eu já estou indo. Desculpa a demora, é que não estava achando o número da casa.

Chego na sala a tempo de ouvi-la mentindo e toda melosa ao celular.

Amigo? Sei! Se ele é amigo, eu sou o quê? Fecho os olhos, tentando controlar minha raiva. Não estou me reconhecendo.

— São essas duas? — Meu tom sai rude.

— Sim, são essas — diz seca.

— Precisa de mais alguma coisa?

Seu olhar vai para o meu e ela quer me dizer algo, mas não sei o quê.

— Não, só isso mesmo, não quero atrasar mais ainda o Heitor, pego o restante depois.

Não quer atrasar o Heitor! Que tipo de cara fica no carro enquanto ela vai sozinha a um lugar desconhecido? Ainda por cima sabendo que ela iria carregar peso, porque essas maletas são bem pesadas.

Esse é o tipo de cara que ela gosta.

Ela tenta pegar as maletas das minhas mãos.

— Eu te acompanho até o carro.

— Não precisa.

— Faço questão. — Me mantenho firme. Ela abre a porta da sala e em seguida o portão, e sigo atrás dela.

Andamos pelo condomínio em silêncio. O animal deixou o carro lá fora, ela iria andar bons metros com esse peso. Aproximamo-nos e o babaca está lá dentro. Ao vê-la, sai do carro com cara de idiota fingido.

— Vou abrir o porta-malas — diz, solícito.

— Que tarefa difícil. — Não me controlo, principalmente porque o reconheço, é o mesmo cara que ela agarrava no consultório.

— Como? — Encara-me, se fazendo de desentendido.

— É, isso...

— Nada, Heitor, ele está brincando — Cecília me corta e me encara com um olhar mortal, como se fosse me intimidar com isso.

Ela pega as maletas das minhas mãos e as coloca no carro.

— Obrigada, Fernando! Vamos, Heitor?

O babaca assente e segue para o lado do motorista. Ela se vira e tenta fazer seu caminho até a porta do carona, mas eu não deixo. Puxo seu braço e colo minha boca à sua, dando-lhe o meu melhor beijo e dando ao babaca o melhor espetáculo. Ela ainda tenta recuar, mas não deixo e, no fim, ela desiste e se entrega.

Se pode me beijar na minha casa, também pode me beijar aqui. Sei que estou sendo infantil, mas nesse momento não me importo com isso. Mesmo sentindo raiva, beijá-la é tudo de bom. Minhas mãos prendem seu corpo ao meu, e a beijo de maneira dominante. Sim, eu estou marcando meu território. Sei que o melhor seria virar as costas, ir embora e nunca mais querer saber dela, mas não consegui conciliar minha razão com meus atos, por isso estou com ela em meus braços agora.

Uns minutos depois, ela se afasta totalmente desestabilizada. Olho-a e dou um sorriso de lado. Seu olhar para mim é de muito desejo, mas também de muita raiva. Começo a entender que esse olhar é o normal entre nós dois.

— Obrigada por levá-la. Me ofereci, mas ela me disse que estava sem graça em dispensar o amigo.

Ela arregala os olhos para mim e eu pisco para ela. *Peguei você!,* penso eu.

Ele me olha e vejo que está sem ação. São amigos porra nenhuma, ela que se desenrole com ele agora!

— Ah! — Finjo me lembrar. — Seu carro está pronto, minha linda, não vai mais precisar incomodar seu amigo. — Retiro o cartão da oficina que havia colocado no bolso lá no quarto, o entrego e beijo seu pescoço.

— Você me paga! — sussurra em meu ouvido com a voz mortal.

— Não vejo a hora. — Mordo seu lóbulo e beijo o canto de sua boca. — Cuida bem dela! — grito para o babaca que ainda está sem ação.

— Tenha uma ótima noite, minha linda! — digo com ironia, me viro e saio, deixando-a sem reação.

Não estou nada satisfeito, mas pelo menos sei que sua noite será tão fodida quanto a minha. Essa mulher virou minha vida de cabeça para baixo em poucos dias, então vamos ver aonde toda essa merda vai dar. Entrei na briga e agora será difícil sair dela.

CAPÍTULO 12

CECÍLIA

Nunca, mas nunca mesmo, me senti tão sem ação como estou agora. Esse filho da mãe vai me pagar! Ah, vai! Ou não me chamo Cecília Castro Gutierrez! Eu só queria ter o poder de me transformar em um avestruz para enfiar minha cabeça embaixo da terra e não a tirar de lá durante um bom tempo.

Ele tem o poder de despertar em mim coisas que nem eu sabia que existia. Nunca fui de sentir vergonha, mas esse idiota acaba de me fazer passar a maior da minha vida. O filho da mãe avança pelo seu condomínio, com aquele andar de "macho alfa" que acabou de se tornar o líder da matilha. Ele nem sequer dá uma única olhada para trás.

Já eu, só sinto vergonha, tanta que ainda estou na mesma posição, tentando criar coragem para entrar no carro. Não sei se existe uma expressão para definir meu real estado agora. Me sinto o pombo que cagou na cabeça de São Francisco, o prego que furou a mão de Cristo...

Ah, sim, Cecília! É daí para pior.

— Cecília, vamos? — Ouço a voz do Heitor, incerta, e pelo tempo que o conheço, sei que está tentando entender toda a cena que presenciou. Uma coisa sobre o Heitor: ele não consegue disfarçar seus sentimentos, sempre foi assim. Respiro fundo antes de virar.

Estou tentando pensar no que dizer a ele, mas até isso aquele filho da mãe me tirou: a minha capacidade de raciocínio. Meu Deus! Quem é essa Cecília?

Entro no carro ainda em silêncio e assim seguimos por alguns quarteirões. Ele não me pergunta nada e eu também não me sinto capaz de dizer. Minha mente está em um ser humano irritante, grosso, sem noção e muito gostoso. Agora sinto raiva de mim, por ainda desejá-lo a ponto de me deixar levar e não pensar direito.

Sempre fui a primeira a recriminar minhas amigas quando tinham esse tipo de atitude. E o que acontece? Estou pagando minha língua, que raiva! Como fui deixá-lo me arrastar daquela forma tão deliciosa para dentro de sua casa e como não fui capaz de impedir o melhor beijo que já tive dele, com meu amigo de plateia? Digo, o melhor beijo que já tive dele, porque o beijo dele é o melhor que já tive, com certeza. Puta merda, eu estou ferrada.

Mas o que fui fazer na casa dele e ainda por cima com o Heitor? Eu fui pegar meu microscópio e minha maleta com lâminas, e o Heitor só me deu uma carona. Só que Fernando tinha que complicar tudo, me fazendo lembrar o quanto o desejo.

A verdade: eu não parei de pensar nele. Mesmo com raiva, não parei de pensar um minuto sequer, e ele ficar me ligando a toda hora e até ir na minha casa não me ajudou muito. Então pensei: se ele pode ir na minha casa, também posso ir na dele. Quero tirar as coisas a limpo, e temos que aprender uma coisa: uma mulher descobre muito sobre um homem indo até sua casa.

Depois que desliguei o celular na cara dele essa tarde, não consegui me concentrar em mais nada, nada mesmo. Até prescrevi uma medicação errada, algo que nunca, nunca mesmo aconteceu, jamais tive um único erro no meu trabalho, nem mesmo quando era estagiária. Minha sorte foi a dona Barbara, que é muito atenta e não deixa passar nada, ter me dado um toque.

Então, não tinha outra coisa a fazer a não ser ir até lá e resolver logo tudo de uma vez, inclusive sobre meu carro. A parte principal do plano era pegá-lo de surpresa, e isso sei que deu certo. Uma das dúvidas que rodeava a minha cabeça era se ele era casado, isso explicaria seu comportamento estranho. Bom, pelo menos tive certeza de que não é e que realmente mora sozinho; não me levaria para dentro daquela forma e me pediria para ficar, se fosse. A intenção era sair de lá com as coisas esclarecidas. Meu plano estava bem planejado até eu olhar para ele.

O microscópio era meu plano B; de maneira nenhuma iria dar o braço a torcer, deixando claro que fui lá para colocar as cartas na mesa e vê-lo, então usaria essa desculpa. Ok, sei que costumo dizer que não sou de fugir das coisas, mas isso não é fugir, e sim manter a postura. Não poderia ser tão fácil para ele sendo militar, ou melhor, capitão! Está acostumado com subordinados, e eu não seria mais uma.

E o Heitor? Bom, o Heitor foi o ponto fraco do meu plano, confesso que organizei mal essa parte. Não consegui me livrar dele, insistiu tanto com a carona que não me deu outra alternativa a não ser aceitá-la. Ele, literalmente, entrou de gaiato no navio.

Eu deveria ter desistido de ir até a casa do Fernando, mas era tão perto do trabalho que mantive o plano. Pedi ao Heitor 15 minutos, achei que seria suficiente para que tudo se resolvesse. E foi. Suficiente para me ferrar mais ainda e me deixar sem graça pelo resto do ano com o meu amigo.

CRISTINA MELO

Pelo menos o contato de onde estava meu carro eu tinha pegado. *Nossa, que consolo, hein, Cecília!*

— Chegamos. — Ouço a voz chateada do Heitor. Eu sabia que gostava de mim, e não deve ter sido nem um pouco legal ver a cena que viu.

— Heitor, me desculpa.

— Poderia ter me dito que viria depois, sem grilo. Não sabia que estava namorando novamente. Acho que ele ficou bem chateado por ter ido embora comigo e, pelo visto, você também. — *Ai, droga!*

— Não, Heitor. Ele não é meu namorado, é só uma situação complicada em que me enfiei.

Seu rosto é de incredulidade.

— Existem coisas menos complicadas. Então, se quiser descomplicar, é só falar comigo — diz sedutor. Ele não perde nenhuma oportunidade.

— Claro, vou me lembrar disso — digo, mais tranquila. — Agora preciso ir, obrigada mesmo pela carona.

— Sempre aqui para você, Cecília. Disponha, use e abuse a hora que quiser. — Pisca para mim. Adoro a capacidade que o Heitor tem de se recompor nas piores situações.

— Obrigada, Heitor. Sei que posso contar com você. — Despeço-me dele, pego minhas coisas e subo.

Entro em casa e enfim posso respirar e sentir raiva sem ter que me reprimir.

Que filho de uma boa... AH!!! Grito comigo mesma e só falto me estapear. *Que ideia genial, Cecília! Por que diabos tinha que ir atrás dele?*

Estou em guerra comigo mesma, quando sinto meu celular vibrar no bolso.

> Já chegou em casa, minha linda? Espero que tenha chegado bem. Sonhe comigo

Ainda tem a cara de pau de me enviar uma mensagem! Sei que está sendo irônico. E como ele sabe que cheguei agora?

> Não estou em casa, e vai ser difícil sonhar com você, já que dormir é a última coisa que vou fazer hoje. E para que sonhos, quando tenho uma realidade maravilhosa?!

Envio a mensagem, me sentindo um tanto vitoriosa.

Ele não responde mais. Sorrio. Cecília 1x1 Capitão!

Acordo sem vontade alguma, mas tenho que trabalhar. Antes ligarei para o lugar onde está meu carro para saber qual a situação.

— Bom dia, dona Graça, chegou cedo — cumprimento a faxineira da minha mãe, que já está limpando a cozinha.

— Bom dia, minha filha. Pois é, ainda vou lá para sua mãe.

— Essa semana tentei não fazer tanta bagunça — defendo-me sorrindo, enquanto me sirvo com o café que ela já tinha feito.

— Não se preocupa com isso, filha, já estou acostumada com sua bagunça.

Assinto e a beijo.

— Vou aqui na Jujuba e já volto para me arrumar.

Uma hora e meia depois, estamos indo em direção à oficina que, como o outro havia dito, é bem perto da clínica. Nem isso ele foi capaz de dizer, que o carro já estava pronto. Nem acredito que o teria de volta.

A Jujuba para em frente a um lugar bem diferente do que eu estava imaginando. Imaginava uma oficina normal a que estamos acostumados a ver, mas não. O lugar é chique, com portas de vidro, tudo muito moderno e luxuoso. Saímos do carro e entramos. O local tem até ar-condicionado, recepção e uma sala de espera, e, pelo jeito, para se trabalhar aqui tem que ser bonito.

— Porra! — a Jujuba exclama ao ver mais um dos funcionários de macacão impecável.

— Não é, menina? — concordo com ela. Temos nossos códigos.

— Meu carro dará defeito toda semana, agora — diz encantada.

— Você não vale nada! — digo. Ela assente e sigo para o balcão.

— Bom dia. Eu falei com o Daniel há pouco, vim buscar meu carro, um Logan vermelho. — Ele faz uma careta, parece confuso. Será que errei o endereço? — Aqui é o 409, não é?

— É sim, senhora. Só um minuto que vou chamar o senhor Daniel.

Concordo e ele segue por um corredor.

— Amiga, isso aqui é o paraíso. Olha aquele moreno ali, muito gostoso! Sorrio; ela não tem jeito.

— Para com isso, Jujuba, se controla! — finjo dar uma bronca nela.

— Cissa, isso aqui é o mesmo que estar de dieta e entrar em uma confeitaria, amiga. Não dá para resistir! Olha a bunda daquele ali — diz e leva

CRISTINA MELO

para a boca a xícara de café de que já tinha se servido, admirando a visão a certa distância.

— O que tem a bunda dele?

Levo um susto com a voz cortante à minha direita. A Jujuba, por sua vez, cospe todo o café que havia acabado de colocar na boca. Olho para o lado, e vejo um homem de braços cruzados com o olhar firme na Jujuba. Olho para ela, que está vermelha como um tomate, tentando se limpar. O silêncio é constrangedor.

Estou tentando entender pelo menos a minha amiga. Ela nunca se arrepende do que diz e nunca fica sem graça, nunca mesmo. Se tiver que ser ela a pedir o telefone de um cara, ela vai lá, pede e pronto. Então, o que houve? Bom, pergunto depois, com certeza está sem graça por ter cuspido o café na frente do homem. Claro, é isso.

— Oi, bom dia. Você deve ser o Daniel. Sou Cecília, vim buscar meu carro.

— Prazer, Cecília. — Aperta minha mão sem tirar os olhos da Jujuba. — Então, o Fernando já pegou o carro agora há pouco.

— Como assim, ele pegou meu carro? Eu te disse que viria... — Meu bom humor acaba nessa hora.

— Ele apareceu, disse que levaria para você, e como foi ele quem deixou o carro aqui, não vi nenhum problema — fala tranquilo e calmo, e isso me irrita mais.

— Como assim, não viu problema? O carro é meu!

— Quer que eu ligue para ele? — *Agora que fez a cagada?*

— Eu queria que não tivesse entregado meu carro a ele. Agora, eu mesma resolvo.

Ele assente e sorri.

— Quer o endereço da casa dele? — indaga animado. — Ele não está de plantão hoje e disse que iria para casa.

— Eu sei o endereço. — Me viro e nem agradeço. Agradecer pelo quê? Por ter entregado meu carro ao filho da mãe e me ter feito vir aqui à toa?!

— Amiga, espera! Eu te levo.

— São só duas ruas daqui, Juliane. Não precisa, te vejo mais tarde. — Dessa vez, não vou envolver mais ninguém.

Saio a toda do lugar. Ele não perde por esperar, sei bem qual é o seu joguinho.

Então que se prepare, pois não jogo para perder!

CAPÍTULO 13

JULIANE

Meu coração está a mil batimentos por segundo. Acabo de ser dispensada pela minha melhor amiga, mas a porra do meu coração não está assim por isso, e sim por causa do homem atrás de mim. Estou parada sem saber o que fazer. Bom, na verdade, eu sei o que fazer, mas quem disse que minhas pernas obedecem à minha vontade?

Que merda é essa? Não é possível que a porcaria do mundo seja tão pequeno assim!

Minha pele se arrepia e um perfume masculino delicioso invade meus sentidos. Droga! Estou bem ciente da presença dele.

— Que bela surpresa, Juliane. Bom, pelo menos agora sei o nome da encrenqueira e admiradora de bumbuns.

Viro-me com tudo e me arrependo em seguida, pois a distância entre nós é de milímetros.

— Não sou cega! — digo impetuosa.

— Percebi, como também percebi que vou ter que trocar meus funcionários.

— Seria uma pena, tenho certeza de que perderia muitos clientes se o fizesse.

— Prefiro arriscar perder os clientes. — Pisca para mim.

— Sério que esse tipo de cantada funciona com alguém?

— Nunca funcionou — confessa, e eu gargalho. — Deve ser porque nunca disse isso antes para ninguém.

Ai, meu São Francisco, não me deixa titubear e muito menos cair nessa. Claro que não vou cair! Encaro-o com desdém, como se não tivesse entendido sua tentativa e sua cantada idiota.

— Aceita um suco? Entendi que não gostou do café e queria me desculpar por isso.

Só nego com a cabeça, e meus instintos começam a procurar a saída de emergência. Não costumo fugir de homens, e muito menos dos gostosos, como esse à minha frente, mas do sentimento que ele está provocando em mim, desse, sim, eu fujo com todas as minhas forças.

— Eu tenho que trabalhar. Só vim dar uma carona para minha amiga que, como percebeu, já se foi, então, obrigada. — Tento me afastar, mas ele segura meu braço. — Obrigada, mas não, não estou interessada. — Tento ser firme, mas sei que não cumpro meu objetivo.

— Posso fazer você ficar. — *Se me fizer ficar mais interessada do que já estou, enfartarei com certeza.*

— Não, não pode — digo, fingindo desinteresse ao colocar a cabeça de lado e olhar descaradamente em direção à sua bunda. Sua cara de espanto quando o encaro novamente é a melhor!

— Te garanto... — Ele me cola ao seu corpo com uma das mãos, me fazendo sentir sua ereção. — Que existe uma parte do meu corpo bem mais fascinante para se olhar.

Passo a língua sobre o lábio inferior, e pelo que estou sentindo sob sua roupa, não resta a menor dúvida de que ele está falando a verdade. Ele dá um sorriso de lado, convencido. Ah, mas não vai ganhar assim tão fácil.

— Que pena você não ter passado nas eliminatórias, não poderei ver o que mais teria a mostrar. — Pisco para ele em deboche e olho para um de seus funcionários gostosos ao fundo, mas que não chega aos pés do patrão, para provocá-lo. Vejo quando segue meu olhar e seu rosto se transforma.

— E ele passou? — pergunta irritado, apontando para o seu funcionário, e estou na dúvida se fica mais bonito sorrindo ou carrancudo como está.

— Com louvor! —Finjo uma empolgação que não sinto.

— Willian!

Levo um baita susto com seu grito. O que ele vai fazer? A raiva toma conta do seu rosto visivelmente.

— Oi, Daniel, algum problema? — o funcionário faz a pergunta, e eu estou sem reação.

— Está despedido! — diz seco e direto. O rapaz fica totalmente pálido, parece não acreditar no que está ouvindo, e eu me sinto culpada, muito culpada.

— Mas... o que aconteceu? Fiz algo errado? — Seu olhar demonstra desespero.

—Willian, só pega suas coisas e volta amanhã para acertarmos as contas.

O rapaz o olha, incrédulo.

Gente, como fui me meter nisso? Não posso ser responsável pela demissão de alguém. E se ele tiver pessoas dependentes dele? Mandar um funcionário embora assim, sem mais nem menos... Estou estática com essa cena. O rapaz segue pelo corredor, cabisbaixo.

— Você não pode fazer isso! — Meu tom sai elevado e chateado ao extremo.

—Já fiz, não viu?

— Vi e não acredito que seja tão ridículo a esse ponto! Você vai desfazer isso agora! — exijo, e ele nega. — Vai, sim! Isso é absurdo!

Ele ergue as sobrancelhas e me encara pensativo.

— Posso voltar atrás...

— Claro que vai! — interrompo-o. — Agora vai lá falar para o rapaz que estava brincando.

— Vou se...

— Se o quê?

— Se for jantar comigo, eu volto atrás.

Canalha!

— Eu não vou sair com você! Ainda mais agora, depois do que fez. — Não iria mesmo!

— Que pena, ele realmente precisava do emprego, acabou de ter gêmeos.

Fico em choque com sua declaração.

— Que tipo de ser humano é você? — indago incrédula.

— O tipo que não desiste fácil do que quer. Pego-a onde e a que horas?

Segundos depois ainda o encaro, sem capacidade de formular uma frase ou sequer uma resposta. Estou tentando entender que tipo de pessoa faz uma coisa dessas, e olha que já vi todo tipo de gente por aí, mas confesso que estou completamente perplexa com sua atitude.

CRISTINA MELO

CAPÍTULO 14

FERNANDO

Abro o porta-malas do automóvel que acabo de estacionar em minha garagem, com um pequeno sorriso triunfante nos lábios. Eu só queria ser uma mosca agora para ver sua reação ao descobrir que busquei seu carro antes. Daria tudo para ver a cena, mas tentarei me conformar com os detalhes que o Daniel me fornecerá. Pedi que me ligasse assim que ela saísse de lá.

— Vamos jogar, doutora Cecília!

Abro as quatro portas do veículo, verificando que a geral que mandei dar ficou perfeita; o carro está impecável. Vamos ver se ela o mantém assim; do jeito que estava, nem parecia um carro, e sim um... sei lá o quê. Não consigo deixar nem meu quartinho de bagunças bagunçado, muito menos meu carro. Até nisso essa mulher me irrita.

Mas nessa manhã, meu humor está como há muito não ficava, depois de uma noite maldormida. A ideia de buscar seu automóvel antes dela fez meu humor melhorar muito. Principalmente porque faria o dela piorar. Não esqueci ou engoli a mensagem que me enviou.

Ligo o som de seu carro – pelo menos tem bom gosto musical – e começo a cantarolar e a arrumar o restante de suas coisas no porta-malas.

A música que está tocando me faz refletir bastante. É *Tempo Perdido*, de Legião Urbana, uma banda que não ouço faz tempo, pois me faz lembrar a Letícia. Ela amava todas as músicas deles e cantava com tanto entusiasmo que me encantava. E o trecho que toca agora me faz refletir e me questionar. Fecho o porta-malas perfeitamente arrumado e me debruço sobre a lateral do carro. Fecho os olhos e me concentro mais e mais na letra.

> "...Todos os dias antes de dormir
> Lembro e esqueço como foi o dia
> Sempre em frente
> Não temos tempo a perder..."

Sempre em frente: esse é o único lema que venho levando comigo há anos...

> "...Todos os dias quando acordo
> Não tenho mais o tempo que passou

Mas tenho muito tempo
Temos todo o tempo do mundo..."

Um sorriso triste e nostálgico escapa dos meus lábios. Este é meu problema: eu não tenho mais tempo, meu tempo parou, meu relógio está com uma pessoa que não me o devolverá nunca mais, e eu não o quero de volta. Não sem ela aqui. E para que me serviria todo o tempo do mundo se ela não está aqui para aproveitá-lo comigo?

— Posso saber quem você pensa que é para me fazer de palhaça? E com que direto pega meu carro sem minha autorização?

Meus pensamentos se dissipam e um sorriso de satisfação surge em meus lábios com a voz briguenta atrás de mim. Uau, ela me surpreendeu! Não achei que viria, estava me preparando para entregar seu carro e ver sua reação, mas essa agora foi melhor do que o esperado.

— Está surdo? — Viro-me lentamente e a encaro, negando com a cabeça. — Então, responde!

— O carro estava sob minha responsabilidade. Eu o deixei lá, eu o busquei — digo tranquilamente, enquanto sua cabeça balança o tempo todo, as mãos apoiadas nos quadris. Ela está bem irritada, parece que me atacará a qualquer momento.

— Você fez de propósito! Sabia que eu iria buscar o carro.

Nego com a cabeça, fazendo uma cara de desentendido. Ela solta o ar pela boca, está irritada. Me controlo para não sorrir.

— Claro que sabia! Você me entregou o cartão e disse que estava pronto.

— Você me pediu o contato de onde estava seu carro, não me disse que o buscaria.

Sua cara emburrada aumenta. Encosto no carro, cruzo os braços e fico olhando-a de cima a baixo, descaradamente. Ela está linda como sempre, ou até mais, pois os raios de sol lhe dão um brilho especial.

— E o seu amiguinho não disse que eu havia ligado, avisando que iria?

— Sabe que não? Você ligou? — pergunto, me fazendo de desentendido. Foi a primeira coisa que o Daniel me disse quando cheguei lá.

— Deixa de ser fingido! Essa cena patética não combina com você!

Solto enfim o sorriso que estava segurando, e ela faz uma careta raivosa para mim.

— E o que combina comigo? — indago de forma sedutora.

— Isso não cabe a mim responder, me dá a chave do meu carro! —

CRISTINA MELO

Estende a mão, irritada.

Jogo os braços para cima, espreguiçando-me, e aponto com a cabeça para o cós da minha bermuda onde seu chaveiro está pendurado.

— Fique à vontade, pode pegar.

Não fica abalada como achei que ficaria, vem com tudo para pegar sua chave, e a proximidade do seu corpo ao meu é como pólvora e fogo – a explosão é certa.

— Sabe... — Colo seu corpo ao meu com uma das mãos. — Seu humor não me parece com o de quem teve uma noite ma.ra.vi.lho.sa — digo a última palavra de sua mensagem bem lentamente, e ela me encara, seus lindos olhos verdes fulminam os meus.

— Uma coisa não tem nada a ver com a outra. — Sua voz agora está incerta. Eu sorrio. Sei que estou dando o meu sorriso convencido a ela, o que eu não usava há muito tempo.

— Pode ter certeza que tem. — Pisco. — Se tivesse passado a noite comigo, seu carro poderia explodir e você continuaria sorrindo. — Beijo o canto de sua boca, e ela estremece.

— Não vim até aqui para assistir à sua cena de homem mais convencido do mundo, vim buscar o meu carro e ponto. — Puxa a chave do cós da bermuda e me empurra.

— Te garanto que não é cena. Acho que já teve uma degustação, mas posso te dar outra.

— Não estou interessada, Sr. Fodão! Aceita que dói menos.

Sorrio.

— Gostei do apelido, minha linda. Combina perfeitamente comigo.

— Ah! Não enche! — Começa a bater as portas traseiras.

— Uma noite? — Olho-a fixamente.

— O quê? — Está confusa.

— Passa uma noite comigo, deixa eu te mostrar como uma noite pode ser maravilhosa?

Sua expressão é de muita surpresa, ela pisca sem parar.

— Você é louco! Acabo de ter certeza.

— Por quê?

— Ah, Fernando, na boa, tenho que trabalhar. Tenho uma cirurgia em dez minutos — diz, toda nervosa e abalada.

— Te espero às 20 horas. Preparo o jantar. Bom, não sei se sai às 20 horas, porém estarei em casa, então, se sair antes, pode vir.

Ela nega com a cabeça.

— Claro que não virei.

— Claro que vem — digo firme. — Tenho certeza que gostou da entrada. Acredite, o prato principal é muito melhor. — Pisco.

— Jura? — zomba, olhando-me de cima a baixo. Assinto. — Veremos — diz, desafiadora. — Agora preciso ir, Sr. Fodão. — É sarcástica, mas não totalmente.

— Bom trabalho, minha linda, te espero ansioso, e, com sorte, sei que também está.

Ela ergue as sobrancelhas, pensativa, e me olha de volta.

— Quem sabe — responde-me, já ligando o carro.

Permaneço parado, olhando o veículo se afastar, sentindo uma ansiedade que não sinto há tempos.

Meu coração pulsa mais forte, a expectativa me causando felicidade, a adrenalina que é liberada em mim é incomparável. Uma excitação que não me acompanhava há muito tempo se faz presente. Não me via planejando nada e tão ansioso assim há anos. E, por incrível que pareça, não estou me sentindo mal ou culpado por ser invadido por todos esses sentimentos; é inevitável sentir-me vivo. Essa mulher parece um furacão, tem o poder de revirar tudo, e estou gostando dessa sensação. Me sinto eu de novo com ela, sem pesos e bagagens.

Assim que o relógio apontou 18 horas, liguei para um restaurante próximo à minha casa e encomendei o jantar. Não sabia do que gostava, então pedi um filé mignon com arroz piamontese e também cherne assado com brócolis e batatas coradas.

Sei me virar na cozinha, mas não vou servir uma de minhas gororobas para ela, pelo menos não hoje.

Uma hora depois, já tomei meu banho, mas nada consegue me distrair. Minha ansiedade está me matando, pareço uma criança na véspera de Natal.

— Será que ela não vem?

Ouço a campainha em resposta. Praticamente corro até o portão.

— Boa noite. Sr. Fernando, certo? — É a entrega da comida.

— Certo. — Pago e entro rápido, não sem antes dar uma olhada em direção à entrada do condomínio, para confirmar que nenhum carro se aproxima.

Olho para a mesa nunca usada antes, perfeitamente posta e arrumada, e tudo que nela está também não foi usado ainda. Não preciso de muito só para mim, e a única visita que recebo é o Daniel. Normalmente minhas refeições, quando feitas em casa, são todas no sofá, de frente à TV. A porcelana posta sobre a mesa e o faqueiro foram os únicos presentes de casamento que guardei, o resto foi devolvido ou vendido, como fiz com a mobília e o apartamento em que moraríamos.

Mais trinta minutos...

Vou até a cozinha, olho sobre a bancada. A comida já deve estar gelada. Sorrio com amargura. Ela não virá.

Sento no sofá e encaro a mesa de jantar com desânimo.

— O que estava pensando, Fernando? Isso não é para você. É capaz de lembrar de alguém que quis muito ou amou, que tenha permanecido tempo suficiente na sua vida?

Nego com a cabeça, respondendo a mim mesmo, passo as mãos no cabelo e pego o controle da TV, conformado. Mas antes que possa ligar o aparelho, a campainha toca. Corro para a porta imediatamente, esquecendo toda a minha argumentação mental.

Abro o portão, esperançoso, e lá está ela, linda como sempre. Eu sabia que viria!

Ok, não tinha tanta certeza assim, na verdade, nenhuma, mas o importante é que ela está aqui.

— E então, estamos aqui, podemos entrar.

Estamos? Escuto o latido em seguida e imediatamente entendo o *estamos*.

— Entra — digo, sem saber o que fazer.

Ela o faz e fecho o portão, logo retira a guia do vira-lata. Ele é branco com manchas douradas por todo o corpo, inclusive no focinho. Ele começa a cheirar cada canto do meu quintal.

— Bem-vindo ao lar, Sorte! — diz animada.

— O quê? — indago assustado. Só pode ser brincadeira.

— Lar é o mesmo que casa, aqui agora é a casa dele — diz sorridente.

— Eu sei muito bem o que significa lar, e não, aqui não será a casa dele — digo com firmeza. Ela se aproxima e coloca uma mão de cada lado do meu rosto.

— Deixa de ser desalmado, olha como ele amou a casa nova. Vai me dizer que nunca teve um cachorro?

— Não e não quero ter.

— Te garanto que será uma experiência e tanto, não vai se arrepender

— fala, toda manhosa, e quase a beijo.

— Não, não, não! — Meus gritos não impedem o pulguento de fazer xixi na roda do meu carro. Ele me olha como se quisesse dizer que a partir de agora dominará tudo. Cisca as patas para trás e entra em casa.

— Já estou arrependido, antes de ter um cachorro. Nem pensar ele fica aqui, tem noção de quanto custa a roda desse carro?

Ela faz uma careta.

— É só xixi, Fernando, sem neura! Onde tem um balde? É só jogar uma aguinha e pronto, problema resolvido.

Nego com a cabeça ao mesmo tempo que escutamos um barulho dentro de casa e corremos.

Cruzo os braços e a encaro, para que me dê a solução também para a cena que vemos à nossa frente. Vejo como seu rosto está vermelho.

— O que é isso... descartável? Ia jogar fora mesmo, o que tem ele brincar? — diz, como se isso fosse a coisa mais normal do mundo.

— Tem, porque *isso* era o nosso jantar. Ele está comendo boa parte dele.

Ela corre em direção ao monstrinho.

— Sorte! Essa não é a sua comida, quer ficar internado novamente? Sei que isso deve estar muito gostoso, mas não pode comer, vai passar mal. E se ficar fazendo essas coisas, seu pai não vai te querer aqui.

— Ei! Que história é essa de pai? Não sou pai e muito menos de cachorro, eu não o quero aqui, Cecília! Isso é muito sério.

Vejo a dúvida estampada em seu olhar.

— Você não pode fugir da sua responsabilidade, e também você me mandou trazê-lo.

— Oi? Eu não mandei você trazer nada, e ele não é minha responsabilidade.

Termina de recolher a bagunça no chão, levanta e me encara.

— Claro que mandou! Você disse: Te espero com o Sorte. — Aponta para o cachorro, que está sentado assistindo à nossa discussão. Não deveria sorrir, mas não consigo segurar, ela é muito cara de pau.

— Eu não disse isso, seu nariz está crescendo.

Ela prende o lábio inferior entre os dentes.

— Tudo bem, você não disse, mas a responsabilidade continua sendo sua — acusa-me.

— E eu posso saber por quê?

— Você o resgatou, agora deve assumir a responsabilidade e cuidar dele. Primeira regra de quem faz um resgate. — Sua voz está abalada.

CRISTINA MELO

— Eu não o resgatei, sabe muito bem o que estava fazendo lá — defendo-me.

— O que estava fazendo lá não está mais em questão, o que importa é que você o resgatou.

Encaro seu rosto.

— Ok, você estava lá primeiro, então o correto é ele ir para sua casa.

Nega, me encarando.

— Eu não o resgatei. Eu o socorri, é diferente. Sou veterinária, esqueceu? É meu dever socorrer os animais onde quer que eles estejam, fiz um juramento, isso é muito sério. Então, tirando eu que tinha a obrigação de estar lá, só resta você, Sr. Fodão!

Envolvo sua cintura com um dos braços, puxando-a para meu corpo, e sorrio para ela.

— Adorei o apelido, fique à vontade para me chamar assim sempre que quiser. — Ela sorri. — Mas é sério, não posso ficar com ele, nem sei cuidar de um cachorro. Leve-o com você, será a melhor pessoa para ficar com ele.

— Mas é claro que pode, sua casa é enorme, é tudo que ele precisa. Já o meu apartamento é um ovo e mal paro em casa, ele não ficaria bem lá. Sou veterinária e sei o que é melhor para um cachorro. Vai ver como ele vai alegrar seus dias e será muito mais feliz. E cuidar dele não tem mistério algum, sei que consegue, olha como já gosta daqui.

Olho para o lado, e vejo que o pulguento está esparramado no tapete da porta da área de serviço. Pudera, depois de tanto filé que comeu.

— Tudo bem, ele pode ficar aqui, mas não para sempre, só até encontrar um dono para ele.

O sorriso que ela me dá e o beijo em seguida fazem o arrependimento, que havia começado a sentir após concordar em ficar com o cachorro, ir embora instantaneamente.

— Posso tomar um banho? Estou exausta, e ele também fez xixi na minha calça. — Olho-a, consternado. — Você já disse sim, Sr. Fodão. Não pode mudar de ideia agora.

Assinto, sem ter o que fazer.

— À direita, final do corredor, use o banheiro do meu quarto, o chuveiro é melhor. Vou colocar a mesa com o que ainda ficou em cima da bancada, espero que goste de peixe.

— Amo peixe! — diz, me dando um selinho, logo depois segue pelo corredor.

Sinto-me extremamente bem tendo-a aqui, é inexplicável. Eu ainda não sei definir bem o que estou sentindo, mas de uma coisa tenho certeza: estou completamente ferrado.

— E você, Sr. Pulguento! — Ele levanta a cabeça na hora e me encara.

— O sistema aqui é um só: eu mando, você obedece. Nada de coisas ilícitas nessa casa. Nada de corrupção, odeio corruptos! Roubar o jantar não foi nada bonito e espero que não se repita. Quer ser um caveira? Então deixa de ser fanfarrão! Mais uma coisa muito importante: nada de xixi na roda do meu carro ou nunca será um caveira. Estamos entendidos?

Ele volta a deitar a cabeça no tapete, virando de barriga para cima. Sorrio. Já vi que "entendeu tudo". Ligo o forno e coloco a comida para esquentar.

A Cecília é uma caixinha de surpresas, e agora essa: um cachorro.

Não quero nem pensar qual a próxima que pode me aprontar.

SORTE

— E aí, Sorte? Tudo bem, garoto? Vamos trocar esse soro? Espero que seja o último. — A voz dela é tão doce que me acalma, ela realmente faz minhas dores pararem, confio nela.

Eu me chamo Pingo, na verdade, mas acabo de receber o nome de Sorte. Como meu nome foi trocado? Isso eu não sei responder, a última coisa que me lembro é de ter sido empurrado do carro do meu dono e amigo. Não entendi a brincadeira, não havia nenhuma bolinha para eu buscar. Também não entendi o porquê de ter feito isso enquanto o carro estava em movimento, provavelmente ele se confundiu.

Quando consegui ficar de pé, depois de ter rolado algumas vezes no chão, vi que o carro do meu amigo se afastava e eu não estava dentro dele. Tentei correr para avisá-lo que tinha me esquecido, mas então algo me atingiu e a dor insuportável a seguir me fez esquecer o que aconteceu daí por diante. Acordei nessa gaiola e com essa humana que tem um cheiro muito bom e muita, mas muita bondade. Seu carinho é acolhedor e eu me sinto bem com ela. Mas preciso sair daqui, preciso voltar para o meu amigo.

Alguns dias depois, me sentia novinho em folha, queria correr, cheirar cantos... Adoro cheirar cantos! Sou um cachorro, é assim que me localizo. Bom, não só assim, confesso que também rola um xixizinho ou outro, de vez em quando. Ok! De vez e sempre, mas tento controlar o jato, para não fazer muito estrago; meu dono sempre reclamava disso, mas é mais forte do que eu, não consigo segurar. Quando vejo, minha pata já está levantando e o xixi saindo, às vezes acho que ele tem vida própria.

Mas não há nenhum cheiro aqui que não tenha decorado ou demarcado, e ficar preso já está me deixando doidão. Até que me distraio às vezes com a galera que me faz companhia neste lugar que os humanos chamam de internação, mas a maioria só dorme. Não sei o que eles colocam nessa coisa que chamam de soro, porque dá um sono danado; nunca dormi tanto em toda minha vida canina, estou aliviado de verdade por não me darem mais isso.

No mais, até que aqui é legal: como duas vezes por dia e o rango tem um gosto muito bom.

Na casa do meu dono não tinha comida todo dia, às vezes nem água, ele é muito esquecido, mas sempre me virava e já apanhei algumas vezes por isso. Sei que fazia besteira pegando a comida dele quando dava, mas é que às vezes não conseguia esperá-lo lembrar de me alimentar, sei que o correto seria esperar. Por isso entendia quando ele brigava comigo, mas a fome era demais.

Estou com muita saudade da minha casa e do meu dono, sei que deve estar me procurando, só não deve lembrar de onde me deixou.

E agora que a humana cheirosa me trouxe para cá, não sei se conseguirei seguir o rastro de volta, mas tentarei.

— E aí, amigão, vamos conseguir um lar para você? — A humana cheirosa coloca uma coleira em mim.

Não preciso de um lar, eu já tenho um.

Sei que não me entende, meu dono nunca me entendia, mas tento mesmo assim.

— Sei que vai sentir falta da sua antiga casa, mas infelizmente não sei onde é, e não posso te levar de volta.

Eu te ajudo, vou cheirando tudo até encontrar o caminho de volta, sou bom nisso, muito bom na verdade.

— Mas te garanto que vou te conseguir um lar muito melhor. — Não quero um melhor, o meu já está bom. — O seu novo dono vai se assustar no início e, de repente, até dizer que não o quer, mas não se preocupe, eu o convenço, sou boa nisso. Ah, você pode achar a princípio que ele é meio maluco, mas acredita em mim, tenho experiência nisso: os malucos são os melhores donos, e minha intuição me diz que ele precisa mais de você do que você precisa dele.

CAPÍTULO 15

CECÍLIA

Sigo pelo corredor lentamente, dominada pelo medo de que ele vá me chamar a qualquer momento e dizer para levar o Sorte embora dali. Entro no quarto no final do corredor, fecho a porta atrás de mim e só então solto o ar que estava segurando.

— Ufa! Deu certo. Sorte agora tem um novo lar. Ok, sei que ele deve estar dizendo a si mesmo que é provisório, mas sei que não será. Noventa e nove por cento das pessoas que resgatam um animal de estimação e dizem que ficarão com ele até arrumar um novo dono, ficam com ele para sempre, e sabem por quê? Porque elas simplesmente se apaixonam, e tenho certeza que isso irá acontecer com o Fernando. Bom, certeza, certeza não tenho, mas estou torcendo muito para esse maluco não fazer parte do um por cento.

Meus pensamentos em relação ao Sorte se desligam quando meus olhos começam a jogar a informação para o cérebro do que estou vendo neste quarto. Aliás, do que vi na casa inteira, porque apesar de estar tensa, é claro que reparei em tudo desde que entrei. Essa é a vantagem de ser mulher, nós temos este poder: processamos várias coisas ao mesmo tempo, e estou indignada, na verdade, a palavra certa seria admirada. Porra! Ou ele tem uma empregada 24 horas por dia, sete dias por semana, ou ele é realmente neurótico, deve ter TOC.

Merda! Achei um pior que a Jujuba. Agora estou morrendo de vergonha por ele ter entrado no meu apartamento. Não que seja um chiqueiro, mas a casa dele não tem uma poeirinha no chão. Como sei disso? Acabo de me agachar e passar o dedo no piso de madeira corrida, perfeitamente lustrado, e me enxergo no chão. Não tem um sapato ou uma blusa sequer fora do lugar. Olho para a grande cama de casal no meio do quarto. Os lençóis e a colcha estão impecáveis, perfeitamente alinhados sobre ela, dá até medo de tocar e amassar alguma coisa.

Coloco minha bolsa na poltrona ao lado. Retiro uma calcinha e procuro a porta do banheiro, entrando em seguida. Se ele arrumou tudo assim para me impressionar, conseguiu. Não acredito que sua casa seja assim todos os dias; se realmente for, não sei se terei coragem de deixá-lo entrar na minha casa novamente. Minha cama, por exemplo, é arrumada umas duas vezes por semana, e olhe lá – sei que deveria ser mais organizada, minha mãe reclama disso comigo desde que fui morar sozinha —, então já é o suficiente, mas as únicas coisas que quero ao chegar em casa são banho e cama.

Quando estive aqui ontem à noite, quer dizer, na sala, também estava desse jeito, mas eu estava abalada demais com a forma que me conduziu para dentro, para pensar e me ligar no detalhe da casa dele ser tão arrumada.

Ao sair do banho, só tenho uma coisa a dizer: preciso de um chuveiro desses no meu banheiro. Nossa, chuveiro intergaláctico.

Estou só enrolada na toalha, parada no seu quarto sem saber o que fazer. Não posso de maneira nenhuma colocar a mesma roupa com que eu estava vestida, não depois de um banho como o que tomei há pouco.

Aproximo-me mais uma vez da cama, sento-me com cuidado, distraída, pensando que estou sentada na cama de um homem extremante gostoso que, neste momento, está preparando o jantar. E esse homem por acaso é o mesmo que eu queria matar há algumas horas.

Sério, estou jogando contra mim mesma, não estou me reconhecendo, estava inventando desculpas para vê-lo, para me aproximar dele.

E o Sorte, também foi uma desculpa? Não! O Sorte não!

Quer dizer, foi como unir o útil ao agradável. Minha intuição me diz que será muito bom para ele ter o Sorte. Ainda não sei dizer o que é, mas o Fernando tem algo obscuro, algo que o marcou muito. Ao mesmo tempo que penso que me afastar é o melhor a fazer, algo em mim quer ajudá-lo, cuidar dele, amá-lo.

Não, Cecília, você não pode amá-lo!

Por todos os sintomas acima e por minhas atitudes, acho que já é tarde demais; eu me apaixonei pelo Fernando e, infelizmente, minha intuição me diz que esse amor me trará muito sofrimento.

— Já dormindo? — Sua voz, junto com as mãos em meus ombros, me assusta.

— Ai, meu Deus! Desculpa o abuso, eu nem percebi que estava deitada. — Tento me levantar, mas ele não permite; massageia meus ombros de forma mágica, e eu continuo ali de bruços e de olhos fechados, aproveitando o momento.

— Poderia ser massagista profissional, ficaria rico! — Sinto seus lábios em meu pescoço.

— Vou pensar nisso. — Sua voz ao meu ouvido me deixa louca.

— Poderia morrer agora que morreria feliz!

Suas mãos interrompem os movimentos na hora.

— Não diga isso! Nunca mais diga uma besteira dessas, ouviu bem? — diz sério, me virando em seguida e me fuzilando com os olhos. Não identifico o que vejo neles, mas não é coisa boa.

— É só modo de dizer, Fernando. Todo mundo diz isso.

— Mas não deveriam dizer. Só se morre uma vez, Cecília, e a morte é a única coisa que, por mais que queiramos, não podemos mudar. — Seu maxilar está cerrado a ponto de trincar.

— Ei, calma. Eu estou aqui, não vamos brigar hoje, só por hoje. — Passo a mão em seu rosto e sua feição suaviza. — Me prometeu uma noite inesquecível, lembra?

Assente com um sorriso forçado.

— E vou cumprir. — Aproxima-se mais, se é que é possível. — Me promete que nunca mais vai dizer isso, nem de brincadeira. — Seus olhos não se afastam dos meus.

— Eu prometo. — Mal termino de falar, sua boca vem sobre a minha, firme, me beijando de uma forma possessiva. Suas mãos me puxam mais e mais para si, como se precisasse ter certeza de que eu estou ali. Retribuo o beijo sôfrego e delicioso, segurando sua nuca. Seu corpo prende o meu de uma maneira maravilhosa.

O que sinto com ele é tão diferente de tudo que já senti algum dia com alguém. Nós dois, juntos, parece tão certo e perfeito, é como mágica.

Sua boca desce por meu pescoço, arrepiando cada pelo do meu corpo.

— Linda. — Sua voz sai carregada de desejo após abrir minha toalha.

Sua boca explora cada pedacinho do meu corpo, a lentidão com que ele beija cada parte me irrita e, ao mesmo tempo, me envolve. Anseio por mais e mais de seus beijos e carícias. Quero tudo dele, estou disposta a aceitar o que puder me dar, lento ou rápido. Eu só o quero, seja como for.

— Então... — diz, antes de sugar um de meus seios com maestria.

— Ahh... — Não consigo controlar nada, nem os sons que saem da minha boca, tudo parece ter vida própria e está ao comando dele.

— Cecília, linda, estou conseguindo me aproximar do maravilhoso? — Seus olhos intensos me encaram por uns segundos e logo sua boca desce sobre a minha. Não precisei responder em palavras, sei que meus olhos deram a resposta que ele queria. Meus pensamentos estavam certos: ele consegue me controlar e me ler como ninguém nunca conseguiu.

— Diz... — Sua voz rouca em meu ouvido me alucina. — Diz para mim o quanto estou me aproximando. — Seus dedos tocam meu sexo, me fazendo estremecer. — Talvez eu desconfie, mas preciso que me diga, para eu ter certeza de que estou no caminho certo. — Safado! Ele está me torturando até que eu confesse. Dois de seus dedos me invadem e minha boca não consegue formular palavras, só gemidos.

Seus dedos continuam a tortura e sua boca continua os beijos, ora nos meus seios, ora no meu pescoço, ora na minha boca.

Meu corpo começa a enrijecer, mas ele retira os dedos antes que eu atinja o clímax, e o encaro frustrada e irritada.

— Você não me diz, preciso saber como tornar sua noite mais maravilhosa do que a que teve ontem, e, para isso, preciso que me diga se estou me aproximando — diz sério, me encarando.

— Acredite, você estava no caminho, bem no começo, mas estava — provoco-o, e seu semblante muda completamente: está puto, sei que está se vingando e com raiva de minha mensagem, não sou idiota. Ele me analisa com o olhar, sem dizer nada.

— Vou pegar uma blusa para você, a comida deve estar fria de novo — diz, seco.

— Fê — chamo-o, segurando o seu braço, impedindo que ele se levante. — Não sou desse tipo.

— Que tipo? — indaga irritado.

— Do tipo que dorme com um cara numa noite e com outro, na outra. — Seu olhar está fixo no meu e sinto que avalia cada palavra que eu disse. Vejo quando o pomo de Adão sobe e desce em sua garganta. — Eu não fiquei com o Heitor, nós somos amigos e colegas de trabalho, só isso.

Sua expressão carregada, de segundos atrás, relaxa visivelmente.

— E? — Ergue as sobrancelhas como quem espera que eu diga algo mais.

— E é isso — digo, sem entender.

— Acho que não é só isso. — Sua mão volta para meu corpo e começa a subir e descer em um carinho delicioso.

— Sim, é só isso. Ele é meu amigo, nunca tivemos nada. — Seu corpo pousa sobre o meu, e quando me dou conta, minhas mãos estão presas por uma de suas, acima da cabeça.

— Não sei, eu tenho uma prova que desmente o que está me dizendo. — Sua voz está serena, dominante e sexy ao extremo.

Não sei em que momento ele tirou a bermuda, mas agora minhas pernas envolvem seu quadril e minhas coxas sentem apenas o tecido fino de sua boxer. Sua ereção me tortura ao subir e descer, friccionando o ponto certo.

— Devo me preocupar e acionar meu advogado? — Entro no jogo e em seguida subo minha boca até seu pescoço.

— Ah, deve. — Suas palavras saem cheias de promessas. — Deve se preocupar, mas sobre o advogado, não precisa. Vamos resolver isso da única maneira que é possível. — Suga meus lábios.

— E que maneira seria essa, Sr. Fodão?

Seu sorriso de canto é sexy pra cacete.

— Você confessa e eu te libero. — O atrito em meu centro, dessa vez, quase me faz gozar.

— E se eu não quiser confessar? — Mordo seu ombro, nunca estive tão excitada. — Não farei isso — digo sem fôlego, meu desejo por ele é assustador. Ele me olha e assente.

— Você fará, eu a farei confessar. — A certeza com que fala, faz com que eu me renda. Não quero mais brincar disso, não quero que ele me puna, me deixando frustrada como fez há pouco.

— Eu estava com raiva, por isso enviei aquela mensagem. Já estava em casa na hora que a li.

O sorriso vitorioso e convencido em seu rosto quase me irrita, mas o desejo ainda é maior.

— Mas já? Achei que aguentaria pelo menos uma hora, minha linda — diz, se vangloriando.

— Uma hora nisso? Nem pensar, agora que já confessei, anda logo com isso e cumpra suas promessas, Sr. Fodão! — Estou sedenta por ele.

— Agora mesmo, minha linda. Vamos começar nossa noite maravilhosa.

Sorrio no mesmo instante em que ele solta minhas mãos e sua boca cobre a minha, faminto e com anseio. Minha boca recebe a sua, sedenta. Nossas bocas parecem feitas uma para a outra, nosso beijo é perfeito.

Minhas mãos apressadas começam a descer sua boxer; ele me ajuda, também com pressa. Nossos gemidos se misturam no quarto, um desejo insano e visceral toma conta de mim.

Não queria desejá-lo dessa maneira, sei que isso não é uma boa ideia, mas perdi o controle da situação há muito tempo. Não está mais nas minhas mãos, meu corpo já se entregou a ele. Meu coração pode ser que já não tenha salvação, enquanto minha cabeça e a sensatez... nem sei por onde começar a procurar para fazer o resgate.

— Fê... — o chamo, sem saber exatamente o que exigir. Eu só o quero, e quero muito.

— Eu sei, linda, eu sei. — Nossa conexão é tanta que não precisamos de palavras para expressar o que sentimos. Nossos corpos e olhares se entendem de uma maneira inexplicável. Nossas bocas não se desgrudam e nossas mãos parecem querer decorar e explorar cada parte que podem alcançar.

— Droga!

— O que foi? — indago assustada.

— Não sai daí, não se mexe. — Levanta-se da cama, e me sinto abandonada.

— Aonde vai? — reclamo.

— Não se mexe! Dois segundos — recomenda, olhando para mim com um dedo em riste.

— Você está pelado! — grito ao vê-lo saindo do quarto. Claro que não me mexerei, não sem ele aqui na cama comigo. Um segundo depois, ouço um som familiar. Merda, é meu celular! Infelizmente, tenho que atender. Levanto da cama, desconsiderando a promessa que fiz a mim mesma, em seguida, pego o aparelho na bolsa e sorrio ao ver o identificador: só podia ser a empata-foda. Substituí o apelido da Juliane; em vez de Jujuba, a apelidei de Empata, e agora será promovida a "Empata-Mor"!

— Eu disse para não se mexer, e atender o celular também faz parte de não se mexer.

Viro-me imediatamente para o Fernando, que me olha sério, e eu acho que estou com aquela cara de quem foi pega fazendo merda.

— É a Juliane, minha amiga, preciso atender.

— Não precisa não! — Pega o aparelho da minha mão.

— Fê, pode ser importante, ela não é de ligar à toa — digo manhosa.

— Amanhã você retorna.

Nego com a cabeça, a Jujuba realmente não é de ligar para falar bobagens.

— Fê, pode ser urgente, ela é minha amiga.

Ele me olha indeciso, e o telefone volta a tocar.

— Alô? — *Quê? Ele atendeu meu celular?* — Sim, é dela, é o Fernando que está falando.

Não acredito que está fazendo isso.

— Ela está muito ocupada. — Estendo a mão para pegar o celular, mas ele a segura. — Você está bem, Juliane? É alguma emergência? Sobrevive até amanhã? — *Como assim, sobrevive? O que ela tem?* — Então, ela te retorna amanhã, boa noite.

Mas... ele é louco mesmo!

— Me dá meu celular, Fernando. Eu preciso ligar para a Juliane.

Ele desliga o aparelho e o coloca em cima da poltrona, junto da minha bolsa.

— Não precisa não, o que você precisa é voltar para aquela cama. — Me agarra e começa a me beijar.

— O que ela queria? — pergunto preocupada.

— Ela disse que não é nada de mais e fala com você amanhã.

— Tem certeza?

— Sim, eu tenho certeza. Agora, de volta para a cama. — Dá um tapa em minha bunda.

— Aonde você foi?

— No carro, buscar isso. — Me mostra algumas embalagens de camisinha. — Agora você não me escapa.

Deita-se ao meu lado e o clima não demora um segundo para esquentar novamente. Mais beijos e carícias inevitáveis e muito bem-vindas, e logo o momento que tanto esperava e do qual senti falta acontece: ele está dentro de mim, e a sensação é indescritível. Como é bom tê-lo dentro de mim. Nossos movimentos são perfeitos, parecemos estar em uma dança onde um precisa do outro para completar o movimento, e assim nós fazemos, como a mais bela dança nos deixamos levar.

É assustador constatar que achou uma parte sua desconhecida, um pedaço seu que nunca lhe foi apresentado. É assim que eu estou me sentindo: como se ele fosse um pedaço de mim, e agora que o encontrei, não sobreviveria sem ele. Doido isso, né? Mas olhando em seus olhos, como estou neste momento e com ele dentro de mim, não consigo ter outro pensamento. Se existe mesmo esse lance de outra metade, eu achei a minha.

— Merda! — Fecho os olhos ao constatar que xinguei alto, e ele trava os movimentos.

— Te machuquei? — pergunta preocupado.

— Continua, por favor, não para. — Beijo-o com sofreguidão.

— Está tudo bem? — pergunta-me angustiado.

— Nunca esteve tão bem. — A verdade em minhas palavras me pega de surpresa. Eu realmente nunca me senti tão bem assim com outra pessoa. Não sei explicar bem, mas tem algo a mais acontecendo aqui, não é só sexo.

Ele continua parado me olhando, sua respiração muito acelerada, e noto que não é só por conta dos nossos movimentos.

— Está tudo bem, Fê? — pergunto, olhando em seus olhos. Continuo esperando sua resposta por alguns segundos, e seu silêncio por tanto tempo só me diz uma coisa: nada está bem, não para ele.

CRISTINA MELO

CAPÍTULO 16

FERNANDO

Sua pergunta faz com que eu questione a mim mesmo.

Está tudo bem?

E a resposta não demora: está mais que bem. Encaro seus lindos olhos verdes por longos segundos e começo a identificar cada detalhe que faz este momento ser tão mágico e único.

Ela está aqui, na minha cama, nos meus braços, comigo dentro dela, seu cheiro impregnado na cama em que nunca nenhuma outra mulher esteve; no meu quarto e na minha pele. Seu olhar tão intenso e sua entrega me atingiram em cheio.

O misto de sensações e de sentimentos que ela desperta em mim está me deixando deslumbrado e louco. Tê-la aqui comigo é tão bom. É como se eu pudesse respirar debaixo d'água. É tão certo, que de tão certo se torna errado. E quando penso em errado, o medo que já havia superado me invade em um único impacto, e a certeza de que eu não me recuperarei mais uma vez me faz despencar feio e voltar para o exílio que se tornou a minha vida. Lá, pelo menos, eu aprendi a viver, e as dores e medos ficam guardadas em um baú com muitos cadeados.

É só sexo, *Fernando, como vem sendo há oito anos;* só uma necessidade fisiológica, *apenas isso.*

— Está tudo ótimo, minha linda. Que tal continuarmos com a nossa noite maravilhosa? — Não espero sua resposta, beijo-a para fugir de seu olhar inquisitivo e acusador. Ela sabe que algo está errado, tenho certeza, mas não desenterrarei minhas merdas para ela. Elas ficarão trancadas onde estão.

Meu tesão logo supera meus dilemas, começando a mandar na situação na hora certa.

Seus gemidos me alucinam. Pelo menos esta noite, eu darei a ela o meu melhor, só por esta noite, eu serei livre.

— Ahhh! — Seus gemidos aumentam cada vez mais, me fazendo perder o controle.

Aumento a velocidade das minhas estocadas, vê-la no limite me deixa louco. Logo suas unhas se fecham em minhas costas e seu corpo começa a enrijecer, e ver como ela está perto leva-me ao ápice. Então, nosso prazer é liberado no mesmo instante e grito seu nome, enquanto ela grita o meu, e isso me transporta direto para o paraíso. Não quero ter que ir embora do lugar que estou agora, aqui é onde quero ficar. Mas sei que não posso.

— Isso foi...

— Perfeito — completo sua frase e recebo seu sorriso. Além disso, seus olhos nos meus, sua pele ruborizada e suada de tanto prazer, se juntam em um único sentimento, acertando meu coração como se fosse um alvo. Não tenho nem como me defender, pois tudo acontece em átomos de segundos.

Olho-a, ainda sem saber o que dizer. Não há nada que eu diga que possa expressar o quanto foi bom. Estamos de lado na cama, de frente um para o outro. Ela se aproxima mais, se é que é possível, e um de seus braços e pernas envolvem meu corpo, e sua boca não demora para colar na minha, me dando um beijo delicioso.

— Acho que devemos repetir, para tirarmos a dúvida — digo, já por cima dela e com a boca colada em seu ouvido.

— Acho que tem toda razão dessa vez, Sr. Fodão. — Sua voz é firme e, ao mesmo tempo, sexy pra caralho! Jogo todos os meus pensamentos para a puta que o pariu, pelo menos por ora.

Terminamos mais uma rodada, e acho que essa foi ainda melhor que a primeira. Como pode isso? Estou deitado de costas, com uma das mãos sob a cabeça, com a cabeça da Cecília em meu peito e uma de suas pernas sobre as minhas, enquanto seus dedos fazem um desenho imaginário no meu abdome. Fecho os olhos com a sensação, ao mesmo tempo memorizando o cheiro de seu cabelo. É tão certo ela aqui comigo, em minha cama. Não! Não vou começar com isso de novo.

— Com fome, minha linda? — Tenho que sair da posição em que estou, não posso me acostumar com ela.

— Morrendo! — confessa.

— Vou esquentar novamente a comida então, ou prefere um sanduíche? — Sei que está tarde, por isso ofereço outra opção, ainda não conheço seus hábitos.

— Comida, com certeza. Meu almoço já foi sanduíche.

— Está até a essa hora com um sanduíche? — Olho-a, intrigado. Minha preocupação chega sem pedir licença. Ela assente, fazendo uma careta.

— Cecília, é quase uma da manhã! Desculpa, nós deveríamos ter jantado primeiro. — Sinto-me culpado.

— Tudo bem, valeu muito a pena. — Pisca para mim e me beija. Diante do gesto, meu sorriso é espontâneo.

— Vou preparar tudo, não vai dormir. Vem logo.

— Sim, senhor! Vou só tomar uma ducha rápida.

Assinto, pego uma cueca e deixo uma blusa para ela, separada na poltrona. Tomo uma ducha no banheiro de visitas, coloco a cueca e a bermuda e sigo para a cozinha.

Vejo que o Sorte ainda está deitado no mesmo tapete. Dou uma olhada em volta e parece que não aprontou mais nada. Está em um sono profundo, chega a roncar. Nunca vi um cachorro roncar; na verdade, nunca reparei nem em um cachorro dormindo.

Quando eu era moleque, meu sonho era ter um cachorro e sempre me foi negado por morarmos em apartamento. Até que consegui convencer meus pais, que me prometeram um para o meu aniversário de 10 anos, mas um pouco antes dessa data, toda aquela tragédia aconteceu...

— E aí, o que temos? — Meus pensamentos se dissipam com a pergunta de Cecília.

— Esse fanfarrão aí comeu a carne, então agora sobrou o peixe. Como já disse, é melhor olhá-lo. Deve estar com uma indigestão das grandes, pois até agora continua na mesma posição.

A gargalhada de Cecília enche o ambiente.

— Ele está bem; no máximo, o que pode ter é uma dor de barriga ou gases, mas nada que não possamos resolver. Está assim porque adorou a casa nova.

— Cecília! É provisório — advirto-a.

— Eu sei, só estou brincando — tenta me convencer, mas eu sei que ela acha que eu ficarei com ele. Mas não ficarei, não mesmo.

Estamos terminando nosso jantar e falando amenidades. Cecília está me contando um pouco de sua rotina como veterinária e percebo que ela realmente é muito atarefada e ama sua profissão.

— Eu preciso ir para casa — diz, ao levantar da mesa trazendo seu prato.

Claro que eu não a deixarei sair daqui a essa hora, não mesmo. Nem que eu tenha que amarrá-la, ela não sai daqui de madrugada.

— Nem pensar vou deixar você ir. Você fica!

— Fê, eu tenho que ir, pego cedo na clínica e estou sem roupa. Não é a primeira vez que saio de algum lugar tarde e volto para casa.

Só se eu fosse louco e não conhecesse a violência do Rio, para deixá-la ir embora agora.

— Cecília, não vou deixar você fazer isso. Não vai se arriscar a essa hora mesmo.

— Eu juro que te envio uma mensagem assim que chegar em casa, mas tenho uma cirurgia às 8 horas e realmente tenho que ir.

Essa mulher vai acabar com o pouco raciocínio que me resta.

— Eu vou com você, pega sua roupa e volta comigo — digo firme e não espero sua aprovação. Pego minha pistola, carteira e chaves, visto a blusa e saio com ela. — Me dá a chave do carro. — Estendo a mão para ela.

— Pode deixar que eu dirijo.

— Eu dirijo, Cecília! — digo bem sério, e ela me entrega a chave sem questionar.

Não estou puto por ter que levá-la, e sim por estar arriscando sua vida sem necessidade. Ela poderia colocar a mesma roupa, ou eu buscaria uma muda para ela de manhã se assim quisesse, mas sair a essa hora, isso não me deixa nem um pouco satisfeito.

— Não faz esse bico, você não fica bem de cara fechada. — Olho-a e sei que minha cara não é das mais bonitas agora. — Mentira, você é lindo de qualquer maneira. — Sua mão pousa em minha coxa direita e não consigo me manter sério. Sorrio.

— Nós podíamos fazer isso bem cedinho, menos perigoso.

Ela beija meu braço.

— Desculpa, é que fico com medo de perder a hora, sei que perderíamos. Essa cirurgia de amanhã é bem complicada e não posso me atrasar.

— Já ouviu falar em despertador? — indago brincalhão, e ela sorri.

— Já ouvi, mas o problema do despertador é que ele nunca vem ligado à memória, e se esquecemos de ativá-lo, ele não desperta, o que acho absurdo. — Balanço a cabeça em negativa e sorrio. — Além do mais, tenho um capitão do Bope ao meu lado. — Pisca para mim, e meu coração se enche de alegria por ela se sentir segura comigo. Meu olhar permanece alguns segundos nela, a pista está deserta.

— Fê, uma blitz.

Foco meu olhar à frente e vejo duas viaturas e alguns policiais.

Eles fazem sinal para que eu pare, e assim começo a desacelerar o carro.

— Linda, minha carteira caiu aí no chão? — pergunto, após tatear o console do carro, onde havia colocado e não a encontrar. Ela retira o cinto e baixa o corpo, procurando no chão.

— Aqui, Fê. — Entrega-me após uns segundos.

Coloco a carteira no colo e, conforme vou me aproximando deles, minha visão começa a identificar coisas estranhas: o adesivo da polícia militar, que eu conheço muito bem, está do lado errado da viatura; o armamento que seguram não é o padrão.

— Merda! — Puxo minha pistola de baixo da coxa.

— Que foi, Fê? — Cecília está assustada.

— Você vai fazer o que eu disser, essa porra é uma falsa blitz.

— Como você sabe?

— Porque eu sou a porra de um policial, por isso que sei. Agora abaixa, e assim que eu parar o carro, você vai abrir a porta e se jogar no chão.

— Não, não, não vai parar! Avança com esse carro, são muitos — diz, muito assustada.

— Tenho que parar, faz o que te mandei fazer.

— Você não tem que parar, Fê. — Ela nega com a cabeça. — Avança com o carro, nós vamos morrer, você é policial. — Está bem alterada.

— Temos cinco segundos, se prepara, fica no chão e não levanta até eu mandar.

— Não!

— Três, dois, um... agora. — Paro o carro, abro a porta já acertando o primeiro que vem em minha direção. Muitos tiros vêm contra nós. Ouço o grito da Cecília, mas não posso olhar agora. Acerto o segundo, terceiro, quarto e alguns bandidos saem correndo. Continuo com a pistola em punho por uns segundos, mas não vejo mais ninguém, a não ser os quatro que derrubei.

Volto para dentro do automóvel e a vejo no chão, do outro lado.

— Cecília! — Dou a volta no carro para chegar até ela. — Pode levantar agora.

Ela está de bruços e não se move. Abaixo-me.

— Vem, está tudo bem. — Coloco uma das mãos em suas costas e as sinto molhadas. Olho para minha mão e o desespero me domina.

— Cecília! — Levanto-a, colocando-a no meu colo. Seus olhos estão fechados e seu corpo totalmente parado. — Não faz isso comigo, minha linda! Abre os olhos. — Passo minhas mãos pelo seu rosto, mas ela não responde.

— Não! Você não. Abre os olhos, por favor, fica comigo! Você não, minha linda, eu não posso te perder também! Socorro! — grito, com seu corpo colado ao meu, as lágrimas surgem em minha face novamente depois de oito anos e caem sem controle.

— Cecília! — Meu grito rasga o silêncio à minha volta. — Não faz isso, minha linda! — Beijo seu rosto e abraço seu corpo. A culpa é minha, eu a perdi também. — Cecília, Cecília, Cecília...

CAPÍTULO 17

CECÍLIA

Sou despertada com gritos horríveis. Meu susto é inevitável e meu coração vem à boca com a cena que vejo na penumbra do quarto.

Fernando grita e se debate ao meu lado, e minha surpresa é grande ao perceber que é meu nome que ele chama com tanto desespero. Meu coração se aperta de uma forma que me sufoca.

— Fê, acorda, estou aqui. — Passo a mão em seu peito levemente, mas parece não surtir efeito. — Fê! — Deito-me em cima do seu corpo e coloco as duas mãos em seu rosto. — Acorda, Fê. Estou aqui, eu não vou a lugar nenhum, acorda!

Seus olhos se abrem e encontram os meus, sua respiração está acelerada. Ele me olha como quem está na dúvida se sou eu mesma, ali, em cima dele.

— Sou eu, estou aqui. — Seus braços rodeiam meu corpo e logo sua boca avança sobre a minha e me beija de forma desesperada e sedenta demais.

Ele me joga de costas na cama e suas mãos arrancam rapidamente a blusa dele que eu estou vestindo e volta a me beijar. Seu beijo é sôfrego e com muita intensidade, suas mãos passeiam em cada pedaço do meu corpo firmemente, com certeza terei alguns hematomas pela manhã devido aos seus apertos. Mas não estou ligando, sinto que ele precisa disso, precisa me sentir, e eu sinto toda sua intensidade e necessidade.

— Está tudo bem. Eu estou aqui. — Minhas mãos acariciam seu rosto. Não consigo vê-lo, mas sinto como está tenso.

— Graças a Deus está aqui, graças a Deus está. — Sinto alívio e medo em suas palavras, e meu coração se aperta. Ele não para de me beijar, e os batimentos em seu peito parecem acelerar mais e mais. O que será que sonhou? O que o perturba? — Eu não posso, Cecília, não posso passar por tudo de novo, sei que não vou conseguir. — Sua voz sai carregada de tristeza.

— Foi só um sonho ruim, está tudo bem. — Eu gostaria de protegê-lo, saber mais dele, poder afastar qualquer coisa ruim que o perturbasse; queria que soubesse que estou aqui com ele e para ele; queria ter a chance de consertar qualquer coisa que pudesse estar quebrada dentro dele e queria que escolhesse a mim para isso. Pode parecer loucura, todos esses pensamentos, mas é só isso que quero: poder tê-lo por inteiro.

— Estou aqui para você, Fê, vai ficar tudo bem. — Ele trava todos os movimentos com minhas palavras, mas eu precisava dizer. Posso estar sendo precipitada, mas sinto que ele precisava ouvir isso. Sua resposta não vem em palavras, mas sem que eu menos espere, sua paralisia some e sinto seu membro encostar-se em meu centro.

— Eu preciso de você agora, minha linda.

Um leve assentimento meu de cabeça, mesmo na escuridão, é o suficiente para que ele me penetre, me levando à loucura em seguida. Seus movimentos são um tanto bruscos e selvagens, mas nada dolorosos. Ele me preenche de maneira dominante e deliciosa, suas investidas são rápidas e meus gemidos, inevitáveis. Eu o sinto por inteiro; a entrega vem dos dois lados, meu corpo parece uma extensão do dele, e me sinto completa, pois o meu pedaço, aquele que descobri há pouco que existia, está junto de mim. Minhas mãos passeiam sem parar por suas costas e cabelo. Eu quero tudo dele. Nossa conexão chega ao ápice, e alguns minutos depois, chegamos ao êxtase juntos, ele gritando o meu nome e eu o dele. Seu corpo desaba sobre o meu, e em toda a minha vida sexual nunca me senti tão inteira e satisfeita como estou agora.

Desperto naturalmente, como há muito não acontecia. Faz tempo que não sei o que é dormir sem ser interrompida pelo meu celular tocando. E quando lembro disso, o pânico me domina, me fazendo levantar imediatamente. Estou sozinha no quarto. Droga, que horas devem ser? Corro para pegar meu celular e o ligo. Aguardo até que o aparelho atualize, parece levar uma eternidade, e quando enfim consigo ver as horas, quase tenho um treco. São quase 11 horas! Várias mensagens simultâneas começam a encher a tela. Estou muito ferrada, nem sei a quem responder primeiro. Isso nunca me aconteceu; mesmo na época da faculdade, quando bebia todas e dormia apenas uma hora, sempre cumpri meus horários.

— Fê? — grito do quarto, mas não tenho resposta.

— Dona Barbara, bom dia! Está tudo bem por aí? — Nem sei a desculpa que darei.

— Está sim, doutora. Tudo em ordem. A doutora Juliane está cuidando de tudo, ela avisou que a senhora teve um imprevisto e lhe pediu que a cobrisse.

O alívio inunda meu corpo. A Jujuba é a melhor amiga do mundo!

— Pois é, só consegui ligar agora. Depois eu converso com ela para saber como foi tudo. Obrigada e um bom dia. — Desligo o celular e solto o ar que prendia.

Saio do banheiro e sigo para a sala atrás do Fernando. A casa está um tanto silenciosa.

Procuro-o pela casa e não o acho, e nem o Sorte. Ai, meu Deus! Será que ele deu o Sorte para alguém? Meu coração acelera, e então, quando estou indo para a porta de entrada, vejo um papel em cima da mesinha de centro.

Bom dia,

Eu tive que trabalhar, não quis acordá-la. Avisei à sua amiga que estava cansada e ela me disse que cuidaria das coisas no seu trabalho.

Já levei o Sorte à rua e coloquei água e comida para ele. Ele está na garagem, fiquei com medo que te acordasse. Assim que der, te ligo.

P. S.: Suas chaves estão em cima do balcão da cozinha.

Fernando.

Leio e releio o bilhete. Algo não está certo aqui, na verdade, alguma coisa está muito errada. Que porcaria de bilhete é esse?!

Ligo para ele, mas só dá caixa postal. Deixo um recado pedindo para retornar assim que possível.

Alguns minutos depois, estou parando o carro em minha vaga. Ele até agora não me ligou. Aquele *P.S.* foi para me expulsar, com certeza. Que merda de bilhete foi aquele? Isso não sai da minha cabeça. Deixei a casa dele dez minutos depois e só demorei esse tempo por conta da festa que o Sorte fez quando saí na garagem. Meu coração ficou apertado em deixá-lo, mas pelo cuidado que o Fernando teve com ele antes de ir trabalhar, mesmo sabendo que eu estava lá, sei que pelo menos ele ficará bem. Já eu, estou com a sensação de que uma tonelada desabou sobre minha cabeça. Sei que não temos nenhum compromisso e que, de repente, na cabeça dele foi apenas mais uma noite, mas eu realmente me senti especial. Depois que ele me despertou com seu pesadelo, senti que ele me queria ali, que precisava de mim, e hoje me expulsa com *"Suas chaves estão em cima do balcão"*.

Quanto mais eu tento, menos conheço e entendo o Fernando.

> Oi, obrigada por me lembrar onde estavam minhas chaves, já estou em casa.

Ele visualiza, mas não responde. O que deu nele?

Algumas horas depois, termino de responder algumas mensagens e conferir alguns exames. Olho para meu celular e nenhuma mensagem de Fernando.

Ele está deixando claro que não está a fim, Cecília. Entenda, você não é mais uma menina.

Eu sei que não tem o que ser cobrado, mas me sinto frustrada e abandonada. Mesmo que não deva sentir isso, é o que eu sinto e não estou conseguindo controlar esse sentimento de perda.

Ouço o som da campainha e corro como criança para abrir a porta. Também não vou negar que o sorriso estava estampado em meu rosto.

— Oi, Jujuba. — Minha voz sai um tanto desanimada e desapontada.

— Nossa, que cara é essa? Achei que estaria radiante, depois da noitada que teve.

Volto para o sofá e me jogo nele. Sei que não preciso esconder meus sentimentos dela; nem que quisesse, conseguiria.

— O Fernando é... — O bolo em minha garganta me sufoca, minhas narinas se dilatam tentando segurar as lágrimas, mas não consigo; desabo na frente da minha amiga.

— Cissa... — Sua voz sai calma e acolhedora, e eu continuo chorando sob seu olhar.

— Eu não o entendo, Jujuba! Nossa noite foi tão mágica e maravilhosa, e de manhã foi como se nada tivesse acontecido, ele nem estava lá quando acordei... — Minha voz falha. — Me deixou um maldito bilhete e até agora não entrou em contato, mesmo depois de eu ter ligado e enviado mensagem.

— Você se apaixonou. — Afirma o que eu já sei.

— Droga, por que eu tenho que ser tão burra? Por que só me apaixono pelos caras errados? — questiono a mim mesma.

— Não fica assim, Cissa. Até que eu estava indo com a cara desse Fernando. Me ligou todo preocupado, dizendo que você estava dormindo e ficou com pena de acordá-la. Disse a ele que não se preocupasse, que te cobriria, ele agradeceu e desligou.

RESGATANDO O AMOR

Minha confusão só aumenta com a declaração da Jujuba.

— Está vendo? Esse homem vai me enlouquecer! Quanto mais eu tento, menos o entendo — confesso, e ela assente.

— Vamos combinar que você tem um dedinho podre para homens, né, amiga? Só gosta de loucos!

— Ai, Jujuba. Às vezes, eu queria ser como você, não me apegar e nem me importar. Encheu o saco, despacha.

Ela baixa a cabeça, parecendo culpada.

— O que eu perdi, Jujuba? — Seu silêncio é condenatório, alguma coisa está rolando com ela. — Por que me ligou ontem, àquela hora? — Lembro-me do seu telefonema.

— Preciso de glicose, vou pegar jujuba. — Tenta se levantar, mas eu a impeço.

— A senhora vai ficar bem aqui, até me dizer o que está acontecendo. Sua respiração sai pesada.

— Sabe o ogro do mercado? — Sua voz sai abalada, nunca vi a Jujuba assim.

— Hã?

— É o Daniel, dono da oficina...

— Nossa! — a interrompo. — Que babado! E aí? — Minha tristeza dá lugar à curiosidade.

— E aí que ele é mais babaca do que eu pensava! Acredita que ele mandou um funcionário embora, na minha frente, e me chantageou?

Meus olhos se arregalam depois de ouvir o porquê de ele ter feito isso, e não seguro a gargalhada.

— Está rindo? O negócio é sério, o rapaz tem filhos. — Ela está indignada.

— Eu sei, não estou rindo por isso, estou rindo que a loucura desse ogro mexeu com você.

— Claro que não! O lance são as consequências da loucura dele. Mandar um inocente embora, isso é demais! — Suas palavras não batem com suas atitudes, ela está abalada com o cara.

— Desde quando se importa com isso?

— Nossa, Cecília, obrigada! Não sou nenhuma insensível. — Tenta parecer indignada.

— Claro que não! Qual era mesmo o nome daquele carinha do quinto período, que disse que iria se matar se você não ficasse com ele? E o que foi que respondeu para ele mesmo? — Ela faz uma careta para mim. — Ah, lembrei! Você disse: Já morre tarde!

— Jogo sujo, Cecília!

— Usando suas armas — respondo.

— Porra, bela amiga você, hein! — diz irritada, e se levanta do sofá.

— Por eu ser sua amiga é que sei que esse cara mexeu com você. Aceita logo o pedido dele para jantar e vai ser feliz, Jujuba. Não complica.

Encara-me com cara feia.

— Eu não vou jantar com ele coisa nenhuma!

— Pelo pobre rapaz e seus bebês — imito uma voz compadecida.

— Tchau!

— Jujuba? — chamo-a antes de ela abrir a porta. — Será que você consegue cobrir alguns dias meus na clínica?

Sua feição muda. É pena?

— Claro que sim, Cissa. Vou falar com a Ritinha e revezamos, tire o tempo que precisar.

— Te amo, sua maluca.

— Também te amo, Cissa.

Ela sai, e a tristeza volta a tomar conta de mim. Olho o relógio e constato que é quase meia-noite. É oficial: ele não vai ligar.

Apago a luz do meu quarto e deito na cama, abraçando o travesseiro.

Ainda consigo sentir o cheiro dele em meu corpo, e as marcas, como eu previ, estão sobre minha pele, mas pelo que tudo indica, é só isso que me sobrará.

Não estou sendo dramática, sei que foi apenas uma noite maravilhosa que ele me prometeu, e mesmo com toda essa falta que estou sentindo agora, não consigo me arrepender de ter ido até lá. Realmente a noite foi esplêndida, mas não durou para sempre, esse foi o problema.

CAPÍTULO 18

FERNANDO

Três dias depois...

— Não me olha com essa cara, eu sei o tamanho da merda que fiz! Você acha que sabe, mas não tem ideia do inferno que tem sido a minha vida após a morte da Letícia. Aquele maldito sonho e como fizemos amor depois foi um aviso. Sei que se tivesse mais uma noite daquelas com ela, não conseguiria me afastar mais, e não posso passar por tudo novamente, não aguentaria. — Ele me olha de canto novamente. — Sei que fui um maldito covarde, para de me julgar! Só não quero sentir aquela dor de novo.

— Tomo outro gole da minha cerveja sob seu olhar acusatório. Ele está no sofá, e eu, jogado no chão da minha sala.

— Você acha que está sendo fácil, ficar longe? Não, não está! Sinto falta dela a cada segundo do meu dia; sinto falta do seu cheiro, seu toque, sua boca atrevida... Sinto falta do cara que eu fui e que poderia ser para ela. Mas é melhor parar agora, parar enquanto consigo ficar de pé sozinho, parar enquanto consigo respirar sem ajuda, parar enquanto tenho sanidade para isso.

Ele me olha, e minha gargalhada vem sem controle.

— Ok, a sanidade já se foi, afinal estou conversando há duas horas, pelo menos, com um cachorro. — Continuo rindo, enquanto ele coloca uma das patas sobre a cabeça.

Olho o celular: já são quase 22 horas. Não resisto e escuto pela milésima vez a mensagem dela. Fecho os olhos. Ouvir sua voz é tão bom.

Sei que deve me odiar agora, fui canalha e não retornei nenhum dos recados que me deixou, não saberia o que dizer...

Quase jogo o celular para o alto com o barulho que vem lá de fora. Levanto logo atrás do Sorte, que já está latindo na porta da sala.

O barulho continua, e quando abro a porta da sala, sei que é meu portão que está quase sendo colocado abaixo. O Sorte não para de latir.

— Calma aí, amigão, se controla. Quem é? — grito.

— Abre essa porcaria, Fernando!

Meu coração dispara, e me apresso em abrir o portão.

— Cadê a guia do Sorte? — indaga-me, muito irritada, e logo passa por mim como um furacão. Eu só faço fechar o portão, completamente sem ação, e sigo atrás dela.

— Está tudo bem? — É a única pergunta que me vem à mente quando entro atrás dela, em minha sala, e também o que interessa de verdade. Ela cruza os braços e me encara. Reparo que está de chinelo, short e camiseta. Veio de casa, com certeza, e uma preocupação por ter vindo dirigindo a essa hora me invade.

— Está tudo maravilhoso! Só preciso da guia do Sorte! — Seu tom é áspero, e mal me encara.

— Tem certeza de que está tudo bem? — Não consigo formular ou pensar em outra pergunta, então acabo repetindo a mesma.

— Me diz você! — Está bem irritada, e eu estou pensando no que poderia dizer que pudesse melhorar a cagada que fiz. Algo me diz que não veio aqui por conta do Sorte.

— Desculpa, eu estive ocupado, não consegui te retornar. — Minha voz sai cheia de incerteza, nem eu acredito no que disse. Que desculpa idiota! Ela olha para a mesa de centro e vê as garrafas de cervejas vazias que tomei.

— Estou vendo como estava ocupado! Mas o que faz do seu tempo não me diz respeito! Só preciso da porcaria da guia! — grita, enquanto só nego com a cabeça.

— Eu posso explicar, me desculpa por meu comportamento, mas eu realmente estive ocupado. — Tento me aproximar, mas ela desvia e se afasta mais.

— Entenda uma coisa: não me interessa o quanto esteve ocupado, isso não é da minha conta! — Eleva mais o tom da voz, e só sinto raiva e mágoa nela. Eu fiz a maior cagada com ela.

As palavras não se processam, estou completamente perdido, só preciso abraçá-la e tentar mostrar que não sou esse cara que ela está imaginando, apesar de ter agido como um. Ela mais uma vez se afasta, não permitindo a aproximação, e vai em direção à mesa. Sua perna esquerda empurra a mesa de centro com um único gesto, sinto que tenta descontar sua raiva ali. Inevitavelmente, algumas garrafas caem e se espatifam no chão.

— Ops! — Finge uma preocupação que sei que está longe de sentir. — Acho que acabo de aumentar sua ocupação, que pena! — diz irônica e alterada, e eu não digo nada, deixo-a descontar sua raiva. — Cadê a porcaria da coleira, será que pode me responder? — Seu rosto está todo vermelho, enquanto seus olhos buscam algo pelo cômodo, e eu só quero que se acalme.

— Tenta se acalmar. Senta, vou pegar uma água — peço.

— Hã? Você é o pior babaca que já conheci em toda minha vida! — Aponta o dedo em riste para mim, seu tom irritadiço só piora. Fico em silêncio. Estou mesmo ferrado, não sei como a farei se acalmar. — Achei que estava lidando com um homem, porém você não teve a dignidade de dizer que não queria mais nada comigo! — solta enfim, aos gritos, o que a incomodava. — Deixou a porra de um bilhete me expulsando da sua casa!

— Mas...

— Mas nada, Fernando! — me corta, quando eu ia explicar que não foi bem assim. — Eu sei que para você não significou nada e já deixou bem claro que não queria compromissos, mas a maneira que fez tudo foi escrota!

Olho para o corredor, para fugir do seu olhar. Ela não tem ideia do quanto está sendo difícil me afastar.

— É isso: você já está com outra?

Nego com a cabeça e sorrio por ela pensar que eu poderia estar com outra. Ela me empurra e passa por mim, apressada.

— Cecília! — chamo-a, mas ela caminha até meu quarto. Não queria que visse que não arrumei a cama ainda, que ainda são os mesmos lençóis e que não quis me desfazer do seu cheiro.

— Que foi? Só vou dar um oi, ela tem o direito de saber que no dia seguinte vai acordar sozinha e com um maldito bilhete.

— Não tem ninguém aí. — Puxo seu braço antes que consiga abrir a porta do meu quarto, e ela me apresenta um olhar que não conhecia. — Quer se acalmar?

— Me acalmar? Eu nunca estive tão calma! Você ainda não me viu nervosa, Fernando. Agora solta meu braço! — grita, se desvencilha de mim e abre a porta do quarto. Olha de um lado para o outro, em seguida invade o banheiro.

— Já disse que não tem ninguém aqui. — Encosto-me no batente da porta do banheiro, e seu olhar encontra o meu. Percebo que um pouco da fúria em seus olhos diminuiu. Sua respiração está alterada, minha vontade é beijá-la para mostrar que não existe outra pessoa que eu queira mais do que ela, mas não posso fazer isso.

Ela quebra o olhar e passa por mim, empurrando-me.

— Cecília, me desculpa, eu devia ter ligado, só não liguei porque...

— Porque você é um idiota — corta-me. — Um maldito idiota que se acha o dono do mundo e o rei da gostosura.

CRISTINA MELO

— Não é nada disso, minha linda. — Nego com a cabeça. — Eu nunca quis te magoar.

Ela sopra o ar com força e se aproxima mais.

— Não me chame de minha linda. Eu não sou sua, nada sua; você já deixou isso bem claro. Se é o que está pensando, não vim por sua causa; para mim, a partir de hoje, você deixa de existir — diz, batendo o indicador no meu peito com muita força, mas o incômodo vem de suas palavras que me perfuram como uma lança, e a dor brota instantaneamente.

— Não fala isso. — Minha voz sai abalada e meus braços a rodeiam, puxando seu corpo para mim. Sinto que estremece como eu, a sensação de tê-la junto a mim é como um remédio que cura qualquer coisa. Será que ela é minha cura?

— Não me toca! Seu joguinho de sedução barata não funciona mais comigo. — Afasta-se, e todas as dores me invadem novamente.

— Eu... — Não consigo falar. Queria que ela me entendesse, mas não consigo dizer todas as merdas que me atormentam. — Eu não estou jogando com você. Nunca faria isso, você é mais importante do que imagina.

— Não me diga! — É irônica. — Bom, "importante" para você deve ser diferente do que é "importante" para mim. Isso agora pouco me importa; a única coisa que vim fazer foi buscar o Sorte, mas já que estou aqui, vou aproveitar para te dizer uma coisinha muito importante: esquece que um dia me conheceu; se cruzar a mesma calçada que eu, muda para a outra, porque não quero cruzar meu caminho com o seu nunca mais!

Ela sai do meu quarto e a sigo sem nenhum argumento capaz de convencê-la que está errada.

— Cecília, vamos conversar como adultos. — Tento manter minha voz controlada, tudo que ela disse me atingiu em cheio.

— Perdeu a chance da conversa, te esperei três malditos dias com qualquer desculpa esfarrapada que fosse, mas, imagina só, você não apareceu nem ligou, tampouco fez sinal de fumaça. NADA! — grita.

Ela segue para a cozinha e vou atrás, não sei como reverter isso.

— O que você está fazendo? — indago, ao vê-la recolher os comedouros do Sorte.

— Você é surdo? Vim buscar o Sorte! — diz com ímpeto.

— Não vai, não! — Retiro os potes de suas mãos

— Ele não é seu! Você mesmo disse que era provisório. Pois bem, consegui um lar para ele, aqui não fica!

— Que lar? Ele já tem um lar. Ele fica. — Sou firme, não vou perdê-lo também.

— Não te interessa, você disse que não o queria! — diz, cheia de atitude.

— Mas eu o quero! Nem tudo o que falamos é o que realmente queremos, às vezes fugir é o caminho mais fácil — digo cada palavra olhando em seus olhos, queria que fosse capaz de me entender, pois não falo somente do Sorte. — Além do mais, eu o resgatei, ele é minha responsabilidade, lembra? — revido com suas próprias palavras.

— Ele escolhe. — Encara-me como se tudo estivesse resolvido e decidido. — Sorte, vem com a tia — chama-o.

— Sorte, junto, Caveira! — Dou meu grito de guerra que passei dois dias ensinando a ele, e ele entra correndo na cozinha e senta ao meu lado. — Muito bom! Sempre será! — Acaricio sua cabeça, e Cecília nos encara perplexa.

— Sério isso, Sorte? Fica com ele por três dias e esquece tudo? Muito bem! — Está indignada.

— Ele gosta de você também, mas eu sou o capitão dele, já entendeu isso. Como está vendo, ele já tem um lar. — Tento descontrair, mas ela continua de cara fechada. — Podemos conversar agora?

— Eu não tenho nada para conversar com você. Sejam felizes! — Sai em disparada pela sala.

— Cecília! — grito, quando ela abre a porta.

— Adeus, Fernando! — Já está abrindo o portão.

— Volta aqui. Se acalma, não vai embora assim — digo em vão, pois ela nem olha para trás.

— Oi, Ogro. Tchau, Ogro! — diz ao Daniel, que está chegando, antes de entrar no carro e sair a toda. Passo as mãos pela cabeça sem ter o que fazer.

— Eita, parceiro, o que eu perdi? Imaginei que ela era braba, mas superou minha imaginação. E por que ela me chamou de Ogro? — questiona-me enquanto ainda estou olhando o carro se afastar.

— Não me faça perguntas que não posso responder, não quero saber da sua imaginação, e você chegou tarde, as cervejas acabaram! — Desconto minha raiva e frustração no meu amigo.

— Relaxa aí, cara. O que está rolando entre vocês?

— Não está rolando nada, e se estivesse, não seria da sua conta. — Solto as palavras sem pensar direito. Ele é meu melhor amigo desde a terceira série.

— Não sei o que está acontecendo ao certo entre vocês, mas uma coisa tenho certeza: você está apaixonado por ela e eu estou muito feliz por você, enfim, ter superado e começar a viver novamente.

— Não fala besteiras, Daniel. Eu não posso me apaixonar novamente, simplesmente porque não tenho mais um coração. Fala como se não soubesse toda a merda que passei. — Ainda estou assimilando suas palavras, enquanto ele só nega com a cabeça.

— Claro que sei, por isso estou tão feliz, e a negação é o primeiro sintoma do amor.

— Nossa, falou o expert no assunto, o cara que nunca se apaixonou e que vive de contar historinhas para conseguir levar as mulheres para a cama, e depois que as leva, simplesmente as descarta e passa para a próxima — acuso-o. Nunca, em todos esses anos, o vi com uma só mulher ou apaixonado.

— Não é bem assim — defende-se.

— Não? E o mesmo papinho sobre despedir o funcionário com filhos gêmeos só para levar a mulher para jantar? Quer dizer, para *ser* o seu jantar.

Ele gargalha.

— Não é bem assim, é engraçado. Todas caem, quer dizer, apenas uma não caiu, mas sei que ficou balançada.

Agora quem sorri sou eu.

— Já gosto dessa, é inteligente. Melhor mudar de tática, parceiro.

— Não, ela vai ceder, sei que vai — diz, convencido

— E você sabe pelo menos o nome dela? — ele sorrir

— Juliane. E é amiga da sua Cecília.

Meu sorriso morre.

— Não, não, não! Você não vai fazer isso, não vai me envolver nessa merda!

— Qual é, cara. Vai ser legal sair de casal — diz, zombeteiro.

— Nem pensar, Daniel. Eu não vou fazer isso, minha situação já está fodida o suficiente. Não pretendo mais ver a Cecília e, se visse, não deixaria você enganar a melhor amiga dela. São vizinhas, e sei que depois vai sobrar pra mim.

— Então sabe onde ela mora? É por isso que te amo, cara! — diz animado demais.

— Eu não vou te dar o endereço dela.

— Vai, sim!

— Não mesmo! Eu tive um lance com a Cecília e já acabou, então sinto muito, não quero me envolver em mais nada que diga respeito a ela.

— Quer, sim — afirma. — Qual é, cara, nunca te pedi nada.

— Não, Daniel! Isso está fora de questão. — Sou firme.

— Você vai realmente desistir dela? — indaga-me, com o tom sério agora.

— Não tem nada para desistir, nós não temos nada. — Tento me convencer e convencê-lo.

— Eu vi o quanto ela mexe com você. Sei que vai dizer novamente que o cara que nunca se apaixonou não pode lhe dar conselhos, mas não joga fora a oportunidade de ser feliz novamente, Fernando. Eu o vi perdido por muitos anos, e agora vejo vida em seus olhos de novo, não faz isso com você, cara, se dá essa chance.

Engulo cada palavra. Só eu sei o que poderia carregar, e não poderia passar por tudo novamente, não posso mais me apaixonar, não suportaria outra perda.

— Vou chorar! — Finjo não me importar com suas palavras. — Não enche, Daniel, quem parece estar apaixonado é você, todo melancólico, sai fora! Daqui a pouco se declara para mim, eu mereço! — acuso-o, para me defender.

— Você quem sabe, Fernando. Não é mais um moleque. Eu iria atrás dela — diz, compadecido. Essa é boa, o maior galinha que conheço sendo sentimental.

— Bom, eu não sou você! — Ele assente.

— Ok, a decisão é sua, mas já que não quer ser feliz, eu quero. Me passa o endereço da mulher mais linda que já vi. — Pega o celular, pronto para digitar, e eu nego com a cabeça.

— Porra, Fernando, isso é vacilo!

Não aguento e sorrio.

— Ok, vou te passar o endereço do trabalho, o resto você se vira.

— Valeu, cara! Te devo uma.

— Mais uma, você quer dizer.

— Que seja, me passa aí.

Digita tudo em seu telefone, nunca o vi tão ansioso por uma mulher. Nos despedimos e ele avança pelo condomínio em direção à sua casa. Pois é, nós também somos vizinhos.

— Agora somos eu e o senhor de novo, soldado. Vamos voltar ao nosso papo — dirijo-me ao Sorte, que ficou sentado o tempo todo no portão, ao meu lado, e entramos. — Mas antes, preciso saber se ela chegou bem.

> Você está bem?

Envio a mensagem, sentado em meu sofá.

CRISTINA MELO

> Vai se ferrar!

Sorrio ao ler sua resposta. Graças a Deus ela está bem e em segurança. Pelo tempo que saiu, já se encontra em casa.

> Ok, estou indo me ferrar, mais do que já estou. Vou me ferrar bastante, pode deixar. Me desculpa, eu nunca quis te magoar.

Envio a mensagem com o coração apertado.

> Eu percebi como não quis. Agora esquece meu número e que um dia me conheceu! Você é... nem tenho mais palavras para dizer o quanto é um babaca.

> Acredita em mim: eu queria muito ser o que você deseja, mas não posso.

Minutos se passam, até que meu celular apita novamente.

> Realmente, você não é um terço do que desejo. Sinto muito por isso, eu realmente acreditei que era, e foi isso que me machucou tanto, mas eu supero. Fica tranquilo com sua canalhice, e mais uma vez, me esquece!

Algumas gotas caem sobre a tela que olho fixamente e só aí me dou conta de que estou chorando. Minha vida é uma verdadeira merda, e a última coisa que eu gostaria de ser é um canalha, mas infelizmente é o que eu estou sendo para ela. Ainda não consegui entender o porquê de tanto sofrimento e por que tudo de ruim acontece comigo e, principalmente, por que ainda estou vivo. Não consigo ter uma vida normal como todo mundo; tudo que me ocorre de bom é arrancado de mim sem prévio aviso, por isso não posso permitir que isso aconteça novamente.

Não envio mais nenhuma mensagem, pois nada mudaria e eu tenho que aceitar isso.

CAPÍTULO 19

CECÍLIA

Dois dias depois...

O vento em meu rosto e a música *Na sua estante*, da Pitty, que toca repetidas vezes nos fones em meus ouvidos, alimentam a minha raiva.

Como fui me deixar envolver dessa forma e tão rapidamente? Minha cabeça está uma bagunça e, mesmo o odiando, não consigo evitar a saudade. Esse idiota fodeu com a minha vida!

Estou assustada com a proporção que tudo tomou. Tirei dez dias de férias, pois não conseguia me concentrar no trabalho. Ainda bem que minha mãe viajou com meu pai, para comemorarem o aniversário de casamento, e só voltarão no próximo mês. Se eu tivesse que jantar com eles, como ocorre em quase todos os anos nessa data, com certeza me interrogariam ao ver meu estado. Eu mesma reconheço que não é dos melhores, não estou conseguindo esconder, mas não queria discutir isso com ninguém, principalmente com meus pais. Sabia que esse envolvimento não acabaria bem, o cara demonstrou desde o início que não era normal e eu insisti.

Para com isso, Cecília! Você não vai se culpar pelas idiotices dos outros. Ele é um idiota e ponto final!

Confesso que ainda estou engasgada por ele não ter respondido minha última mensagem, achei que responderia.

Ok, não vou novamente à casa dele reclamar por uma resposta, mas confesso que vontade não me falta, mas não darei esse gostinho a ele. Nunca fiz o que fiz. Eu fui até lá com o único objetivo: buscar o Sorte, e acabei me deixando levar pela raiva e falando um monte de coisas que não deveria. Nem minha raiva aquele idiota merecia. Depois que a adrenalina baixou, fiquei morrendo de vergonha do meu comportamento descabido. Acabei quebrando um monte de garrafas na casa do cara, mas a raiva realmente me cegou e ainda não passou, e sei que demorará um bom tempo para passar. Pelo menos disse tudo que estava engasgado, embora não tenha ido lá para isso...

Será que não, Cecília?

Não! Eu fui pelo Sorte, aquele traíra! Mas foi bom jogar tudo na cara daquele imbecil, não me arrependo de nada que disse. Pronto, é isso: não me arrependo! Ele mereceu cada palavra, ponto e vírgula.

Após quarenta minutos, minhas pernas já não respondem tão bem à corrida. Paro por um momento, estava tão envolta em meus pensamentos que nem me dei conta da distância que percorri. Estou a vários quarteirões da minha casa.

Começo a caminhar de volta, a noite já chegou, mas não tenho noção das horas e nem quero ter. Uma ventania repentina me pega de surpresa. Apresso os passos, mas o cansaço não me permite correr mais. Continuo com meus passos longos e rápidos, e a ventania logo vem acompanhada por gotas grossas de água. Escondo meu iPod dentro da calça de ginástica, não quero perdê-lo para a chuva. Volto a correr em meio a uma tempestade, ainda assim, minha casa parece ficar cada vez mais longe. Incrível como não aparece uma marquise quando se precisa. Estou completamente molhada e apavorada com as trovoadas. Preparo-me para atravessar a avenida, quando um carro para bem encostado a mim, me assustando.

— O que você está fazendo no meio dessa chuva toda? — *Qual a possibilidade de isso acontecer?*

— Tomando banho! — grito com raiva e deboche.

— Entra no carro, Cecília! — exige, com seu corpo curvado dentro do carro, falando comigo pela janela do carona.

— Prefiro morrer afogada ou eletrocutada por um raio.

Sua expressão muda para raiva, e eu quero que ele vá para a... Deixa pra lá. Saio da lateral do carro, de frente à porta do carona onde estava, e vou para a traseira do veículo para atravessar a rua, já que ele parou o automóvel onde eu atravessaria.

— Você precisa parar de falar merda! — Ele me puxa pelo braço.

— Me solta agora, Fernando! — exijo.

— Não! — É só o que grita de volta e continua me arrastando, até que me empurra para dentro do carro. — Se você sair daí, eu vou atrás de você, então é melhor não se mexer — diz em tom de comando e bate a porta, me deixando sem ação.

Ele entra em seu lado e liga o automóvel sem dizer mais nada. A chuva é tão densa que mal enxergamos algo do lado de fora.

Retiro meu iPod do cós da calça e o coloco no console à minha frente, abro o porta-luvas em busca de guardanapos ou algo com que possa secar meu pequeno aparelho, mas o que vejo é uma arma e munições. Então, o fecho antes que me bata a tentação de cometer um homicídio. Brincadeira, jamais seria capaz de qualquer coisa desse tipo. Sorrio de mim mesma por pensar nisso. Viro-me em direção ao banco de trás, e nada que possa me ajudar: o carro do idiota é impecável.

— O que você quer? — indaga, com a voz baixa e muito sexy.

Porra, Cecília, você está com raiva! Raiva, não; você está com ódio! Então para de pensar nele em qualquer outra conotação que não se encaixe dentro desse sentimento.

— Minha casa! — grito rude e, ao voltar ao meu lugar, dou uma cotovelada em sua costela, de propósito mesmo, e ouço seu gemido de dor em resposta.

— É assim que trata um cavalheiro que te resgatou da chuva? — pergunta de maneira sedutora, porém não vou cair no seu joguinho.

Ele para o veículo e, mesmo com a forte chuva que não dá trégua, consigo ver que está em frente ao meu prédio, mas por mais idiota que pareça, ainda não estou pronta para sair desse carro. A saudade começa a vencer o meu ódio, mesmo contra minha vontade.

— Claro que não. Assim eu trato os idiotas; os cavalheiros, eu trato de uma forma muito boa — digo e, quando me dou conta, meu corpo já está curvado em sua direção e com a boca a centímetros da sua, provocando-o. — Se você fosse um cavalheiro, com certeza eu o estaria beijando agora... — Passo minha língua por seu pescoço, fazendo-o gemer, e eu tento manter meu controle. — Estaria sentada em seu colo dessa maneira... — Sento-me em seu colo com o corpo de frente para ele. — Minhas mãos estariam em seu pescoço e cabelo... — Meus dedos encontram-se com seu cabelo molhado. — Minha língua estaria enfiada em sua boca, e estaria rebolando assim em seu pau. — Começo a rebolar sentindo sua ereção sob minha bunda.

Seu olhar é de admiração e desejo, sua respiração está acelerada, suas mãos apertam todas as partes que pode alcançar do meu corpo. Não resisto e o beijo, deixando meu jogo e provocações de lado, e ele corresponde com urgência. Beijá-lo me transporta para um lugar que se equipara ao paraíso e desperta em mim um misto de sentimentos. Alguns, eu nunca sequer havia sentido. É tão perfeito estar assim com ele, pareço ter encontrado o caminho novamente depois de cinco dias perdida andando em círculos, e a única coisa que quero é segui-lo até chegar ao meu pote de ouro.

Não conseguíamos parar de nos beijar.

— Cecília... — sussurra meu nome, cheio de desejo. — Você vai destruir o pouco que resta de mim. — Sinto dor em sua voz, e ele volta a me beijar com ímpeto.

Ao mesmo tempo que quero continuar com esse beijo e tê-lo também, por todos os dias da minha vida, começo a pensar nas palavras que ele acabou de dizer. Ele ainda tem algo a ser destruído; já eu, pelo estado em que fiquei durante esses dias, tenho certeza de que não sobreviveria a outro bombardeio, pois não teria nenhum abrigo. Estou completamente apaixonada, e o caminho que estou seguindo agora, em vez de um pote de ouro, tem um precipício.

Afasto-me do seu beijo bruscamente, mas continuo em seu colo com o corpo jogado para trás, mirando seu rosto confuso.

— Se você fosse um cavalheiro, eu até poderia entrar na briga, mas como é um idiota, não vale a pena. — Volto para o meu jogo, não posso deixar que o desejo me vença para me derrubar em seguida. Coloco a mão na maçaneta da porta e a abro, em seguida, tento me levantar do seu colo para sair do carro, mas ele me segura pela cintura e coloca a mão em cima da minha, fechando a porta novamente.

— Se eu fosse um cavalheiro, até poderia te deixar em casa, mas como não sou... — Liga o carro e engata a ré comigo ainda em seu colo.

— O que está fazendo? — pergunto assustada, e jogo meu corpo um pouco para a esquerda para liberar sua visão. Só falta atropelar alguém.

— Sendo um babaca inteligente.

O veículo chega à rua em segundos, e ele engata a primeira.

— Para com isso, Fernando. Me deixa descer. — Estou imóvel em seu colo, sem saber o que fazer.

— Você vai continuar onde está, minha linda, até chegarmos ao nosso destino. — Beija meu pescoço, enquanto acelera e troca a marcha.

— Para, Fê. Por favor, não estou achando graça — apelo.

— Eu também não acho a menor graça ter que ficar com as mãos no volante em vez de no seu corpo. Mas as suas estão livres, pode continuar. — Beija-me rapidamente, joga a cabeça para a direita e olha para a rua à frente, logo em seguida tira a mão do câmbio e aperta minha bunda.

— Sério, deixa eu descer ou ao menos ir para o meu banco.

O safado nega com a cabeça.

— Um babaca também merece ser feliz, continua aqui. — Seu tom começa brincalhão, mas termina sério.

— Você não vai conseguir dirigir comigo aqui, deixa eu sair. — Tento convencê-lo mais uma vez.

— Já estou dirigindo. — Tira uma das mãos do volante e enfia dentro da minha calça.

— Para, Fernando! Você está louco?

— A culpa é sua! — afirma, com um sorriso safado no rosto. — Você está me deixando louco, minha linda! Você virou minha vida do avesso e está me fazendo duvidar de todas as minhas certezas. Estou completamente perdido e nem me reconheço mais, Cecília, e a culpa é sua — acusa-me com veemência e muita verdade.

Não consigo lhe responder, pois um bolo gigante se forma em minha garganta, o mesmo que vem se formando há cinco dias, antes de eu começar a chorar copiosamente. Então, abraço seu corpo, pousando minha cabeça no encosto do banco, sentindo seu cheiro, desistindo de lutar contra meus desejos e sentimentos. Eu me apaixonei. Eu o quero, então tenho que lutar por ele e não com ele.

Seguimos mais alguns minutos em silêncio. Meu coração está muito acelerado e sinto o quanto o dele está também. Ele sente algo, não é só tesão, eu não posso estar delirando, vejo em seus olhos que me quer, mas não consigo entender por que luta contra isso.

Eu tentarei entendê-lo, tentarei descobrir por que tenta me afastar. E quem sabe, no final, a luta valha a pena. E se não valer, pelo menos terei tentado.

— Não é melhor eu sair daqui? — indago incerta, quebrando o silêncio. Não queria me mexer, estou adorando ficar junto dele assim.

— Estou adorando você aqui, e já estamos chegando. — Beija meu pescoço.

— E aonde estamos chegando? — Eu sei, pelo caminho que faz, mas quero que ele diga.

— À minha casa. — Sua voz sai firme e doce ao mesmo tempo, e eu não digo nada.

Poucos minutos depois, ele está entrando com o carro em sua garagem. Assim que puxa o freio de mão, o encaro e ele me olha de volta com um olhar que nunca havia me apresentado antes. É admiração.

Nossos segundos de conexão são interrompidos por latidos, e eu sorrio para ele, que retribui.

— Vamos? Você precisa tirar essa roupa molhada, e eu preciso falar com esse cara aí fora.

Olho para o Sorte, que, ao lado do carro, dá pulos no ar, afoito.

— Sentido! — Fernando grita em tom brincalhão ao abrir a porta, e eu gargalho ao ver que o Sorte se senta empinado e espera. Desço do colo do Fernando, ele desce em seguida e logo fico abobalhada ao observar como os dois se dão bem.

— Muito bom, soldado. Logo, logo, sua patente sobe. — Fernando está de braços cruzados admirando o Sorte, que continua na mesma posição, mas pela velocidade do rabo sei que está doido para sair dela.

— Descansar! — O comando é recebido com muita alegria pelo Sorte, que logo está rolando e pulando em Fernando. Em segundos se senta no chão com ele e o abraça.

— Eu sei que demorei, Soldado, mas te trouxe uma surpresa, quer dizer, uma megasurpresa.

Sigo na direção deles e também faço carinho no Sorte.

— E aí, rapaz, como você está? — Sorte lambe meu rosto.

— Tenho certeza de que ele está melhor agora.

Olho para Fernando e ele não desvia o olhar. Sinto que não fala isso somente pelo Sorte e espero muito que esteja certa.

Em minutos, Fernando coloca água fresca e ração para o cachorro.

— Agora está na hora de dormir, Soldado. — Sorte deita-se em sua cama e Fernando me puxa pela mão. — E nós precisamos de um banho quente. Você vai acabar ficando gripada, já ficou tempo demais com essa roupa molhada.

Assinto. Seu jeito mandão e cuidadoso é engraçado, pois um é o extremo do outro.

Entramos em seu banheiro, e ele me beija já puxando minha camiseta por meus braços e cabeça.

— Eu sinto muito por tudo, Cecília. Eu realmente sinto muito. — Suas palavras saem com dor. Eu quero muito descobrir o que o perturba tanto, porque esse comportamento não é normal.

— Fê, está tudo bem? — indago, enquanto ele abre o fecho do meu top.

— Agora está, minha linda. Tudo fica bem quando estou com você.

Cacete! Fico sem fala. Se é mentira ou não, ele realmente sabe o que dizer para deixar uma mulher feliz.

Seus beijos recomeçam e meu desejo assume o controle, deixando minhas indagações para depois.

Estamos embaixo do chuveiro agora, completamente entregues um ao outro. Fazemos amor como se fosse a primeira vez e estar assim com ele é sempre perfeito e único.

— Com fome? — indaga-me ao entregar uma blusa sua.

— Morrendo! — Ele pisca e sai do quarto.

— Pizza ou japonês? — pergunta-me, com alguns panfletos nas mãos.

— Achei que fosse fazer o jantar — brinco, e ele faz uma careta.

— Juro que um dia tento. — Suas palavras me fazem sorrir como uma menina que acredita em contos de fadas. Apesar de ele ter dito naturalmente, me fez acreditar que teremos um futuro. Eu me aproximo, envolvo seu pescoço com os braços e o beijo, pegando-o de surpresa.

— O que foi? — Sua pergunta sai mais em tom de surpresa do que curiosidade.

— Nada de mais, Sr. Fodão. Só um beijo, alguma coisa contra?

Seu sorriso se expande.

— Só a favor, fique à vontade — diz com a voz sedutora. — E agora, me diz o que prefere — Ergue os papéis.

— Tanto faz, Fê.

— Tanto faz não é resposta.

— Então pode ser japonês.

— Isso é uma resposta. — Ele pisca para mim. Pega o celular e sigo atrás dele até a sala.

Ele se senta no sofá e faz sinal com a mão, enquanto faz os pedidos, para que eu me sente ao seu lado. Envolve-me com uma das mãos e beija minha cabeça.

— Acho que é só... — Baixa o celular. — Alguma coisa a mais? — pergunta-me.

— Não, por mim está ótimo — respondo.

— Só isso mesmo, amigo, pode fechar.

Deito minha cabeça em seu colo quando termina o pedido, logo sinto uma de suas mãos em meu cabelo.

— Vai viajar? — indago ao ver uma mochila e uma bolsa de viagem no canto, perto da porta.

— Não é bem uma viagem, mas tenho que resolver umas coisas que estou adiando.

O que seriam essas coisas que está adiando? Uma namorada? Pensar isso faz meu coração bater descompassado.

— E quando você vai? — Tento controlar meu tom de voz, mas, mesmo assim, ainda sai abalado.

— Eu iria amanhã pela manhã.

     CRISTINA MELO

— Estou te atrapalhando, não é? Se for por mim, posso pedir um táxi daqui a pouco, não se preocupe comigo e não desfaça seus planos — digo o mais natural que consigo, e de repente, ele se curva sobre mim e me encara com um sorriso de lado.

— Você não me atrapalha e posso remarcar. — Engulo em seco. Iria se encontrar com uma mulher. — A não ser que queira vir comigo. — Não era mulher! Meu sorriso se expande em meu rosto sem que eu controle. — Vem?

— Por quanto tempo? — Sinto-me uma adolescente empolgada.

— Dois, três dias no máximo. E aí, topa?

— Topo! — digo um tanto eufórica, e ele me beija, parecendo muito feliz por eu ter aceitado.

— Não vale mudar de ideia, já disse que iria — diz radiante.

— Não vou mudar — afirmo com uma felicidade que não sentia em anos. Não sei como ou para onde iremos, e isso não está fazendo a mínima diferença. A única coisa em que eu penso agora é que teremos mais três dias juntos, é o que realmente importa.

Sua boca desce novamente sobre a minha, confirmando minha certeza.

CAPÍTULO 20

JULIANE

— Juliane! — Escuto o grito quando estou para entrar no carro.

— Oi, Heitor.

— Oi, sabe quando a Cissa volta? — indaga-me ansioso, parando ao meu lado no estacionamento.

— Não sei ao certo, ela tirou dez dias.

— Sabe se aconteceu alguma coisa com ela? Nunca tira férias.

— Não que eu saiba. Na verdade, ela estava trabalhando muito, férias mais que merecidas. — Sei que não é só isso, conheço minha amiga, ela estava abalada com o tal capitão, mas não vou falar de seus problemas para o Heitor. — Liga para ela — digo normalmente.

— Estou tentando tem um tempo, mas não atende, só dá caixa postal.

Merda, isso não é bom. Vindo da Cecília não é bom mesmo, ela nunca deixa de atender ao telefone. Está realmente mal por conta desse cara.

— Eu peço a ela para te ligar assim que chegar.

— Não precisa, é bobeira. Só queria saber se está tudo bem — diz, sem jeito.

— Até ontem à noite estava, sim — minto. Minha amiga não está nada bem, mesmo tentando me convencer de que está. Eu a conheço.

— Então está bem, diz para ela que mandei um oi.

— Pode deixar. Agora deixa eu ir, antes que esse temporal me pegue na estrada.

Ele assente. Me despeço e entro no carro. Sei bem do que minha amiga precisa: C.S.F (cerveja, sorvete e falar).

Minutos depois, estou guardando as compras no porta-malas quando pingos grossos começam a cair. Merda! Tento guardar as sacolas o mais rápido possível.

— Olha quem está aqui. — Fecho os olhos enquanto um tremor percorre meu corpo. — Coisa mais feia, deixar duas crianças sem leite — acusa-me bem próximo a mim, e pegamos a última sacola no carrinho ao mesmo tempo.

— Solta a sacola! — exijo, com raiva de mim pelo desejo que ele me provoca.

— Só estou sendo cavalheiro — diz com voz sedutora.

CRISTINA MELO

— Não estou interessada! — Puxo a sacola de sua mão e a coloco no porta-malas, fechando-o em seguida.

— Por que não consigo acreditar em você? — Seu corpo está bem próximo e prende o meu à traseira do meu carro, com uma mão de cada lado. Estou de costas para ele, e seus lábios roçam um de meus ombros, e esse simples contato me leva ao limite.

— Por que isso não me interessa? — revido, empurrando-o, mas ele não se move e agora estou de frente para ele.

— Acho que te interessa mais do que gostaria — intimida-me.

— Engano seu. Se fosse do meu interesse, já o teria conquistado. — Sinto-o abalado com minha resposta, pareço ter ferido seu ego.

— E por que seu corpo diz outra coisa? — *Convencido de merda, não vai me ganhar tão fácil assim*, é uma *questão de honra*.

— Acho que não sabe ler tão bem assim o corpo de uma mulher. Acredite em mim: se eu o quisesse, não seria problema nenhum para mim transar com você aqui mesmo, nesse estacionamento. — Seus olhos se arregalam, acho que o choquei muito. Claro que não iria tão longe assim. — Mas como não estou a fim, não vai rolar, nem aqui e nem em outro lugar.

A chuva começa a ficar mais forte. Tento empurrá-lo, mas ele se aproxima mais até não haver espaço entre nós.

— Acredita em mim, sei muito bem ler o corpo de uma mulher. — É firme, uma mão enlaça minha nuca, puxando minha boca para a sua no mesmo instante.

Seu beijo é forte, possessivo e territorial, sua língua explora a minha avidamente, seu corpo se encaixa ao meu com maestria, sua outra mão explora cada limite do meu corpo com uma aptidão que nunca conheci antes. O desejo me domina e me vejo correspondendo a cada toque e ansiando por mais.

Estamos completamente encharcados pela chuva torrencial que nos faz companhia agora, mas quem está ligando? Sua boca sai da minha só para explorar meu pescoço. Rendo-me a ele e a todo tesão reprimido desde que o conheci. Nunca desejei tanto alguém como o estou desejando agora.

Sua boca volta para a minha, abafando alguns gemidos que insistem em sair. Ele continua a me beijar com uma pegada firme e obstinada, e se o sexo for só um pouco parecido com esse beijo, já estou no lucro.

Ele afasta um pouco a boca da minha, sua mão segura firme minha nuca e cabelo, enquanto seus olhos me fitam por alguns segundos. A única coisa que quero é que volte a me beijar. A chuva embaça meu olhar, mas não me impede de admirar mais uma vez a beleza dele.

— É realmente uma pena que não esteja interessada e não me queira — diz convencido, e desfaz todo o contato que estávamos tendo. Se vira e começa a caminhar.

— O quê? Você é um idiota! — grito, quando enfim consigo que as palavras se formem em minha boca.

— Será? Eu? — me pergunta, já a certa distância, mais convencido do que nunca.

— Babaca! — grito com muito ódio e sigo para entrar no carro.

— Dirija com cuidado, princesa! — grita de volta.

Nem o olho, abro a porta, e antes de entrar, passo as mãos pelo cabelo com uma raiva absurda.

Entro no veículo completamente frustrada e encharcada, mas uma certeza domina minha mente: ele não terá outra oportunidade para uma gracinha como essa.

— Idiota! Ele não sabe o ninho de vespas que foi cutucar. Não sabe do que sou capaz, não me conhece, mas agora vai conhecer, ou não me chamo Juliane Marques.

CAPÍTULO 21

FERNANDO

Estamos no carro a caminho de Itacuruçá. Acabamos de passar na casa de Cecília, e nunca vi uma mulher arrumar uma bolsa tão rapidamente como ela. Nem eu sou tão rápido, sua praticidade me encanta.

— Não vai perguntar para onde vamos? — indago curioso.

— Não importa muito — diz animada.

— Não? — Olho-a com curiosidade e ela volta a negar com um gesto de cabeça.

— Companhias sempre me importaram mais do que lugares — diz naturalmente, e engulo em seco. — Estar indo com você é o que importa para mim. — Ela tira minhas palavras com sua declaração. Odeio xingar, mas caralho! Essa mulher está me levando cada vez mais para perto do precipício.

Ainda estou tentando formular alguma frase, quando sinto seus lábios em meu pescoço, toque que faz todo meu corpo entrar em erupção. Afago seu rosto que está em meu ombro agora, e a sensação de tê-la tão junto é maravilhosa.

Continuo mudo, não consigo responder aos seus comentários. Somos interrompidos pelo toque do seu celular.

— Oi, Heitor — atende, e a raiva me invade ao ouvir o nome de seu amiguinho. — Estou bem, sim. Não vi a Juliane ontem à noite.

O que esse cara quer com ela? São 7 horas da manhã.

— Então, volto em uma semana, estava precisando de uns dias para descansar um pouco. — *Vai ficar dando satisfações para esse cara, é isso mesmo?* — Hoje à noite não dá, estou indo viajar.

Está chamando-a para sair? Perdeu, idiota, ela está comigo!

— Volto em alguns dias, não sei exatamente quando. Estou de férias, aproveitando um pouco. — Gargalha, e o fato de ela estar sorrindo assim para ele me tira do eixo. Aperto o volante, controlando-me para não pegar o celular de suas mãos e encerrar esse papinho. — Vou aproveitar sim, fica tranquilo — diz, ainda sorridente, e a olho de canto. — Eu sei, vou me cuidar...

— Pergunta se ele quer vir junto. — Não me seguro mais.

— Tenho que desligar, Heitor. Bom dia para você. E manda um oi para todo mundo aí. — Passo a marcha muito irritado. — Eu também, beijos. — Desliga.

— Eu também o quê? — Quando vejo, a pergunta já saiu.

— Oi? — indaga-me, fingindo que não entendeu a pergunta.

— Você também o quê? — revido ríspido.

— Estamos nesse nível? — questiona-me.

— Ah, estamos! — digo, um tanto exaltado. — Se você pode ir até minha casa, quebrar minhas cervejas, invadir meu quarto e me empurrar um cachorro, estamos muito nesse nível!

— Você é todo estressadinho — acusa-me.

— E você é uma santa, a calmaria em pessoa — digo em deboche. — Tem certeza de que esse cara sabe que você é só amiga dele?

— Ele sabe, Fernando. Conheço-o há anos; se tivesse que rolar algo, já teria. Fica tranquilo, Sr. Fodão — diz, bem calma.

— Suas atitudes desmentem suas palavras. —Sou firme, e ela gargalha.

— Ele só disse que espera que eu tenha uma boa viagem e eu respondi: eu também. Então não vamos começar a discutir agora, Sr. Fodão — diz tranquila demais, me desarmando.

Sua boca beija o canto da minha e uma de suas mãos aperta minha coxa.

— Não estou discutindo, só expondo meu ponto de vista — defendo-me.

— Ok, Sr. Fodão, ponto de vista entendido. É com você que estou agora e não com meu amigo, então acho que isso conta muito. — Sua mão passeia por meu abdome, por baixo da minha camiseta.

— Conta muito. — Beijo sua cabeça. — Mas continuo com minha opinião de que ele é a fim de você.

— O importante é o que eu sinto, Fernando. Respondo por mim e meus sentimentos, não posso responder pelos sentimentos dele ou de quem quer que seja.

Engulo em seco, tentando me segurar, mas a curiosidade não me permite.

— E quais são seus sentimentos?

— Meus sentimentos são de que estou bem onde queria estar — diz, sem rodeios ou gaguejar.

Meu corpo paralisa com a resposta e a expectativa de que vá me perguntar o mesmo, mas ela apenas beija o canto de minha boca e volta ao seu lugar. Permaneço estático, pensando se teria uma resposta para ela. Sem que eu me dê conta, minha cabeça está afirmando em silêncio. Eu a quero tanto aqui, que querer tanto assim me assusta. Ela está ultrapassando minhas barreiras, uma a uma, me deixando completamente exposto.

Aperto sua coxa e recebo um de seus sorrisos lindos. Não sou capaz de dizer nada nesse momento, então seguimos em silêncio.

CRISTINA MELO

Estaciono o carro na marina de Itacuruçá, e descemos do carro: eu, ela e o Sorte, claro.

— Na roda, não! — É tarde: ele inunda a roda enquanto observo, e a Cecília sorri.

— Soldado, soldado! — digo firme, e ele me encara. — Vai ficar reprovado no curso, está sendo fanfarrão. — Ele grunhe, ao mesmo tempo que Cecília morre de rir.

— Chegamos? — pergunta, enquanto retiro a bagagem da mala do carro.

— Mais uma hora de barco e chegaremos.

— Agora fiquei curiosa. Para onde vamos?

— Ilha da Marambaia. — Coloco uma mochila de cada lado, pego a bolsa de viagem na mão e bato a mala.

— Não conheço. Deixa-me te ajudar. — Tenta pegar uma mochila.

— Eu levo, carrega o soldado fanfarrão. — Aponto o caminho do cais e seguimos.

— Reze para o comandante do navio não implicar com você, soldado, se comporte.

— Vamos de navio? — Cecília indaga animada.

— É um barco da marinha, e a ilha fica aos cuidados dela. Só moradores e convidados entram.

— E como vamos entrar, então?

— Eu tenho uma casa lá. Portanto, sou morador.

— Uau, uma casa em uma ilha, meu sonho! — diz animada, e sorrio.

— Na verdade, a casa era dos meus avós, e quando eles faleceram, como sou o único neto, passou para mim. Mas desde então não estive mais lá, estou indo para resolver uma papelada na marinha.

— Eu sinto muito. — Parece culpada por tanta empolgação.

— Está tudo bem, você vai adorar a ilha, tenho certeza.

Estamos na popa do barco, que está cheio. Fomos uns dos primeiros a embarcar por conta da minha patente. Ainda bem que o comandante liberou a ida do Sorte e, por conta dele, achei melhor irmos na popa, não quis abusar indo para a área reservada aos passageiros. Estou encostado na parede da cabine, com a Cecília encostada a mim e o Sorte ao nosso lado, dormindo. Disse para ela ir sentar, mas não quis, por isso estamos em pé olhando para essa paisagem linda.

Minhas mãos abraçam sua cintura, e me sinto embriagado com seu cheiro. Ter seu corpo colado ao meu, da maneira que for, é maravilhoso.

— Está tudo bem? — Beijo seu ombro.

— Tudo. Só encantada com a paisagem.

— Então, se prepara que o melhor ainda está por vir.

Ela vira sua cabeça um pouco para mim, e a beijo.

— Estou me preparando, Fê. — Deita a cabeça novamente em meu ombro.

— Preparada?

— Para?

— Para começar nossa aventura e bons minutos de caminhada.

— Já estou aqui, agora tenho que estar — responde animada.

— Isso aí, duas horas passam rápido.

— Duas horas andando? — se assusta.

— Ou caminhando, você escolhe — brinco.

— Engraçadinho! É sério isso?

— Muito sério! Vamos, até os velhinhos conseguem. — Aponto para um casal de idosos que segue à nossa frente.

— Porra, os velhinhos daqui devem ser super sayajins.

Gargalho com sua réplica.

— Você consegue. — Beijo-a. — Prometo que te carrego se não conseguir.

— Ah, tá, quero só ver.

— Nunca duvide de um caveira. — Pisco pra ela enquanto andamos.

— Nossa, quem sou eu para duvidar, sei que será moleza para você carregar essas três malas e eu junto, molinho — zomba.

Coloco a mala que estava carregando pela mão no meu ombro.

— Ah! — grita quando a pego no colo sem avisar.

— Molinho! — digo, pisco e a beijo de novo. Beijar essa mulher tem se tornado meu vício.

— Ok, capitão, pode me colocar no chão agora, ainda consigo andar. Não sou tão mole assim, já fiz muita missão de campo na faculdade — diz convicta.

Obedeço-a e continuamos andando.

Alguns minutos depois da primeira trilha e o primeiro morro, chegamos a uma praia.

— Podemos ficar por aqui mesmo, aqui já está ótimo. — Tira o tênis e segue para a beira da água, e logo está molhando os pés.

— Cadê a experiente em missões de campo? — provoco, brincando.

— Disse que já fiz missão de campo, não que era experiente. Além do mais, já faz alguns anos, enferrujei, e aqui está tão convidativo.

Sorrio enquanto a olho molhando os pés.

— Não está tão enferrujada assim — afirmo. — Agora vamos, linda, ainda temos mais da metade da trilha e muitas praias para passar. A nossa é a última.

— Tinha que ser, para a Cecília nada é fácil. — Ela ri, desanimada.

— Deixa de ser reclamona! Vamos — encorajo-a, e ela volta para o meu lado com o Sorte.

— Meu Deus! — exclama quando chegamos. — Eu quero morar aqui! — diz maravilhada, e sorrio. É exatamente o que sentia todas as vezes que vinha pra cá quando moleque, e hoje o sentimento não está diferente: amo esse lugar, sempre foi o meu preferido, e poder compartilhar com ela é demais.

— Onde vamos ficar? Não que isso importe, porque eu durmo até na praia! Nunca estive num lugar tão lindo, valeu a pena toda a caminhada — diz embevecida.

— Eu disse que valeria. A casa está alguns metros à frente, é recuada, por isso não a vemos daqui. — Continuo andando e ela me segue.

— Cadê as outras casas?

— Só tem a nossa.

— Está de brincadeira que tem essa praia inteira só pra você?

— Temos — afirmo.

— Isso é o paraíso. — Está encantada, vejo isso, e uma felicidade incrível me invade.

Abro a porta e logo em seguida as janelas, para que o ar circule na casa. A sensação de estar aqui de novo, depois de tantos anos, é indescritível, e o arrependimento por ter ficado tanto tempo sem vir se faz presente.

— O que achou? — indago.

— Sem palavras, esse lugar é mágico. Cresceu aqui?

— Não, vinha todas as férias e feriados. Meu avô nasceu nessa ilha, herdou a casa dos pais. Ele e minha avó saíram da ilha quando meus pais morreram, para ficar comigo no Rio. Não acharam justo eu sair da escola que frequentava e deixar meus amigos para trás. — Quando me dou conta, estou revelando uma parte muito importante do meu passado e vida.

— Eu... sinto tanto. Quantos anos tinha? — Sinto dor em seu tom.

— Dez.

— Meu Deus, Fê, eu lamento. E seus avós? — Senta-se na poltrona que era do meu avô.

— Meu avô faleceu um ano depois, por conta de um aneurisma. Até hoje me pergunto se faleceu mesmo por isso ou por conta da falta do filho único e a saída da ilha. Ele deixou de ter o brilho e a alegria que tinha. — O olhar de Cecília é compadecido. — Minha avó faleceu quando eu tinha 20 anos, morreu por infarto. Um dia cheguei do batalhão, e ela estava na cozinha preparando meu almoço. Escutei um barulho enorme, e quando cheguei até ela, estava caída no chão. Levei-a para o hospital, mas já chegou sem vida. Essa é minha história.

— Não sei o que dizer, só que sinto muito, muito mesmo. — Ela levanta da poltrona e se senta em meu colo. — E você nunca quis casar, formar uma família?

A pergunta me pega de surpresa e me paralisa por longos segundos.

— Não casei, como já sabe. Agora, acho melhor ajeitarmos tudo, tem uma moça que às vezes limpa aqui, mas mesmo assim deve ter muita poeira. Eu trouxe umas roupas de cama, vamos lá ver o quarto.

Faço menção de levantar, e ela sai do meu colo.

— Não tem energia elétrica, as luzes são fracas à noite. Temos algumas placas de energia solar, meu avô colocou um pouco antes de tudo acontecer, mas nem sei como anda; a última vez que estive aqui eu tinha 18 anos. Vou ver se reformo algumas coisas agora. A geladeira é a gás e o chuveiro tem um sistema bem moderno. Precisamos ligar o fogão a lenha para funcionar, engenhocas do Sr. Raimundo. Tem até misturador. Vou acender logo o fogão e depois te explico como é. — Estou andando enquanto falo, e a sinto atrás de mim.

Chego à pequena varanda na parte de trás, onde fica o fogão a lenha, orgulho do meu avô, e começo a abastecer de lenha para acendê-lo. Sinto seu olhar me queimando, tenho certeza que percebeu minha mudança de assunto, mas não posso falar da Leticia, ainda não.

— Pronto! — Finjo uma animação que não estou sentindo. Viajar para o passado nunca me faz bem. — Agora a tubulação esquenta e logo teremos água quente. — Sorrio para ela, que me devolve um sorriso automático. — Sinto muito informá-la, mas não teremos energia para carregar os celulares, então é melhor desligá-los. — Pego o meu no bolso e desligo ainda sob seu olhar.

— Você está bem, Fê? Está bem comigo aqui? — Quebra o silêncio, e seu tom é sério. Droga!

— Claro que sim, minha linda! Não tem ideia do quanto a quero aqui. — Puxo-a pela mão, abraçando-a em seguida. Minha boca logo está na sua e parece mágica, pois todas as lembranças ruins se dispersam, como fumaça levada pelo vento.

O clima não demora a esquentar e, quando me dou conta, já estou dentro dela e ouvindo seus gemidos que me levam para fora de órbita, para um lugar que só conheci depois dela.

— Acorda, dorminhoca.

— Uhum — geme em resposta.

— Vamos, linda. — Abraço-a e beijo o seu pescoço, acima da tatuagem que acho linda. Tudo nela é lindo.

— Eu estou de férias, Sr. Fodão. E mais: você acabou comigo ontem à noite.

Sorrio de sua declaração. Na noite anterior acendi uma fogueira na praia e fizemos amor na areia até de madrugada.

— Tenho que ir até a base ver o que a marinha quer comigo. Não quer ir junto, conhecer mais a ilha?

— Temos que andar aquilo tudo? — indaga, abraçada a mim, ainda sem abrir os olhos.

— Temos.

— Então não, me deixa, nunca mais vou embora. Vou ficar aqui para sempre, pode me expulsar, mas eu não vou — diz convicta, e sorrio.

— Vamos lá, eu te carrego.

— Não promete o que não pode cumprir — diz, ainda sonolenta.

— Tem um lugar que quero te levar, vamos? — insisto.

— Está bem, só mais dez minutos.

Sorrio e beijo sua cabeça. Sinto-me feliz como há muito não me sentia. Ela me faz muito bem.

— Que barulho foi esse? — Ela trava no meio da trilha, e eu e o Sorte paramos também.

— Não ouvi nada — respondo, e ela solta minha mão e vai em direção à mata.

— Cecília! — chamo, mas continua seu caminho sem me olhar.

— Cecília, não entra aí. — Tarde demais; já entrou, então sigo atrás.

— Ah! — O grito me faz começar a correr para encontrá-la, e quando chego, paraliso.

— Não se mexe — advirto.

CAPÍTULO 22

CECÍLIA

O comando do Fernando acaba sendo desnecessário; estou paralisada. Não conseguiria me mexer mesmo que quisesse. Se existe algo de que tenho pavor é do que está à minha frente, prestes a me atacar.

— Não se mexe — Fernando repete, de forma quase inaudível, e com um movimento incrivelmente rápido, ele joga a cobra para longe com a ajuda de um galho, sob meu olhar e o do Sorte, que começa a correr na direção em que esta foi atirada.

— Sorte, junto! — grita, e o Sorte volta imediatamente.

— Está tudo bem? — indaga-me e assinto, o abraçando. — Vem, vamos sair desse mato. — Começa a me puxar.

— Espera, Fê, eu ouvi algo. — Travo, tentando me concentrar no som fraco que havia escutado há pouco.

— Cecília, só quero te avisar que essa mata deve ter mais cobras ou aquela pode voltar, fora outros bichos.

Não presto atenção ao que ele diz, e logo o som familiar surge à minha direita e sigo até que o miado fraco me guia ao meu alvo.

— Oh, meu Deus! — Abaixo-me ao pé da árvore. — Como foi parar nessa enrascada, menina? — Confirmo o sexo ao fazer a pergunta. Tento remover a corda de nylon enrolada no corpo e patas da gata que, pelo meu conhecimento, não tem nem três meses. Muito fraca, ela mal se mexe.

— Fê, segura ela para mim, não consigo remover isso. Cara, é impressionante como tem gente ruim nesse mundo, fazer isso com um animal indefeso! — Ver esse tipo de coisa acaba com meu dia.

— Seguro, mas vamos voltar para a trilha. — Puxa minha mão, e o sigo junto com a gatinha nos braços.

— Só queria pegar o desgraçado que fez isso! — Tento desvencilhá-la das linhas, mas estão muito apertadas e estou com medo de machucá-la mais.

— Espera, deixa eu tentar. — Fernando ativa um minicanivete em seu chaveiro e começa a cortar as amarras, até que a liberta totalmente. — Pronto. Agora só queria saber o que você faria com o culpado por isso? — diz em tom de brincadeira.

— É melhor você nem saber, ou vai querer me prender! — digo, examinando a gatinha malhada em meu colo.

— Agora fiquei preocupado! — zomba. — Ela vai ficar bem? — me pergunta em tom de preocupação.

— Não sei, está desidratada, tenho que dar algo a ela para comer.

— Cecília, a bicha é da ilha, deixa que ela se vire. Agora já a soltamos e parece bem... — Só o olho, e ele para de falar na hora. — Mais um não, Cecília! Eu não vou resgatar mais um! — defende-se, colocando as mãos no alto.

— Pelo jeito, você está sempre na hora e lugar certo — brinco.

— É sério, eu não vou ficar com ela!

Beijo sua boca com um selinho.

— Depois vemos isso, sr. Fodão, agora vamos voltar para casa, pois tenho que ver o que posso fazer por ela.

— Cecília!

Beijo-o de novo, antes que recomece a reclamação.

— Vamos. — Começo a fazer meu caminho de volta e ele me segue.

Uma hora depois, já estamos na trilha novamente para voltar ao nosso destino anterior. Alimentei a gatinha, que estava faminta, com um pouco da ração do Sorte que soquei para que virasse um pó, já que na casa não tem li-quidificador, e misturei com leite, fazendo uma papa improvisada, e ela, gulo-sa, comeu quase tudo. Foi o que deu para arranjar por hoje. Agora, ela dorme na cama improvisada pelo Fernando, dentro de um caixote com travesseiro. Ela adorou: comparado a onde estava há pouco, está mais que perfeito.

Estamos saindo da base da marinha, onde, com o Sorte, fiquei espe-rando o Fernando por uns minutos.

— E aí, tudo certo? — indago.

— Sim, nada de mais, só que estão recadastrando todos os moradores da ilha e precisei responder a um questionário. Agora preciso te levar a um lugar, é aqui pertinho, fica calma. — Acho que vê quando arregalo os olhos.

— Ok, estamos aí, vamos lá! — digo animada, não me lembro da últi-ma vez que estive tão feliz.

Esse lugar é incrivelmente lindo e mágico, não me canso de admirar, a paisagem é espetacular, cenário de filme. Estou encantada com tudo que

CRISTINA MELO

vi até agora. As praias são paradisíacas, a areia tão branca e limpa; o mar é cristalino, impossível de descrever em palavras, só vendo.

Fernando tem uma casa em uma ilha, com uma praia enorme onde só tem a casa dele. Eu ainda não acredito. Realmente temos ideia, mas não temos a dimensão de quantos lugares lindos como esse existem pelo nosso Brasil e mundo.

Posso dizer que a noite passada foi a mais especial e romântica que já vivi. Fazer amor com ele sob um céu com uma infinidade de estrelas sendo nossas únicas testemunhas, ao lado de uma fogueira, com o som das ondas e a imagem da lua cheia, foi perfeito. Nunca, nem em um milhão de anos, eu seria capaz de esquecer a noite de ontem.

— O que foi? Está quieta.

Abraço-o pela cintura, ainda caminhando. Eu me sinto tão feliz.

— Nada, só estou muito encantada com esse lugar. — Não posso revelar a dimensão dos meus pensamentos, tenho certeza que o assustaria se o fizesse.

— Então se prepara para uma visão e tanto — diz animado e beija minha cabeça, mal sabendo que, mesmo estando neste paraíso, minha melhor visão ainda é ele.

— Uau! — exclamo boquiaberta.

— Lindo, não é? — Seus braços rodeiam minha cintura, enquanto minhas costas se colam ao seu peito.

— Fantástico! — Refiro-me ao lugar e à nossa posição atual. Estar nos braços dele é maravilhoso.

— É meu lugar favorito na ilha. — Seus lábios tocam meu ombro direito. — Vamos entrar? — indaga-me.

— Só se for agora. — Retiro o vestido estampado rapidamente, revelando meu biquíni preto, e logo estamos dentro da cachoeira mais linda que já vi.

Envolvo seu pescoço com os braços, enquanto os dele rodeiam minha cintura, me colando ao seu corpo. Sua boca se cola à minha, e nosso beijo é lento, apaixonado e ao mesmo tempo urgente.

Ele me suspende e minhas pernas abraçam seu quadril. Ele começa a caminhar na água comigo colada a ele e logo estou encostada em uma pedra.

— Isso é uma boa ideia? — pergunto, interrompendo nosso beijo ao perceber sua intenção.

— Uma ótima ideia — afirma, e sua boca invade a minha novamente.

— Fê — murmuro em seus lábios.

— Hum? — Suas mãos passeiam por todos os lugares do meu corpo.

— Alguém pode nos ver — digo, quando começa a retirar a parte de baixo do meu biquíni.

— Ninguém vai nos ver, quase ninguém vem aqui em cima, fica tranquila, minha linda. — Sua voz está carregada de desejo e expectativa.

A água nos envolve até a cintura. Meus olhos varrem o lugar e realmente somos os únicos aqui. Sua boca em meu pescoço faz com que todos os receios se dissipem, dando lugar somente ao desejo e ao amor que sinto por Fernando.

— Você é tão linda, tão perfeita, eu... — sua voz falha e não termina a frase, logo sua boca está na minha novamente, e eu, que sempre fui boa em ler as pessoas, fico cada vez mais confusa com ele. Meu coração me manda a informação que Fernando também se sente como eu, mas minha cabeça ainda tem dúvidas. Ou seja, continuo perdida.

Mas, no momento seguinte, o silêncio diz mais do que qualquer palavra seria capaz, então eu começo a me achar... me achar na versão que ele me apresenta agora, me achar no pedaço de mim que não conhecia até encontrá-lo, me achar na única versão que há neste momento: nós dois juntos. Isso é real, eu consigo sentir, não há dúvidas agora.

Apoio as mãos em seu rosto, nossos olhos se conectam e reconheço-me em seu olhar. Memorizo esse momento, e uma incontrolável vontade de chorar me invade. Seria de felicidade ou medo?

A resposta não se demora: é medo. Tenho medo de nunca mais repetir essa cena, tenho medo de perder o que ainda nem tenho, tenho medo de não ter a chance de tê-lo.

Ele, assim como eu, está paralisado, nossos olhos ainda conectados. Não sei o que se passa na sua cabeça, mas o que se passa na minha me assusta bastante. Eu amo esse homem como nunca achei que amaria alguém, nem sabia ser possível amar assim. Sinto meus olhos se encherem, e o beijo para não chorar sob seu olhar, e assim que nosso beijo se aprofunda, as lágrimas rolam por meu rosto.

Logo estamos fazendo amor lentamente, sedentos e entregues um ao outro, até as batidas do nosso coração estão em uníssono.

CRISTINA MELO

Estamos ainda ofegantes e abraçados, minha cabeça apoiada em seu ombro, e sinto uma vontade enorme de dizer que o amo, que o amo com todas as minhas forças. Mas não posso fazer isso, sei que é muito cedo e que provavelmente ele se assustaria com minha revelação.

— O que achou daqui? — Sua voz está serena.

— Acaba de se tornar um dos meus lugares favoritos no mundo.

— Sabia que iria gostar. — Beija minha cabeça.

— Eu amei. — Beijo seu ombro e o clima volta a esquentar.

— Então, vamos aproveitar mais um pouquinho.

— Ah! — Assusto-me quando ele se joga para trás levando-me junto, seus braços em volta de mim. Submergimos juntos, e ele me beija antes de emergirmos. Minhas pernas envolvem seu quadril novamente, e estamos numa dança só nossa, as bocas unidas, e quanto mais eu o beijo, mais quero beijá-lo.

— Então, sr. Fodão, quantas já trouxe aqui?

— Contando com você? — pergunta, fazendo uma careta, e meu ciúme aflora.

— Nossa, foram tantas assim? — Não consigo controlar os ciúmes. Quem me mandou perguntar?

— Estou tentando me lembrar — diz, com o indicador sobre os lábios e olhando para cima.

— Ok, deixa para lá, esquece. É melhor irmos, o Sorte deve estar com fome.

Sorte está dormindo sossegado, em uma pedra próximo a nós; quanto a mim, toda minha tranquilidade se foi. Imaginá-lo na mesma situação em que estamos, com outra, tira-me do eixo.

Tento me desvencilhar dele para voltar à margem.

— Espera, ainda estou contando — diz, prendendo-me ao seu corpo.

— Não quero saber. Vamos! — Minha voz sai abalada.

— Você perguntou. — Seu tom sai brincalhão, ele está se achando.

— Foi maneira de dizer. Não me interessa, não preciso saber disso, esquece a pergunta! — Tento sair de novo, mas seus braços me seguram firme.

— Mas agora eu quero contar, depois de todo o esforço que fiz para lembrar, não é justo não te dizer.

— Não enche, Fernando! Vá se gabar para os seus amigos! — A raiva se manifesta em minha voz, e ele gargalha.

— Acho que Sr. Fodão combina mais comigo, e não sabia que era tão ciumenta. — Beija o canto da minha boca.

— Agora já sabe!

Seu sorriso expande-se mais e sua boca desce para meu pescoço.

— Por que perguntou, então? — pergunta convencido.

— Porque sou uma idiota! Agora vamos! — Tento empurrá-lo.

— Só você.

— Eu sei, só eu mesma para perguntar o que não quero saber — digo irritada ao extremo, as imagens que rodeiam minha mente não são nada agradáveis.

— Não é isso. Só você; você foi a única que trouxe a esta ilha e aqui também.

— Não precisa dizer isso para me agradar. — Entro em choque com sua revelação. Minhas palavras quase não saem.

— Estou dizendo a verdade, minha linda. Você acabou de tornar o meu lugar especial impossível de ser substituído por qualquer outro do mundo. Você o tornou muito melhor do que já era. — Seus olhos estão fixos nos meus, e a seriedade de cada palavra dita me deixa boquiaberta.

— Você é muito bom nisso! Sabe mesmo o que dizer na hora certa e como fazer uma mulher se sentir especial.

— Você é especial, minha linda, mais do que possa imaginar.

Beijo-o extasiada e completamente apaixonada.

— Você sabe o que está fazendo? — Abraço suas costas, observando a cena mais de perto.

— Estrogonofe — responde tranquilo.

— Eu percebi, mas acho que o creme de leite se coloca por último e não enquanto a carne ainda está sendo refogada. — Retiro a caixinha de sua mão, impedindo-o de adicionar o conteúdo na panela.

— Sempre fiz assim e sempre deu certo.

Olho-o desconfiada.

— Sai para lá. — Empurro-o com o quadril, assumindo sua posição, e ele sorri. — Eu assumo daqui.

— Sim, senhora. Vou ajeitar umas coisas lá atrás. — Ele me beija e sai assobiando. Logo o Sorte o segue para fora, e fico com um sorriso preso aos lábios, olhando a cena. Tinha certeza de que se dariam bem, mas não podia imaginar o quanto.

Estou completamente envolta em meus pensamentos enquanto finalizo o estrogonofe. Tudo aqui é tão lindo, sei que nunca me cansaria, já consigo me imaginar vindo para cá em alguns finais de semana, férias, feriados e, mesmo que não queira, uma tristeza me invade. Estou fazendo planos por minha conta. Não sei se teremos algo a mais depois dessa viagem, mas tenho esperança. A forma com que fizemos amor naquela cachoeira, há pouco, teve tanta verdade e entrega, me senti única e especial. Ele estava sendo tão carinhoso e gentil, tão lindo, tão...

— Esse maluco avançou para cima do macaco na mata, quase que o macaco dá uns tapas nele. — Sua voz interrompe meus pensamentos.

— Que é isso, gente!

— Que é isso? O macaco safado estava roubando um cacho de bananas, e o soldado aí avançou para cima dele, desarmado, apenas com o focinho e a coragem. Só vi quando o macaco partiu para cima dele com tudo; sorte que eu estava com a vassoura na mão e joguei em cima do bicho, que fugiu ainda levando o cacho de bananas — conta, rindo muito.

— E eu perdi isso — gargalho.

— Pena que não estava com o celular para filmar, foi hilário: o macaco todo malandro, só você vendo.

— Deu mole, Sorte? — Não consigo parar de rir.

— Tem que treinar mais, soldado. Mais tática, não pode avançar para perder, tem que ir na boa. Você aprende — Fernando explica para o Sorte com gestos, aí que rio mais ainda.

— Vamos almoçar, Capitão e Soldado.

— Vou colocar a ração dele, lavar as mãos e já venho. — Beija-me.

— Vem, fanfarrão! — Eles saem da cozinha, e ainda não consigo parar de rir.

— Ceci, acorda, linda. Vamos, temos que levantar ou vamos perder a barca. Abro um pouco os olhos.

— Nem amanheceu, Fê. Está muito cedo. — Fecho os olhos novamente.

— Vamos, Ceci. A barca sai às 9 horas, temos uma boa caminhada ainda.

— Não quero ir, estou de férias. — Lanço minha cabeça embaixo do travesseiro.

— Deixa de ser preguiçosa, acorda. — Retira o travesseiro e começa a beijar meu ombro, pescoço e cabelo, já que estes cobrem meu rosto.

— A culpa é sua, dormimos há pouco. — Continuo de olhos fechados, enquanto sua mão acaricia minhas costas.

— Você também teve culpa, quem manda ser tão linda? Agora levanta, Ceci, ou perderemos a barca com certeza. — De onde saiu esse Ceci? Ninguém nunca me chamou assim, e ter um apelido só dele me deixa toda boba.

— Não quero ir. — Passou tão rápido.

— Juro que te deixaria aqui, se tudo não fosse tão distante. Sei que não ficaria tranquilo no Rio com você aqui sozinha, tenho plantão hoje. Prometo que voltaremos assim que der.

Viro-me para ele rapidamente, o abraço e o beijo. Ele não tem noção do quanto significa essa promessa para mim.

— Bom dia! — digo com a boca colada aos seus lábios, extremamente feliz. — Acordada, podemos ir. — Tento me levantar, mas ele não deixa.

— Acho que podemos ficar mais 15 minutos aqui. — Vira-me de costas na cama e volta a me beijar, e tenho certeza que só não perderemos essa barca com muita sorte.

— No último aviso, hein! Essa foi por pouco — diz ao embarcarmos atrasados, depois de alguns minutos correndo para não perdermos a barca.

— A culpa não foi minha, você que me segurou na cama mais do que devia — acuso-o.

— Já disse que a culpa é sua, sim, por ser tão linda — defende-se, e sorrio. Não me lembro de ter sentido tanta felicidade e paz como estou sentindo agora. Olho para a ilha, que fica cada vez mais distante, e mesmo que eu nunca mais voltasse aqui, nunca a esqueceria.

— Ela está bem? — pergunta, se referindo à Maromba, que não para de miar.

— Está bem, sim, deve estar enjoada da viagem — digo, entrando no carro.

Ele abre a porta de trás para o Sorte e assume o seu lugar. Dá partida no veículo e saímos.

CRISTINA MELO

Ligo meu telefone em seguida, e mensagens e mais mensagens começam a chegar. Sorrio. Vamos lá, de volta à realidade! Começo a olhar e...

> **Me liga**

> **Cissa, é urgente!**

> **Pelo amor de Deus, Cissa, me liga!**

Todas as mensagens desesperadas são da Juliane. Algo muito grave havia acontecido.

CAPÍTULO 23

CECÍLIA

Encaminho a chamada para a Juliane com as mãos trêmulas e o coração na boca. O celular toca até cair na caixa postal.

— Merda! — exclamo ao ouvir sua voz na secretária eletrônica.

— O que foi, linda? — Fê me pergunta assustado.

— A Jujuba. Tem várias mensagens desesperadas dela no meu celular, e agora não atende a porcaria do telefone!

— Desesperadas como? — indaga com tom preocupado.

— Pedindo para eu ligar urgente. — Continuo insistindo com a ligação ao mesmo tempo que falo com ele, e nada. — Droga! — xingo ao ouvir sua caixa postal novamente.

— Tenta ficar calma. De quando são os recados?

— Todos de ontem à noite. Aconteceu alguma coisa grave, Fê. Ela não é assim, a Jujuba é a pessoa mais desligada, prática e calma que conheço. — Estou quase chorando, o fato de ela não atender ao telefone está me desestabilizando demais.

— Será que não está no trabalho? — pergunta, e lembro que hoje ela deve estar me cobrindo na clínica, pelo menos deveria...

— Jujuba! — Atendo ao celular que toca antes de eu conseguir ligar para a clínica. — Graças a Deus, o que aconteceu? — Minha voz está descontrolada.

— Oi, Cissa, está tudo bem? — sua voz está séria demais, com certeza é merda.

— Comigo estava, até ver suas mensagens. O que aconteceu? — indago, muito agoniada.

— Onde você está, Cissa? — Seu tom não está normal.

— Estou no carro com o Fê, estamos a caminho de casa.

— Quando chegar em casa me liga, então — diz, sem certeza.

— Em casa uma ova! Diz logo o que está acontecendo — exijo.

— É o Alex, Cissa. — Sua voz falha.

— O que tem o Alex, Jujuba? Merda, para de códigos! — grito.

— Ele sofreu um acidente ontem à noite. Parece que bebeu muito, logo depois saiu com a moto... — Para e fecho os olhos. As lágrimas já rolam por meu rosto, esperando pelo pior. Ao mesmo tempo sinto a mão

CRISTINA MELO

de Fernando em minha perna e logo começa a desacelerar o carro.

— Como ele está? — A voz falha, mas preciso saber tudo.

— O estado é grave, eu sinto muito. A tia Rosa me ligou atrás de você, ela está desesperada, Cissa.

— Onde ele está?

Tento controlar um pouco as lágrimas enquanto ela me fornece as informações. Mesmo meu relacionamento com o Alex não tendo dado certo, eu o conheço desde criança, foi meu primeiro amor, meu primeiro beijo, meu primeiro tudo. Tivemos um namorico antes de eu ir para a faculdade, nos separamos, tive outros namorados, e quando estava quase me formando, ele me pediu em namoro, e deu no que deu: cinco anos juntos e quase casamos, quase mesmo.

— Assim que chegar em casa, vou para o hospital e te ligo.

— Ele vai conseguir, Cissa. O Alex sempre foi duro na queda.

— Tomara, Jujuba, ele tem que sair dessa — desligo, e ao olhar para Fernando, encontro um olhar compadecido, preocupado, duvidoso e ao mesmo tempo acusatório.

— O que houve? Você está tremendo, quer que eu compre uma água? — indaga sério.

— Tudo bem, eu só preciso chegar logo, o Alex sofreu... — Perco a voz.

— O Alex? — incentiva-me a terminar.

— Ele sofreu um acidente de moto ontem à noite e parece muito grave. — A preocupação toma conta de mim, não só pelo Alex, mas por sua família, que adoro. — Eu preciso ir ao hospital para...

— Ok, daqui a pouco chegaremos. — Liga o carro e não me olha mais. — Fica tranquila, vai dar tudo certo, seu noivo vai sair dessa, tenta manter a calma agora. — Olho-o por ter dito que o Alex é meu noivo, mas seu rosto está virado para a frente.

Sei que deve estar entendendo errado minha atitude. Não sabe como era o nível do meu relacionamento com Alex, ainda não tivemos chances de conversar sobre isso, mas, mesmo assim, ele dizer isso após os dias maravilhosos que passamos me magoa, mas agora não tenho ânimo para explicar ou rebater. Depois converso com ele, nesse instante só consigo fechar os olhos e começar a rezar. Alex acabou de fazer 30 anos, tem tudo pela frente, e também não seria justo com a tia Rosa e o tio Mário, que já perderam a Aline, há alguns anos, de leucemia; perder o Alex acabaria com eles, tenho certeza.

Estamos em silêncio por alguns minutos. Olho-o novamente, ele continua a encarar a estrada, suas mãos seguram o volante com força, todo seu corpo está rígido, parece muito tenso. Olho seu rosto, e seu maxilar está cerrado.

— Você tem consciência de que tudo que aconteceu naquela ilha foi de verdade, não é? — Ele não responde nem me olha. — Bom, pelo menos da minha parte foi e é de verdade — confesso e, mesmo assim, seu silêncio permanece. — Fernando! — o chamo.

— Oi.

— Será que pode me olhar?

— Estou dirigindo, ou faço isso ou te olho — diz seco.

— Só porque é conveniente agora. Engraçado você conseguir dirigir comigo em seu colo e não poder desviar o olhar para mim por alguns se-gundos. — Não me revida. — Você sabe que o Alex não é meu noivo e que não tenho mais nada com ele, não é? — indago.

— Essa pergunta é para mim ou para você mesma? — Encara-me sério.

— Não acredito que está falando isso depois do que vivemos.

— Eu não estou falando nada, você que está toda desesperada aí por causa de um cara que não é mais nada seu. Bom, pelo menos é isso que diz. — *Eu não estou ouvindo isso.*

— Eu tive uma história com o Alex, Fernando. Conheço-o desde criança, tivemos um noivado de cinco anos. Me desculpa se o fato de o cara com quem convivi por tantos anos estar entre a vida e a morte em um hospital me deixa triste, preocupada e abalada! Da próxima vez que algo assim acontecer, solto fogos para te deixar feliz! — disparo, muito irritada.

— Só quero deixar claro que se eu quisesse estar com ele, eu estaria.

— Desculpa, falei merda, eu só... — Sua voz falha, e ele não precisa terminar para eu entender: ele só está com medo. Medo de perder o que mal começamos, o que estamos tendo, e só posso dizer que esse medo não tem o mínimo cabimento. Minha mão vai para sua coxa e beijo seu braço.

— Só estou muito preocupada, Fê. Eu tenho um carinho muito gran-de pelo Alex e sua família, mas te garanto que não é nada mais do que isso.

Seus lábios tocam minha testa.

— Desculpa — pede novamente com o tom realmente arrependido, e beijo o canto de sua boca.

— Desculpado — digo tranquila por termos resolvido isso antes que cresça, mas ao mesmo tempo meu coração está muito apertado e desesperado pelo Alex.

— Você vai ao hospital? — indaga-me ao parar o carro em frente ao meu prédio.

— Sim, vou só trocar de roupa e vou para lá. — Sou sincera, não tenho nada a esconder e quero que Fernando tenha certeza disso.

— Quer que eu vá com você?

— Você disse que tinha que trabalhar hoje. Não precisa, vá descansar — digo incerta. Seria muito bom tê-lo comigo.

— Estou descansado. Eu te levo, vou só trocar de roupa também.

Sai do carro e o sigo. Ele pega o Sorte e me entrega a coleira para que o segure, logo abre a mala e retira minha mochila e a dele.

— Fê, temos que comprar uma ração para a Maromba, já estava esquecendo — digo quando estamos entrando na portaria.

— Onde tem uma loja pet por aqui? Eu vou lá.

— Não, vou tentar pedir por telefone.

Ele assente e entramos.

Chegamos ao hospital uma hora depois, e caminhamos de mãos dadas em direção à recepção.

Em dez minutos entramos no CTI onde Alex está.

— Oi, tia, como ele está? — Solto a mão de Fernando para abraçá-la.

— Nada bem, minha filha. Eles vão ter que operá-lo novamente. A lesão na cabeça foi muito grave, ele não usava capacete na hora do acidente, está vivo porque Deus é grande. — Lágrimas começam a descer pelo seu rosto.

— O que esse menino tem na cabeça para pilotar uma moto, bêbado, Cissa?

Não sei o que responder a ela.

— Ele vai sair dessa, tia. Tenta ficar calma. E o tio Mário? — indago ao sentir sua falta.

— Ele foi em casa tomar um banho e já está voltando. Essa é a Elena, ela é mãe da menina que estava com ele na hora do acidente. — Sua voz só transmite dor.

Porra, o Alex, além da própria vida, tinha arriscado a de outra pessoa.

Cumprimento a senhora com um aceno de cabeça. Ela tem o rosto vermelho, parece já ter chorado muito e estar muito desesperada.

— Esse é o Fernando, tia. — Apresento os dois.

— Eu sinto muito — Fernando diz ao apertar a mão dela.

— Seu namorado? — ela me pergunta.

— Sim. — Arrependo-me imediatamente, mas não sei como estamos exatamente, e como eu iria explicar que estou só ficando ou dizer que é um amigo? Nem ela nem ele poderiam me entender, então espero que ele não se sinta pressionado com meu sim, depois explico a ele, será mais fácil. Tia Rosa dá um sorriso fraco para Fernando.

— Cuida bem dela, essa menina vale ouro. Queria muito ela como nora, mas infelizmente meu filho a deixou escapar.

Fernando assente com um meio sorriso e envolve minha cintura com um dos braços.

— Eu vou cuidar.

Ouvir essa promessa faz meu coração disparar de uma maneira absurda.

Ficamos sentados com ela mais uma hora, e nenhuma notícia chega. Estou angustiada por ver o estado da tia Rosa e do tio Mário, que voltou há pouco.

— Tia, eu preciso ir. Por favor, me liga assim que souber qualquer notícia, a hora que for, meu celular vai ficar ligado. — Abraço-a.

— Tudo bem, minha filha. Obrigada por ter vindo, pode deixar que te ligo.

Despeço-me com o coração apertado, mas não adiantaria permanecer aqui.

— Com fome? — Fernando pergunta ao entrarmos no carro.

— Não.

— Você precisa comer alguma coisa, tomamos café muito cedo.

Sorrio para ele um pouco desanimada.

— Tem um restaurante muito bom aqui pertinho, vamos lá?

— Pode ser. — Dou um selinho em seus lábios e ele liga o veículo.

— Você me liga se precisar de qualquer coisa?

Assinto e o abraço na porta. Após três dias juntos, ter que me afastar agora faz com que eu sinta um vazio terrível. Parece idiota, mas me sinto abandonada. Ele segura meu rosto e me beija, e seu beijo me faz esquecer

CRISTINA MELO

tudo. Quaisquer questionamentos ou dúvidas arrefecem.

— Tenho que ir, ainda tenho que passar em casa. Me liga, a hora que for.

— Eu ligo, obrigada. — Ele me olha como se não estivesse entendendo. — Pela viagem maravilhosa e por ter ido até o hospital comigo. Foi muito importante para mim — confesso.

— Namorados são para isso.

Sorrio. Estava estranhando não ter comentado nada.

— Desculpa, não se sinta pressionado. Eu só não sabia o que dizer a ela.

— Tudo bem, eu entendi. Estou brincando, eu sei o que somos, não achei que você estivesse falando sério, não tinha por que estar — diz tranquilamente, e engulo em seco. Tento disfarçar com um sorriso e assinto.

— Bom, agora que está tudo esclarecido. Bom trabalho, fica tranquilo que te ligo se precisar.

Seu olhar me analisa por longos segundos. Luto contra o bolo em minha garganta. Eu o amo, e ouvir que ele nem se imagina meu namorado me dói muito, ele realmente não quer compromissos.

— Eu vou indo então, se cuida — diz, e assinto angustiada, fechando a porta em seguida, só querendo chorar em minha cama, mas não chego a dar dois passos. Escuto uma batida na porta, e ao abrir, o meu olhar encontra o seu novamente.

— Você quer ser minha namorada? — dispara a pergunta, e em seguida suas mãos puxam meu corpo para o seu, me pegando de surpresa. Sua boca toca o meu pescoço enquanto ainda estou tentando assimilar o que está acontecendo.

— Isso é uma pergunta ou um pedido? — Minha voz sai trêmula, me sinto nervosa como nunca me senti em uma situação como essa.

— Você quer que seja um pedido? — Morde meu lóbulo.

— Já te disse que não se responde uma pergunta com outra pergunta — revido e sinto seu sorriso em meu pescoço.

— Então, é sim ou não? — Beija o canto da minha boca.

— É um pedido? — Mordo seu lábio inferior.

— É um pedido — confirma.

— Então é sim, eu quero ser sua namorada. — Sua boca suga a minha e ele me empurra de volta para dentro da sala. Retira a guia do Sorte, que já está dentro também, fecha a porta e logo sua boca está na minha novamente, então me vejo empurrada e guiada até o meu quarto.

— Você vai se atrasar, Sr. Fodão — digo com a voz rouca de desejo.

— Será por uma boa causa — alega, retirando minha blusa. Fazer amor com Fernando e estar com ele é o paraíso. —Temos que comemorar nosso primeiro dia de namoro — diz sedutor.

— Então vamos comemorar! — Aprofundo meu beijo, me rendendo a ele.

Estou completamente entregue a esse homem, ao desejo e ao amor que sinto por ele.

A única coisa que quero agora é fazer parte de sua vida e que ele se sinta da mesma forma em relação a mim, pois tenho certeza que, se tiver que me afastar dele, será o meu fim.

CRISTINA MELO

CAPÍTULO 24

FERNANDO

Quinze dias depois...

Paro o carro em frente ao prédio da Cecília, busco o ar algumas vezes e fecho os olhos. Eu realmente estou fazendo isso?

Sim, estou, e a realidade começa a vencer os fantasmas de um jeito que não achei que fosse possível. Estar com a Cecília é tão bom que não consigo pensar em outra coisa ou medir as consequências que isso me trará. Eu só a quero e quero muito.

Ela está ocupando uma parte de mim que não achei que existisse mais, uma parte que domina e tomou posse como sendo dela. Ainda questiono o fato de tê-la pedido em namoro. Não sei descrever exatamente o que senti no momento em que ela se despediu de mim e fechou a porta. Na verdade, sei sim; senti abandono e medo, muito medo de perdê-la, e as palavras daquela senhora me pedindo para cuidar dela não saíam da minha cabeça, e é exatamente o que eu quero: cuidar dela e tê-la só para mim.

Sei que estou me arriscando bastante, mas por mais estranho e incrível que pareça, quando me virei para ir embora, lembrei-me também da Letícia. Foi uma lembrança viva e boa, era a primeira vez que me sentia assim. Bateu uma saudade boa e não amargurada e dolorosa, como em todas as vezes que me lembrava dela. Uma frase que me disse, quando nos conhecemos e vivia dizendo, invadiu minha memória como um relâmpago: "Quem não se arrisca, deixa de viver as coisas boas que a vida oferece", e foi isso também que me fez bater naquela porta novamente. Eu não estava vivendo há muito tempo e precisava voltar a viver, e só conseguiria isso arriscando o pouco que eu tinha. Confesso também que o medo de deixá-la escapar venceu todos os meus medos e traumas.

Agora eu tenho uma namorada e lutarei com todas as minhas forças para não perdê-la. Só quero ser e fazê-la feliz, e de alguma maneira não explicável, contradizendo todas as minhas razões e certezas, eu já estou feliz como nunca pensei ser possível, e esses dias com ela estão sendo os melhores em muitos anos.

Olho a hora, e um receio abrupto me abate. Será que já está dormindo? Acabei de sair do batalhão, e mesmo tendo a visto ontem, a saudade me vence. Só quero lhe dar um beijo, pelo menos, antes de ir para casa ou, com muita sorte, levá-la comigo, já que seu trabalho é do lado e facilitaria bastante sua vida e minha saudade.

Decidido a convencê-la ou até mesmo acordá-la, entro em seu prédio, e como sempre esse porteiro idiota e preguiçoso não me vê.

Dentro do elevador de serviço, que já estava no térreo, sinto-me um moleque novamente, todo aquele nervoso do primeiro encontro e suadeira me fazem companhia. A expectativa em vê-la é um combustível e tanto para minha adrenalina; meus batimentos cardíacos aumentam incrivelmente a cada segundo e a ansiedade me domina.

Desço em seu andar e sigo pelo corredor em direção ao seu apartamento.

— Heitor... — Tomo um baque e travo em meu lugar, ao lado da porta entreaberta do apartamento, ao escutar Cecília dizendo o nome do amiguinho. Continuo parado sem nenhum tipo de reação.

— Por favor, eu não consigo mais — uma voz masculina diz agora, e nem o pior dos treinamentos e a pior das operações que vivi até aqui foram capazes de me preparar para esse momento. Engulo em seco enquanto tento buscar o ar que me falta.

— Heitor, eu... — A voz dela falha e minhas pernas também. Fraquejo como um tolo e cambaleio, encostando meu corpo na parede ao lado. O cara está no apartamento dela. Isso não está acontecendo.

— Só me deixa te fazer feliz, Cissa. Eu te amo desde o primeiro dia em que a vi. — Minhas mãos se fecham em punhos e tento organizar meus pensamentos e me controlar. Minha vontade é invadir o apartamento e arrancar esse cara de lá, mas preciso saber até onde ela vai e o quanto me enganei com ela. — Só preciso de uma chance.

Vai ter uma chance de sair daqui em uma ambulância, seu filho da puta! Estou a ponto de arrancá-lo de lá; querendo ela ou não, o tiraria daqui e ela teria que me explicar direitinho que palhaçada é essa.

— Eu te adoro, Heitor... — Quê?! Que porra ela está dizendo? Fecho os olhos com muita raiva e me forço a ficar em meu lugar e ouvir até o final. Queria ouvi-la dizer que é seu amigo agora. — Mas você é meu amigo, o cara que sempre está lá, a pessoa com quem sempre posso contar...

O cara que sempre está lá uma ova! Ela não precisa dele, eu sou a porra do namorado dela e *eu* tenho que ser o cara que sempre está onde ela precisa. Que porcaria ela está dizendo?

— Eu quero ser mais, muito mais para você, Cissa. Eu posso ser — continua insistindo. Imbecil, vai ver o que vai ser já, já.

— Eu não sei o que te dizer, Heitor... — *Estou prestes a entrar agora, mas travo um pouco ao ouvir isso. Ela está com dúvidas? O que quer?* — Juro que não quero te magoar, mas eu estou apaixonada, estou com alguém. — Segundo baque. Meu coração para de bater nesse exato momento, tenho certeza.

— Quem é ele? — o idiota ainda insiste. Perdeu, filho da puta, ela é minha! Encosto a mão na maçaneta, pronto para arrancá-lo de lá, mas tento respirar e me acalmar...

— O Fernando. Nós estamos juntos e eu o amo, Heitor... — Terceiro baque, e dessa vez foi nocaute. Ela não deveria dizer isso a ninguém antes de me dizer primeiro, esse idiota não tinha que estar ouvindo as palavras que teriam que ser ditas a mim, somente a mim. — Amo como nunca achei que fosse capaz de amar alguém... — Estou engolindo em seco agora, com a respiração acelerada e meu peito sobe e desce muito rapidamente. Se alguém me perguntasse o que estou pensando ou sentindo, não seria capaz de responder ou formar palavras. — Sinto muito mesmo, mas não posso corresponder aos seus sentimentos; nem que eu quisesse, conseguiria.

Felicidade. É isso o que estou sentindo agora. Neste exato momento, me sinto o cara com toda a sorte do mundo.

— Você mal o conhece, não pode amá-lo!

— Mas ama! — Invado a sala em um rompante, e dois rostos se viram em minha direção na hora. No dele só tem raiva, *foda-se!*, e no dela, surpresa.

— Fê... — diz num tom quase inaudível.

— É ele? — O babaca aponta para mim, enquanto exige satisfações da Cecília.

— Sim, sou eu, algum problema? — Diminuo a distância.

— Fernando, por favor... — Cecília começa a falar com um gesto de mão, mas logo é interrompida.

— Esse cara não tem nada a ver com você, Cissa! Pelo amor de Deus!

— Isso é ela que tem que resolver. — Exalto-me mais.

— Não vou te deixar cometer o mesmo erro, Cissa. Esse aí é ainda pior que o Alex — diz destemido, olhando somente para ela.

— Quem é você para deixar alguma coisa? — Empurro seu peito.

— Sou amigo dela! — Encara-me. — E não vou permitir que se envolva com um cara como você de novo.

— Cala sua boca, seu merda! — Puxo-o pelo colarinho.

— Fernando! Solte-o, por favor! — Cecília puxa meu braço.

— Não vou soltar até ele entender que é comigo que você está, e que tem que me respeitar como seu namorado e o cara que você escolheu. — Estou com muita raiva.

— Eu não tenho que respeitar nada, e não vou concordar com essa merda! — Empurra-me e tenta se desvencilhar, mas não deixo.

— Você vai embora, não quero que se aproxime mais dela, ouviu bem? — grito. Estou fora de mim, como há muito não ficava.

— Eu só me afasto dela se ela quiser, não vou obedecer às suas ordens!

— Ah, vai! — Empurro-o para a parede mais próxima.

— Fernando! Heitor! Parem os dois! Agora! — Cecília grita, mas não vou deixar esse infeliz até ele entender que ela está comigo e tem que engolir e respeitar isso.

— Está vendo, Cissa?! Ele é um babaca igual ao Alex!

Disparo meu punho em seu rosto, e o sangue jorra na hora.

— Fernando, para!

Ele acerta minha costela enquanto torço seu colarinho.

— Heitor! Para! — Ouço o grito novamente e me distraio, e logo sinto a pancada em meu supercílio. Filho da puta!

— Para!

— Você vai me respeitar, seu filho da puta! É a mim que ela ama, aceita de uma vez, sou eu que a tenho... — Sou atingido por um jato d'água, e o susto me faz largá-lo. Ele também parece se assustar.

— Chega! — Cecília diz, com o balde na mão. — Vocês são primatas por acaso? Que merda! Dois burros velhos, brigando por algo que não está na mão de nenhum dos dois. Isso é ridículo! — ela grita, e nem eu, nem ele dizemos nada, estou completamente encharcado, sentindo a água gelada escorrer por todo meu corpo.

— Heitor, vou repetir e espero que você entenda e me respeite: estou com o Fernando e é com ele que quero estar. — Um sorriso vitorioso surge em meu rosto. — Adoro você, mas como amigo, e é só isso o que pode ter, a minha amizade.

O babaca não diz nada. Toma, imbecil!

— Fernando! O Heitor é meu melhor amigo, e você vai ter que aceitar isso se quiser continuar comigo. Ele é muito importante na minha vida e sempre vai ser. — Raiva me domina. Ela não ouviu as merdas que ele disse?

— Agora, chega dessa infantilidade! Não sou a porra de um produto em liquidação para estar sendo disputado por alguém! É melhor você ir, Heitor, nos vemos amanhã.

— Você não vai ver esse cara amanhã! — afirmo, e ela revira os olhos.

— Heitor, por favor — pede, e o merda começa a se mexer.

— Desculpa, Cissa, me excedi. — *Quer se fazer de bonzinho agora?*

— Você ouviu? Mete o pé, porra! — grito, e o olhar raivoso da Cecília encontra o meu. Dane-se! Vai ficar medindo palavras com esse babaca, depois do que ele fez?

— Até amanhã, Heitor.

Ele assente e sai. Cecília fecha a porta e logo em seguida cruza os braços, me encarando.

— Estou saindo também! — Cruzo a sala, decidido, e logo estou próximo à porta.

— Você fica! — exige em tom autoritário.

— Acho que não temos mais nada para conversar — digo puto.

— Ah, tá! — É sarcástica. Vira a chave na porta e a tira, abandonando-me na sala. — Aqui, pode secar toda a água do meu chão! — Joga um balde e um pano em minha direção.

— *Você* jogou a água no chão! — acuso-a.

— Não! Eu apartei a sua briga idiota! — revida.

— Aquele seu amiguinho que começou — defendo-me.

— Não quero mais falar disso, tudo que tinha para falar já falei.

— Já falou? Você não vai continuar com essa amizade! Eu te disse que ele era a fim de você, não quero você perto dele!

— O problema é seu! Ninguém manda em mim, eu faço o que quero!

— Não é bem assim, não! — digo firme.

— É assim, sim.

— O que ele estava fazendo aqui, a essa hora? — Diminuo a distância, mantendo os olhos nos seus.

— Ele apareceu simplesmente e começou a se declarar.

— E mesmo assim você acha que ainda pode ser amiga dele? — indago, sem acreditar.

— Sim, eu acho! Somos adultos, não estamos no jardim de infância, e já coloquei meu ponto de vista para ele, sei que vai aceitar.

Meus dedos tocam sua cintura, tentaria expor meu ponto de vista de outra forma.

— E acha que ele suportaria continuar ao seu lado, sem poder tocá-la? Acha que vai suportar estar tão perto, sentir seu cheiro delicioso... — Sua respiração falha assim que minha boca roça na sua. — Acha que suportaria não poder beijá-la? — Meu braço rodeia sua cintura, colando seu corpo ao meu.

— Acho que quando um não quer, dois não beijam! O chão! — diz ao me empurrar e se afastar, entrando no banheiro em seguida, me deixando com cara de panaca.

Seco a porcaria do chão o mais rápido que consigo, da melhor maneira possível, sigo para a lavanderia de olho na porta do banheiro o tempo todo, retiro o tênis, meias, blusa, minha pistola, colocando-a em cima da bancada de granito da cozinha, logo a calça, então sigo para a porta do banheiro. Invisto na maçaneta, descobrindo que não está trancada.

Sei que me ouve entrar, mas não se move, permanece embaixo do chuveiro com a cabeça apoiada no azulejo. Admiro seu corpo lindo através do vidro, e meu desejo se torna mais ávido. Retiro a cueca e abro o vidro, e como um ímã, logo meu corpo se cola atrás do seu.

Minha mão acaricia sua barriga e a sinto estremecer.

— Me desculpa. — Beijo seu ombro.

— Eu já terminei. — Tenta se afastar, mas não deixo e a mantenho colada ao meu corpo.

— Ceci, me desculpa — peço novamente, beijando seu pescoço.

— Eu não vou ter um relacionamento assim de novo, não vou passar por isso novamente, Fernando — diz seca.

— Isso o quê, minha linda?

— Isso o quê? Não vou ter de novo um relacionamento abusivo, destrutivo e possessivo nunca mais, nada de *ivo* na minha vida! Você agrediu meu melhor amigo, na minha sala! — diz exaltada. — Não vou tolerar isso novamente, não vou viver assim! — Desvencilha-se decidida e sai do boxe, me deixando com um vazio enorme.

Enrola-se em uma toalha e sai do banheiro. Termino meu banho rapidamente e sigo atrás dela. Não posso perdê-la por causa daquele idiota.

Entro no quarto e a encontro de costas, terminando de vestir uma blusa de malha.

— Eu chego, pego o cara no seu apartamento se declarando, dando em cima da minha namorada, me desafia, vem cheio de marra para cima de mim, e você acha que eu tinha que fazer o quê? Ficar quieto e dizer para ele ficar à vontade? — exijo, parado às suas costas.

— Ele é meu amigo e eu estava resolvendo — revida, se virando para mim.

— Amigo uma ova, Cecília. Ele deixou bem claro que não é a sua amizade que ele quer! — Perco o controle.

— Eu cuido disso, Fernando — diz decidida.

— E a sua maneira de cuidar é declarando para ele o que deveria dizer para mim? — questiono com a voz baixa, me aproximando mais, e vejo quando engole em seco. — Juro que não sou o tipo de cara que agride alguém sem motivos, não serei nenhum "IVO" na sua vida, isso eu prometo, mas ele abusou, minha linda. Você pode não querer admitir, mas sabe que ele foi longe demais.

— Não importa a minha maneira de cuidar, eu resolvo. Ele não estava em seu estado normal, com certeza havia bebido, acho que foi por isso que veio aqui e disse aquelas coisas, ele nunca foi tão claro assim. Eu estava só tentando explicar minha posição e não o magoar, gosto muito dele, é uma ótima pessoa; quando o conhecer melhor saberá disso. — Senta-se na cama, parecendo mais calma.

— Eu não quero conhecer ou me aproximar desse idiota. — Seu olhar volta para o meu na hora. — Então, falar que me ama foi a maneira que achou de dizer que não estava a fim dele? — Quase não consigo completar a pergunta. Toda aquela felicidade que senti ao ouvir sua declaração havia se transformado em medo. Não esperava ouvir dela que me amava assim, tão cedo, mas já que ouvi, a única coisa que quero é que não esteja mentindo sobre isso.

— Odeio rodeios, Fernando, por que não vai direto ao ponto? — desafia-me, e então eu reúno a pouca coragem de merda que me resta e fixo meus olhos nos seus, assim saberei se mente.

— Você mentiu quando disse que me amava, quando disse que nunca amou ninguém assim? — Seus olhos verdes, lindos, continuam nos meus, fixos e intensos. Tenho plena convicção de que não deveria exigir essa resposta dela, pois não estou pronto ou sequer sei qual será minha própria resposta em relação ao que perguntei, mas já foi feita e agora não adianta mais lamentar ou questionar, então só me resta ouvir o que ela tem a dizer.

CAPÍTULO 25

CECÍLIA

Minha respiração acelera de repente. Engulo em seco, presa ao seu olhar. Tenho absoluta certeza da minha resposta, mas, ao mesmo tempo, eu, que sempre fui muito segura e vou atrás do que quero e encaro o que estiver pela frente, dessa vez sinto-me covarde, e o pensamento de recuar e fugir se faz presente. Estou morrendo de medo de assustá-lo com minha revelação.

Mantenho meu silêncio enquanto tento pensar nos prós e contras dessa declaração, mas de uma coisa tenho certeza: não conseguirei mentir. Assustando-o ou não, não consigo dizer que menti ao dizer que o amava, isso seria trair meu amor, trair a mim mesma, e não posso fazer isso.

Olho-o mais atentamente e noto que ele está mordendo um dos lábios. Seus olhos piscam sem parar, seu maxilar e têmporas estão tensos, seu peito sobe e desce muito rápido e sua mão na minha está completamente gelada.

— Acho que vou piorar seu estado de convencimento, mas a resposta é sim, Sr. Fodão. — Noto sua respiração pesada e sinto o ar que sai de seus lábios.

— Sim o quê? — indaga-me com a voz rouca enquanto se aproxima mais, pousando as mãos em meu rosto.

— Eu me apaixonei, Fernando. — Um sorriso trêmulo escapa de seus lábios. — Você ganhou essa, Sr. Fodão, estou completamente apaixonada pelo senhor.

— E? — indaga-me enquanto um sorriso expande-se em seu rosto, e logo me deita, jogando o corpo por cima do meu.

— E eu te amo... — Subo minha boca e beijo o lado esquerdo de seus lábios. — E você me pegou de jeito... — Beijo o lado direito agora, sob seu olhar admirado. — E eu sei que é muito cedo, mas eu te amo como nunca achei que amaria alguém. — Sua boca avança sobre a minha de forma desesperada. Minhas mãos tateiam suas costas e arrancam a toalha que envolve sua cintura. As dele retiram o blusão que eu acabei de vestir.

— Linda, eu não sei se mereço, mas você está me fazendo feliz de uma maneira que não achei que fosse mais possível. — Sinto muita alegria, mas também um tom de dor em sua voz e isso me preocupa. — Achei que nunca mais diria isso: eu sou um cara incrivelmente sortudo, pois eu, somente eu, sou o dono do seu coração.

— Somente você. — Sinto que ele precisa dessa confirmação, e estou

CRISTINA MELO

certa, pois volta a me beijar, sedento e com muita paixão.

Algumas horas depois, minha cabeça descansa em seu peito, seu braço direito abraça meu corpo, e uma de minhas pernas está por cima das suas.

— Fê?

— Hum.

— Me promete que não vai ser um desses caras que primeiro batem e depois perguntam? Sei que é policial e tudo mais, mas não posso conviver com uma pessoa assim novamente.

— Eu não sou esse tipo de cara, Ceci. — Seu peito sobe, e sinto quando solta o ar. — Pode acreditar; se fosse, teria feito um estrago maior no seu amiguinho. Ele provocou, acredita em mim, usei muito meu autocontrole. Fiquei atrás daquela porta uns bons minutos, e não tem noção do quanto respirei antes de entrar.

— Que coisa mais feia! Ouvindo atrás da porta! — acuso-o de brincadeira e ergo a cabeça para encará-lo.

— A porta estava aberta. — Defende-se e beija minha cabeça. — Só quero deixar uma coisa bem clara. — Seu tom sai baixo e firme ao mesmo tempo, e nossos olhos estão conectados. — Não sou o tipo de cara que agride ninguém sem motivos, mas também não sou o tipo que não luta e cuida do que é seu. Se eu achar que algo está demais, vou intervir, goste você ou não. Se eu achar que devo fazer, vou fazer. E mais uma coisa para que possamos deixar todas as dúvidas de lado: eu não sou seu ex-noivo, então para de me comparar com ele.

— Eu...

— Shiuu... — Cala meus lábios com os seus antes mesmo de eu formular algo para responder à sua acusação. — Vamos nos concentrar em nós daqui por diante, só em nós, mais ninguém — diz, com a boca colada à minha, e só consigo assentir.

Não demora muito até que estejamos fazendo amor novamente, totalmente entregues um ao outro, entregues às nossas promessas e ao nosso futuro juntos.

— Ceci? Acorda... — Seus beijos encontram a pele do meu pescoço, arrepiando-me.

— Você acaba comigo e depois espera que eu consiga levantar? Quero dormir mais um dia inteiro.

O som da sua risada é maravilhoso.

— Amor, você precisa trabalhar e também estou preocupado com o Sorte e a Maromba, a ração deles já deve ter acabado, fiquei fora o dia todo e passei a noite aqui.

Estou paralisada, tentando me lembrar como é que se faz para respirar. Ele disse isso mesmo ou estou tão sonolenta a ponto de imaginar coisas? Ele me chamou de amor? Amor? Viro-me de frente para ele e envolvo meus braços e pernas em seu corpo.

— Só levanto se me der um beijo de bom-dia — chantageio-o.

— Só um? Tinha esperança de que me pediria mais. — Beija meu pescoço e acaba de acordar todo meu corpo.

— Eu tenho esperança de que me dê mais, mesmo sem eu pedir — solto num fio de voz, completamente abalada pelo desejo.

Sua mão invade minha camisa e logo a retira de meu corpo.

— Acho que posso fazer algo a respeito. — Mordisca meu queixo e em seguida sua boca começa a descer com beijos deliciosos por meu pescoço, colo, e logo chega a um dos seios e o suga de forma voluptuosa. Sou arrebatada por sensações que só ele é capaz de provocar.

— Ahhh... — gemo quando seus dedos encontram meu sexo, dois deles me penetram com experiência, enquanto o polegar circula o ponto exato, me deixando em total deleite.

— Gosta disso, meu amor? — sua voz rouca dispara, enquanto seu olhar encontra o meu, mas não consigo lhe responder ou formar qualquer palavra que seja coerente o bastante. — Gosta? — Enfia mais um dos dedos.

— Ahhh! — Estou quase no meu limite, sob seu olhar que me queima, fixo em mim.

— Eu preciso saber se gosta, amor, ou não poderei continuar. — A fricção de seu polegar em meu centro aumenta. — Quer que eu pare?

— Nãooo... — consigo dizer quando ele interrompe os movimentos que fazia.

— Não está gostando, ou não, não quer que pare? — Ergo meu quadril contra sua mão, tentando demonstrar o óbvio, mas ele continua parado. — Então, continuo?

— Sim, Fê. Não para, por favor, continua. — Um sorriso muito sexy surge em seus lábios e ele volta às investidas, e em mais alguns segundos meu corpo começa a enrijecer e sou arremetida para um prazer primoroso.

— Cecília, você fica mais linda ainda quando goza. Agora preciso sentir o quanto sou um cara de sorte. — Logo começo a ser preenchida lentamente e sinto cada centímetro de seu membro. De repente, Fernando fica parado sobre os cotovelos assim que totaliza sua investida, que é lenta e deliciosa.

— Eu... — Sua voz falha um pouco. — Sou excessivamente sortudo. Você me deu essa sorte, você a trouxe de volta para mim, meu amor. Você trouxe ar para os meus pulmões, sangue para minhas veias e coração, cores para os meus olhos e sentido para minha vida.

Depois de uma pequena pausa, continua:

— Obrigado por ser tudo isso, obrigado por ter parado o carro na estrada, naquele dia. Obrigado por ser minha cura e obrigado por ter me resgatado. — Lágrimas inundam os seus olhos e os meus. Não sei o que dizer sobre sua declaração, um misto de sentimentos me visita, mas o principal deles é felicidade.

— Sabe realmente o que dizer para deixar uma mulher muito mais apaixonada e ainda mais feliz, Sr. Fodão.

Ele tenta dizer mais alguma coisa, mas o impeço com minha boca. Minhas pernas envolvem seu quadril e fazemos amor de uma forma que ainda não havíamos experimentado, com uma lentidão venerável. Nossos corpos estão declarando que se pertencem e que não podem existir mais sem ter um ao outro.

— Alô — atendo ao celular ao sair do banho.

— Oi, minha filha, ligando só para te avisar que o Alex acaba de ir para o quarto. — A voz de tia Rosa parece feliz pela primeira vez durante todos esses dias.

— Graças a Deus, tia Rosa! Que notícia maravilhosa! — Fernando entra no quarto, seus braços rodeiam minha cintura e ele beija o meu ombro. — E a menina, como ela está?

— Ela ainda não saiu do C.T.I., mas seu quadro está evoluindo muito bem.

— Que bom, tia! Hoje não posso, mas amanhã vou tentar fazer uma visita. Estou muito feliz, graças a Deus tudo correu bem.

— Graças a Ele, filha. Espero por você, e obrigada por tudo.

Despeço-me também e encerro a ligação.

— Como ele está? — Fernando me indaga, com o tom tranquilo.

— Está indo para o quarto, graças a Deus está bem.

— Que bom. Tomara que tenha servido de lição, pelo menos. Beber e sair dirigindo, ou pilotando, é irracional.

— Realmente espero que ele aprenda. A menina está evoluindo, mas parece que seu quadro ainda é grave.

— Fiz café — diz, cortando o assunto "Alex".

— Vou só colocar uma roupa rapidinho, já são 9h30, tenho que estar na clínica às 10 horas. — Faço uma careta. — Chegarei atrasada, certamente.

— Separa umas roupas, passa a noite comigo?

Assinto e ele me beija, sorridente.

— Como resistir e te dizer não, Sr. Fodão? — pergunto de forma brincalhona.

— Eu sei que sou irresistível, mas você se acostuma. — Beija meu pescoço.

— Vou tentar me acostumar com sua modéstia. Agora temos que ir, Sr. Fodão irresistível!

Deita-se novamente sobre mim, prendendo-me à cama.

— Isso, meu amor, muito bom! Sr. Fodão irresistível se aplica perfeitamente à minha pessoa — diz, com a boca a centímetros da minha. Solto uma gargalhada que logo é abafada com um de seus beijos deliciosos, confirmando, mesmo sem querer, minha afirmação de que é irresistível.

— Que horas sai para o almoço? — pergunta ao parar o carro em frente à clínica.

— Não tenho a mínima ideia, estou com a agenda cheia hoje e estou quase 40 minutos atrasada por sua culpa. — Dou um selinho em seus lábios.

— Me envia uma mensagem, que te pego para comer algo ou trago algo para você. Não vá passar o dia com um sanduíche como almoço — repreende-me.

— Eu tento tirar um tempinho, mas não vou prometer. Mando mensagem, agora preciso ir. — Beijo-o de novo, despeço-me e saio do carro.

— Oi. — Levanto o olhar e vejo Heitor entrar no consultório. — Cissa, me desculpa, eu nem sei o que deu na minha cabeça.

CRISTINA MELO

— Acho que bebeu além do que deveria — respondo, ainda preenchendo as requisições de exames.

— Eu sei, me desculpa. Exagerei, sabe que não sou de brigas.

— O que eu perdi? — Jujuba pergunta, ao entrar no consultório também.

— Perdeu a disputa de mijo e a luta de MMA na minha sala — respondo.

— Quê?! É isso mesmo que entendi? Você teve a coragem de brigar com um capitão do Bope? — Jujuba pergunta animada.

— Ele é capitão do Bope? — Heitor indaga assustado.

— Heitor, eu desconfiava, mas agora sei que você é doido — Jujuba afirma e cai na gargalhada.

— Eu preciso atender a próxima consulta, se vocês não têm o que fazer, eu tenho. — Heitor me olha com cara de cachorro pidão. — Está desculpado, Heitor, sabe que te adoro, só não faz mais isso. — Um sorriso expande-se em seu rosto.

— Obrigado, Cissa. Sua amizade é muito importante. Agora eu tenho uma cirurgia. — Despede-se e sai da sala.

— Quer dizer que o Heitor resolveu se declarar?

— Nem me fala, Jujuba. Achei que o negócio ia ficar muito feio. Eles se atracaram na sala depois que Fernando ouviu toda a declaração. Foi uma confusão só.

— E o que você fez?

— Fiz o que fazemos quando temos que apartar uma briga de cachorros: joguei um balde d'água neles.

A gargalhada de Jujuba é incontrolável.

— Ai, meu Deus, estou imaginando a cena. Só você, Cissa! — Continua rindo muito, com a mão sobre a barriga, enquanto algumas lágrimas escapam de seus olhos.

— Foi bem engraçada a cara dos dois, me segurei para não rir também. — Sorrio junto com ela.

— Preciso de você por dois segundos. — Muda de assunto, abordando o que veio tratar ali. — Quero sua opinião sobre uma lesão. Estou quase certa de que é um problema hormonal, mas os donos não têm muito recursos, então queria ver se acha isso também, sabe como o exame é caro.

Assinto e sigo atrás dela.

— Pode passar o tratamento, Jujuba. A lesão é bem característica, com certeza é hormonal.

— Também achei. Obrigada. Olha, parece que tem visita. — Sua cabeça aponta na direção, e quando a sigo com meus olhos, vejo um capitão lindo, de braços cruzados, me encarando.

Ela acena para Fernando e volta para o seu consultório, e eu sigo na direção do homem que consegue me tirar o ar toda vez que o vejo. Ele está de camiseta, bermuda e chinelos, mesmo assim está lindo.

— Esperando a mensagem.

— Desculpa, estive ocupada demais, não foi por mal.

— Trouxe o almoço. — Ergue uma bolsa e aí percebo o quanto estou faminta.

— Já te disse que é o melhor namorado do mundo?

— Acho que não — responde com um sorriso.

— Você é, com certeza. — Puxo sua mão e ele me segue.

— Dona Barbara, me dá trinta minutos até a próxima consulta?

Ela assente e entro com Fernando em meu consultório. Esse homem me deixa mais apaixonada a cada dia. Não querendo comparar, mas Alex nunca se preocupou com o fato de se eu havia comido algo ou não, muito menos em trazer qualquer tipo de alimento para mim.

— São quase 15 horas, Ceci. Não pode ficar tanto tempo assim sem comer — repreende-me, despejando o suco de uva no copo.

— Eu sei, mas sempre acabo me distraindo. — Provo um pouco da massa, que está maravilhosa.

— Hum, que delícia! Obrigada, estava faminta. Já comeu?

— Acabei de almoçar. Como não me enviou mensagem ou respondeu as minhas, deduzi que estava muito ocupada, aí tive que almoçar sozinho.

— Desculpa, Fê. Eu não vi mesmo, não consegui olhar o celular desde que cheguei.

— Mais tarde a gente resolve se te desculpo — diz, cheio de promessas.

— Vou fazer por onde, vai me desculpar. — Faço as minhas também.

Ele se debruça sobre minha mesa e beija meu pescoço.

— Não vejo a hora, vou contar os minutos — ronrona próximo ao meu ouvido, me deixando completamente excitada.

A única coisa que quero agora é que o tempo passe logo, para podermos cumprir nossas promessas, e eu iria contar cada segundo até a noite.

CAPÍTULO 26

JULIANE

Olho para a bolsa e seus conteúdos que são minha mais nova aquisição. Estou há bons segundos pensando sobre a teoria de que a vingança nunca é uma boa escolha. Tento analisar cada aspecto sobre isso, eu juro, mas nada me tira da cabeça que, no meu caso, a vingança é uma ótima e agradável ideia. Sei que ela, de alguma forma, me fará voltar a mim novamente e tirar esse ogro idiota da cabeça. Não posso deixar barato o que ele me fez, ou não sou Juliane Marques. Não consigo falar sobre isso nem com a Cissa, estou engasgada com a gracinha que me fez há alguns dias, naquele estacionamento. Nem dormir direito consigo mais, muito menos voltar a agir como agia sem que o fantasma dele me assombre, então não consigo ter dúvidas em relação ao meu plano. Pego a bolsa, decidida e mais confiante do que nunca, e saio da clínica em seguida.

Cinco minutos depois, paro o carro em frente à sua oficina. Após me contorcer dentro do automóvel, me preparando para minha vingança, estou pronta.

— Hora do show! — digo a mim mesma, conferindo a maquiagem no retrovisor, e desço do veículo, resoluta.

— Oi, boa noite, é que meu carro deu um problema e eu queria falar com o Willian, ele o consertou da última vez.

Acho que vejo uma baba escorrer pelo canto da boca do recepcionista, enquanto seus olhos estão completamente vidrados em mim. Sei o motivo, afinal, o look que estou usando foi muito bem pensado, e aumentará bastante a próxima fatura do meu cartão. Mas, se meu plano funcionar, valerá cada centavo, nem que eu tenha que fazer plantões de 24 horas todos os dias e vire uma zumbi para pagar; serei uma zumbi feliz.

— Eu... — Sua boca se abre e acho que esquece de fechá-la. Me debruço um pouco sobre o balcão, revelando mais ainda meu belo decote, e ele quase tem um colapso. Tento me segurar para não sorrir. — Acho que está de saída, mas vou chamá-lo, só um segundo.

— Obrigada — digo com a voz mais sexy que consigo, e ele sai tropeçando em seus próprios pés, e mais uma vez me seguro para não soltar uma gargalhada. *Foco, Juliane!*

Jogo meu longo cabelo negro para o lado, ajeitando-o mais uma vez, conferindo também, no reflexo do monitor desligado, o batom vermelho que havia passado no carro. Tudo está em ordem, só espero que esse idiota não tenha ido embora e estrague meu plano. Não posso perguntar por ele, ou colocarei tudo a perder.

— Posso ajudar?

Viro-me de encontro à voz vacilante e dou de cara com o funcionário do ogro. Seus olhos me devoram de cima a baixo. Está funcionando.

— Oi! É que meu carro está com um problema e uma amiga me indicou você, disse que é um ótimo mecânico e faz tudo com maestria. — Aproximo-me mais enquanto o observo engolir em seco e seu olhar se transformar, olhando-me como um predador mirando sua presa.

— Eu já estava indo embora, mas posso dar uma olhada para você — diz, sem tirar os olhos da minha roupa.

— Ai, muito obrigada! — Aliso seu braço, mas meu olhar não sai da direção do corredor. Será que aquele ogro maldito foi embora? Só faltaria essa, seria o maior mico do ano. — Não repara na minha roupa. — Deslizo as mãos pelo visual, que é um espartilho preto com renda e transparente nos lugares certos. Uma saia de couro muito curta, também preta, meias três quartos e um sapato com salto 20, finíssimo. — Estou indo a uma festa à fantasia. — Pisco.

— Tenho certeza que será a melhor fantasia da noite.

— Acha mesmo? — Finjo estar lisonjeada e dou uma voltinha sob o seu olhar e o do recepcionista que continua babando. O lugar já está vazio e só os dois são minha plateia. Volto a olhar para o corredor e percebo que acaba de chegar mais um.

— QUE PORRA É ESSA? — Os dois viram em direção à voz irritada, enquanto eu tento disfarçar o sorriso.

— Não é nada, Daniel, é que a... — Aponta para mim e me olha.

— Juliane — digo meu nome em um sussurro.

— A Juliane estava indo a uma festa e seu carro deu problema... — Os olhos de Daniel me fulminam, seu maxilar está tenso, suas narinas dilatadas e seu rosto tem um tom de vermelho. — Fica tranquilo que vou resolver o problema para ela — Willian diz, amistoso e convencido.

— Fora! Quero os dois fora daqui, agora! — ele grita.

Jogo o cabelo para o lado novamente, enquanto Willian e o recepcionista se olham e parecem muito confusos.

— Estão surdos, porra?! Igor e Willian, fora agora, vou ter que desenhar? — berra furioso. — A próxima vez que olharem desse jeito para ela, estão na porra da rua por justa causa, entenderam?

— Mas ela... — Willian tenta argumentar.

— Não me interessa o que ela disse. Ela pode aparecer aqui pelada, mas não coloquem a porra dos olhos nela, me entenderam?

Quero sorrir enquanto eles assentem e saem, mas me seguro.

— Bom, Will, será que você não faz o serviço particular, já que seu patrão não quer deixá-lo me atender? — provoco, com a voz mais sexy que consigo, mas ele não me olha nem responde e logo passa pela porta. — Que pena, então vou indo. — Faço menção de seguir o caminho que eles fizeram.

— Não vai mesmo! — Seu aperto firme em meu braço me faz parar ao mesmo tempo que desperta todo meu corpo. Ouço um barulho, e percebo que portas grandes de aço começam a descer do teto.

— Desculpa, eu só tinha um interesse aqui e ele acabou de sair. — Tento manter o desejo longe da minha voz.

— Tenho certeza de que não foi para ele que se vestiu assim. — Um de seus braços me rodeia, puxando-me para ele.

— Se prefere pensar isso, fique à vontade. Eu sei o que quero e o que desejo, e não é você — afirmo, e um sorriso convencido se espalha em seu rosto, ao mesmo tempo que as portas chegam ao chão. Droga, não contava ficar presa aqui com ele.

— Jura? — Roça o nariz em meu pescoço, arrepiando todos os pelos no meu corpo. — É por isso que veio na porra da minha oficina, vestida assim, para esfregar na minha cara que não me deseja? — Sua língua circula meu lóbulo, enquanto sua mão adentra lentamente por baixo da saia, e eu estremeço só com a expectativa do que pode acontecer. Foco, Juliane! Vingança, merda! Isso é uma vingança.

— Seria bom para você que fosse assim, mas, acredite, não pisaria aqui se eu não o quisesse muito... — Sua mordiscada em meu ombro e o roçar dos seus dedos em meu quadril estão me levando à loucura. — Eu o desejo desde o primeiro dia que o vi... — confesso com a voz rouca, me arrependendo em seguida, pois sei que tudo que acabo de dizer se encaixa perfeitamente com ele e não com o outro, como queria que pensasse. — Mexendo naquele carro, com aquele macacão, que delícia! — completo rápido, e imediatamente ele desfaz o contato e gira-me em meu próprio eixo, e agora seus olhos raivosos me encaram. Isso, essa raiva que eu queria ver! Vai se arrepender da idiotice que me fez.

— Você não pode estar falando sério! Você quer a porra do Willian? — grita.

— Ah, quero, quero muito.

Passo a língua pelos lábios, enfatizando o muito, e deslizo minhas mãos por baixo de sua camisa de malha, decorando cada pedacinho de seu abdome, tórax e costas. Passo meus lábios por seu pescoço, arrasto a boca por seu maxilar até chegar à sua. Olho em seus olhos, que fumegam raiva e desejo, e invado sua boca com o meu melhor beijo. Uma de suas mãos envolve minha nuca e cabelo com firmeza, enquanto a outra aperta minha bunda. Guio-o para uma cadeira próxima e o faço sentar, sem desfazer o contato ou parar nosso beijo. Como eu quero esse maldito!

Sento-me sobre sua ereção, com a saia já embolada na cintura e minha calcinha de renda completamente encharcada. Eu o quero como nunca quis ou desejei alguém; esse homem desestabiliza tudo em mim. Rebolo em seu colo enquanto suas mãos passeiam por meu corpo. Retiro sua blusa, interrompendo nosso beijo por segundos apenas, e já sentindo uma falta absurda. Volto minha boca para a sua e aprofundo novamente nosso beijo. Dois de seus dedos visitam o meu centro e quase me levam ao limite. Aperto sua ereção e a única coisa que quero é senti-lo inteiro dentro de mim. *Mas não posso, não posso e não posso!*

— É realmente uma pena que não seja ele! — Tento manter o controle em minha voz ao me levantar de seu colo bruscamente, deixando-o confuso. Abaixo minha saia com as mãos trêmulas e me mantenho o mais distante possível.

— Isso é pela outra noite? Me desculpa, droga! Estou louco por você, e sei que também se sente assim por mim.

Desestabilizo um pouco com sua revelação, mas não vou ceder, não tão fácil. Foram dias de desejo frustrado.

— Pense assim, se for melhor para o seu ego — defendo-me.

— Para com isso, princesa. Vem aqui — chama, ainda sentado, com certo desespero.

— Mais um engano seu. Não faço o tipo princesa, nem de longe. Agora abre a porcaria da porta. Não se preocupa, não vou mais procurar o Will aqui, sei que não consegue lidar com isso, mas nem sempre ganhamos, querido ogro.

Ele se levanta rápido e segue em minha direção.

— Vou fingir que não ouvi as merdas que está dizendo e também vou fingir que não sei o quanto me deseja e o quanto seu corpo anseia pelo meu. Quer continuar esse joguinho, beleza. A gente continua, mas agora esquece tudo e vem aqui. — Puxa-me ao seu encontro, colando-me ao seu corpo. — Eu preciso muito de você, não é justo aparecer aqui, gostosa desse jeito, e me dispensar. Isso foi jogo sujo, nunca mais quero que ninguém a veja assim, não faz mais isso. Você está linda e muito gostosa, mas eu quero que essa visão seja só minha — diz de maneira possessiva, apertando minha bunda e esfregando a ereção na minha pélvis.

Mordo sua clavícula e arrasto meus lábios por seu pescoço.

— Vai sonhando. — Vejo o controle em cima do balcão, seguro-o e aperto, me afastando dele. As portas começam a subir e passo por elas correndo, mesmo estando na metade da abertura total. Jogo o controle de volta e quase tropeço nos saltos, ao entrar no carro em seguida.

Ligo o carro rapidamente e quando olho à minha frente, ele está com a mesma cara de bobo que eu devo ter ficado naquele dia. Mando um beijo para ele antes de dar ré no veículo.

— Um a um, meu ogro lindo e gostoso. — Apesar de estar tão frustrada quanto ele deve estar, um sorriso vitorioso não sai do meu rosto. E como havia imaginado ao planejar tudo isso, a raiva desapareceu.

Funcionou e ele mereceu, disso não tenho dúvidas.

CAPÍTULO 27

FERNANDO

Estaciono em frente à clínica e envio uma mensagem:

> Oi, já estou aqui na frente, te esperando.

> Já estou saindo, só estou guardando algumas coisas.

Ela responde e saio do carro para esperá-la.

Não consigo tirar o sorriso do meu rosto, estou ansioso como há muito não ficava. Ela está transformando tudo em mim, de uma maneira maravilhosa e assustadora.

— Você tem que me dar o endereço dela!

— Está maluco, que susto! Quer morrer? Chega devagar, parceiro. — Viro-me para o meu amigo, que parece transtornado.

— Sério, não estou com humor para gracinhas, preciso do endereço dela, agora — exige.

— Não posso fazer isso.

— Porra, Fernando. Você pode, é um caso de vida ou morte — diz exaltado.

— Se antes não podia, agora muito menos. Estou bem pra cacete com a Ceci e não vou me enfiar em nenhuma confusão com ela. — Sou firme.

— Queria saber por que me dar o endereço da Juliane te enfiaria em alguma confusão com sua namorada.

— Sério que está me perguntando isso? Vou ter que te dizer cada um dos motivos? O trato foi o da clínica, e olhe só, aqui está você. Então entra lá e descobre, porque da minha boca você não o terá.

— Acabei de sair dessa merda, e me disseram que não podem fazer isso.

Nunca o vi tão fora de si por conta de uma mulher, nem insistir com uma. A Juliane realmente deve ter mexido com ele.

— Sinto muito, eu não posso fazer isso. Desencana, cara. Parte pra outra, isso nunca foi problema pra você — digo tranquilo, com os braços cruzados.

— Eu estive do seu lado a porcaria da vida inteira, e agora, quando preciso de uma simples informação para resolver a porra do meu problema, é assim que me retribui? Eu sou a droga do seu amigo e estou preci-

CRISTINA MELO

sando de um favor!

— Oi, ogro! Oi, amor! — Cecília chega antes que eu consiga lhe responder. — Está tudo bem?

— Não está — Daniel responde antes de mim. — Estou tentando conseguir o endereço da Juliane com meu amigo de infância e ele simplesmente me...

— Daniel! — advirto-o.

— Me disse que não poderia me dar, pois entraria em uma encrenca com você.

— O que você quer com a Juliane, ogro? — Cecília me encara com o olhar inquisitivo.

— Eu quero conversar com ela; a sua amiga é louca!

Cecília gargalha.

— Se você não sabe, não vou comentar isso. O que posso dizer é que foi uma loucura das grandes e eu preciso muito esclarecer as coisas, mas ela foi embora e me deixou com cara de idiota.

— Bom, eu, como amiga dela, te aconselharia a não fazer isso. Não sei o que foi que aconteceu, e se fosse você, não arriscaria minha vida indo atrás dela. Mas se quer ser corajoso a esse ponto... — Cecília anota algo em um pedaço de papel que pega na bolsa. — Aqui está. — Daniel olha para o pedaço de papel como se fosse um tesouro e parece não acreditar no que vê. — Só não vá dizer a ela que fui eu quem te deu o endereço, sou muito nova para morrer. — Sorri. Essa simples brincadeira me abala de uma forma que ela não pode imaginar.

— Pode deixar, fica sendo nosso segredo. Muito obrigado, Cecília, fico te devendo uma.

Ceci assente, ainda sorrindo, e Daniel dispara em direção ao carro dele, parado de qualquer maneira na beira da rua.

— Ele é de confiança, né? — indaga-me enquanto olhamos o automóvel dele cantar pneus e sair dali.

— É, sim, meu amor. Fica tranquila, ele não vai fazer nada que ela não queira, isso tenho certeza, o conheço desde moleque. Vamos?

Pego suas coisas, coloco no carro e em seguida a beijo.

— Sorvete?

— Eu quero!

Levanto-me do sofá onde estamos abraçados para buscar o sorvete, e a peste da Maromba larga um dos brinquedinhos que Cecília trouxe para ela e corre para brincar com meu pé.

— Essa bicha é uma peste! Para, Maromba! — Puxo o pé, abaixo-me e a pego no colo, entregando-a a Cecília. — É o tempo todo assim, não para de perturbar. Quando vai levá-la? — implico com ela. No fundo, não quero mais que a leve, já me acostumei com essa pestinha.

— Tem que ver um dia para colocar a tela nas janelas, Fê. Não é seguro deixá-la no apartamento sem; o que mais pego na clínica é acidente de gatos que caem por falta de tela — diz com a voz chorosa.

— Estou só implicando com você, pode deixar essa sem-vergonha aqui, já me acostumei com ela. Além do mais, você agora vai ficar mais aqui do que em casa, mesmo. — Abaixo-me e a beijo.

— Ah, é? Essa eu não sabia.

— Então fique sabendo.

— Ok, foi bom ser informada — diz, sorrindo, e pulo em cima dela, deixando o sorvete para depois.

CAPÍTULO 28

Juliane

Fecho a porta do apartamento, ainda sem acreditar na loucura que eu fiz. O sorriso de satisfação por ter experimentado o sabor da vingança ainda não conseguiu deixar meu rosto. Retiro o jaleco que havia colocado por cima do espartilho sexy que estou usando, não poderia entrar no condomínio assim.

Sento em minha poltrona preferida, completamente feliz e frustrada, se é que é possível essa combinação. Retiro os saltos, encostando-os perfeitamente alinhados ao lado da poltrona.

Pego o celular para checar os e-mails e conferir se alguns resultados de exames chegaram. Vingança concluída, então está na hora de esquecer isso tudo e voltar a ser a Juliane de sempre.

Estou respondendo a um e-mail quando ouço uma batida na porta. Gente, quem pode ser? A Cissa disse que dormiria na casa do Fernando hoje, será que aconteceu alguma coisa?

Corro em direção à porta e ao abri-la, acho que não sou capaz nem de respirar, quanto mais descrever o que estou sentindo.

— Eu jurava que estaria com o Willian nesse exato momento. — Seu tom é tão calmo que me irrita.

— O que você quer? — Tento recuperar o controle.

— Só atestar sua mentira e ter certeza de que se arrumou assim para mim. — Pisca, completamente convencido.

Controle, Juliane, precisa assumir o controle.

— Se eu tivesse me arrumado assim para você — passo uma das mãos sobre o corpo, da forma mais sensual que consigo, sob seu olhar de puro desejo —, a essa hora eu não estaria mais vestida, pode ter certeza — afirmo, o mais segura que consigo, e ele ergue as sobrancelhas com um sorriso lindo de lado.

— Se não tivesse corrido, já estaria sem ela, sabe disso. — Sua voz baixa e rouca me alucina e desperta cada pedacinho do meu corpo. Ele se aproxima mais, e eu recuo totalmente sem ação.

— Quando você vai entender que...

— Juliane!

Daniel vira em direção à voz que me interrompe, enquanto eu corro e me escondo às suas costas. Minhas mãos seguram a cintura enquanto seu corpo esconde o meu.

— Oi, dona Zenaide — cumprimento, tirando apenas o rosto de trás do Daniel.

— Oi, minha filha. Eu desci só para te dizer que o Samuca já está bem melhor.

— Que bom. — Tento ser o mais natural possível. Ela não pode me ver vestida assim, do jeito que é puritana. Deus me livre!

— Eu queria te perguntar também se o antibiótico não tem em gotas. Estou sofrendo para dar o comprimido a ele. — Isso é hora de me perguntar essas coisas?

— Tem sim, eu levo anotado direitinho para a senhora amanhã, tenho que ver a dosagem certinha. — Tento despachá-la.

— Claro, filha, te agradeço. Esse é seu noivo?

Silêncio. Sei que não devo nada a ela e nem sei por que estou com medo do que vai pensar, mas a verdade é que estou, sim. Nem trago meus ficantes aqui, esse ogro é o primeiro cara que entra em meu apartamento.

— Sou, sim. É um prazer, senhora.

Eu vou matá-lo! Se meu corpo obedecesse ao meu cérebro neste momento, esse ogro enxerido estaria no chão, sendo estapeado, mas não consigo me mexer, revidar ou desmenti-lo.

O que a porra da síndica tem a ver com minha vida?

— E para quando é o casamento?

Sério, será que ela pensa que estamos no século 19?

— Logo, logo, estamos decidindo só o mês — mente descaradamente. Cínico, filho da mãe! Belisco-o disfarçadamente enquanto mantenho o sorriso no rosto.

— Meus parabéns, vocês fazem um casal lindo! — diz encantada.

— Obrigado, foi amor à primeira vista — esse ogro maldito responde enquanto aumento o aperto dos meus dedos em sua pele, e dona Zenaide sorri.

— Eu te aguardo, então, minha filha. Obrigada, o tratamento que passou foi milagroso.

— Ela é muito boa no que faz, tenho que concordar com a senhora: a Juliane faz milagre.

Aperto-o mais ainda enquanto a síndica puritana e casamenteira some de minha visão, só o solto para correr em direção à porta e a fechar em seguida.

— Nossa, realmente de princesa você não tem nada, que mão pesada! — acusa-me, levantado a blusa e olhando a lateral do seu corpo.

— Não estou interessada no que acha a meu respeito. Vaza! — Aponto para a porta com raiva, e ele ergue as sobrancelhas.

— Então, o problema sou só eu? Porque me pareceu bem preocupada com a opinião da senhora que acabou de sair — provoca-me e se senta em meu sofá tranquilamente.

— Não me interessa o que te pareceu, já disse que não faz diferença para mim, agora segue seu rumo. — Estou muito irritada.

— Estou bem aqui, minha gata selvagem. — Espreguiça-se e mantém uma das mãos sob a cabeça, e que visão mais linda de se ver. — Não vai expulsar seu noivo assim, coisa mais feia, eu posso deixar de te amar.

— Vai se catar e dar apelidos para sua mãe!

— Não fala assim da sua querida sogrinha, ainda mais que ela já está no céu. — *Merda!*

— Eu sinto muito. — Amenizo um pouco meu tom de raiva.

— Está tudo bem, minha gata. Agora vem aqui, fazer seu noivo feliz.

— Nem sonhando! Agora sai ou vou chamar a polícia! E nada de apelidos, já disse.

— Engraçado... Você pode me chamar de ogro, até sua amiga me chama assim. Isso é coisa sua, tenho certeza.

— Isso não é apelido, é a realidade!

— Ah, é? — indaga-me.

— É! — confirmo.

— Então devo agir como tal e fazer jus ao meu apelido. — Levanta-se em um pulo e avança para cima de mim com tudo, enlaçando minha cintura com os braços sem me dar tempo nem de gritar. Sua boca alcança meu pescoço e deposita um beijo.

— Você me deixou louco, sabia? Se era sua intenção, conseguiu.

Quero sorrir com sua confissão, mas me seguro. Nunca quis tanto alguém como o quero, mas não estou disposta a facilitar para ele.

— Já te disse qual era minha intenção; se não acredita, eu não posso fazer nada. — Minhas mãos parecem agir por conta própria e detalham suas costas, subindo e descendo.

— Hum, você disse, mas tenho o direito de ao menos lutar, não vou te entregar de bandeja para ele. — Mordisca meu ombro, enquanto começa a desabotoar os colchetes do corpete, um a um. Seus dedos queimam minha pele, que vai ficando desnuda. Porra, como eu o quero! — Como você é perfeita! — declara ao retirar o corpete e o jogar ao seu lado no chão. Logo me suspende e anda comigo em direção ao meu sofá.

— Prontinho, estamos de volta de onde paramos. — Senta-se comigo em seu colo.

— Você é um idiota! — acuso-o, enquanto retiro sua camisa.

— E você uma teimosa, acho que pode dar muito certo. — Beija meu pescoço.

— Só para deixar claro, não tem nada dando certo aqui — digo com voz rouca, enquanto desafivelo seu cinto.

— Absolutamente nada rolando ou dando certo, minha gata linda e gostosa, ou seria melhor "minha Fiona"?

— Babaca!

— Linda!

Avanço sobre sua boca, e ele não perde a chance e aprofunda o beijo. Nossa conexão e desejo são tão intensos que me assusta.

Em um movimento ágil, sou deitada de costas no sofá e logo sua boca sai da minha, mas só para descer por meu pescoço e corpo. Estou completamente à sua mercê e entregue como nunca estive. Parece ler meus pensamentos e saber o que desejo, sua boca visita os pontos certos com lentidão e exatidão.

— Ahh, isso. — Seus olhos se erguem, mas só para encontrar os meus, e seu olhar convencido, em vez de me irritar, me deixa mais sedenta ainda.

— Assim? — indaga, enquanto sua língua circula um de meus seios lentamente.

— Sim — confirmo extasiada. Ele é bacharel nisso, o cara é bom pra cacete, muito melhor do que imaginei, e olha que minha imaginação é extraordinária.

Seu polegar circula o ponto certo em meu centro enquanto dois de seus dedos me invadem vagarosamente.

— Você está me levando ao limite, minha gata linda. Juro que nunca quis tanto alguém assim.

Canalha! Mentiroso filho da mãe! Mas, mesmo sabendo que diz a típica "frase de foda", suas palavras mexem com minha libido e meu desejo como nunca.

— Não estou nem perto de chegar ao meu limite, mas está em um bom caminho — provoco, e seus dedos me abandonam e logo voltam com tudo. — Ah! — grito, jogando minha cabeça para trás, tentando absorver todo prazer que acabo de receber. Esse babaca é muito bom, já ultrapassei meu limite há muito tempo.

— Jura que não está perto? — Aumenta a fricção dos seus dedos em meu sexo.

— Porra, eu... — Ele retira a mão milésimos de segundos antes de eu chegar ao clímax. — Que merda! — exclamo frustrada, e ele sorri.

— Desculpa, vamos tentar de outra forma, não quero decepcioná-la. — Seu tom é debochado e convencido. Ele sabe muito bem torturar uma mulher, e sei que tem plena consciência de que é exatamente isso que faz comigo, filho da puta!

— Imbec... — Sua boca me cala antes que eu complete o xingamento. Suas mãos, ágeis e firmes, retiram minha calcinha com precisão.

Estou rendida a ele, e a expectativa de ter mais desse homem me domina.

— Você é linda demais, perfeita. Eu não posso imaginar ninguém tendo a mesma visão que estou tendo agora. — Seu olhar é intenso e seu tom sério.

— Ok, não precisa desse papinho clichê. — Um vinco se forma entre suas sobrancelhas. — Sem conversinha fiada — enfatizo, e seu silêncio me atinge por longos segundos. Seu rosto me encara, carrancudo, parece que descobri suas táticas e ficou sem ação.

— Você está bem? — pergunto, pois sua paralisia já está me assustando.

— Eu... — começa a responder, mas trava, continuando na mesma posição, apoiado nos cotovelos, me mantendo presa sob seu corpo e seu olhar. Não consigo e não quero desviar o olhar, e meu coração está terrivelmente acelerado...

Não, não, não, eu não posso me sentir assim, não busco isso, não quero um relacionamento, não quero me apegar e não posso me apaixonar.

— Eu não posso fazer isso — volta a falar.

— Oi?! — A confusão e a raiva brotam instantaneamente, dissipando meus questionamentos.

— Desculpa, mas eu não posso. — Começa a se levantar.

— Como assim, você não pode, que palhaçada é essa? — grito, enquanto ele recolhe a camisa do chão. — Que foi, ficou com raiva por eu não ser tão idiota e cair no seu joguinho? — Cubro-me com uma almofada enquanto o encaro com ódio.

— Eu sinto muito, Juliane, eu... — Fecha os olhos.

— Você é um completo idiota! Um babaca, um ridículo, um ser não identificado! Estou com raiva de mim por ser mais idiota ainda. Que babaquice! Você tem 5 anos, por acaso? Que vingancinha ridícula! Fora da minha casa! — Ando pelada mesmo até a porta e a escancaro para ele, dessa vez estou pouco me importando se alguém me vir. Estou cega de raiva, nunca senti tanto ódio em toda minha vida.

— Ju...

— Fora! — corto-o enquanto se aproxima e para à minha frente.

— Não é nada disso, eu só...

— Sai! — Empurro-o com toda a minha força. Ele cambaleia um pouco, pendendo para o lado de fora, e empurro a porta em cima dele, conseguindo fechá-la em seguida. Passo a chave rapidamente e me encosto à porta fechada, tentando acalmar minha raiva e respiração.

Ele é um maldito idiota! Não quero cruzar meu caminho com o dele nunca mais, a não ser que eu esteja de carro e ele a pé, assim poderei matá-lo e alegar acidente. Maldito! Como fui tão idiota e deixei que fizesse isso de novo?

— Porra, Juliane! Você não é assim, que merda está acontecendo contigo? — me repreendo e só falta estapear a mim mesma de tanta raiva. Mas eu juro, por todos os animais do mundo, que ele nunca mais vai encostar o dedo mindinho que seja em mim.

CAPÍTULO 29

Cecília

Um mês depois...

— Oi, amor, acabei de sair — respondo no celular assim que chego ao carro.

— Eu estou saindo do batalhão daqui a pouco, tenho umas pendências aqui, ainda. — Seu tom é preocupado.

— Tudo bem, amor. Eu vou para casa. Amanhã nos falamos, estou com muito sono, preciso dormir.

— Ceci, você não vai dirigir assim. Vá lá para casa, por favor, eu chego em no máximo três horas. Pega a chave, que deixo com o Daniel, vou ligar para ele, assim te entrega lá.

— Amor, não precisa incomodá-lo. Eu vou para casa, te ligo quando chegar. — Fecho a porta do carro.

— Meu amor, por favor. Eu não vou conseguir me concentrar aqui até você chegar em casa. Está acordada há mais de 24 horas, vá lá para casa. Deixa-me falar com ele?

— Tudo bem, estou no carro aguardando seu retorno. — Consigo ouvir claramente seu suspiro.

— Dois segundos — pede e encerra a ligação.

— Oi, ogro — cumprimento Daniel, que está parado no portão do Fernando.

— Oi, aqui. — Entrega-me a chave.

— Está tudo bem? — pergunto, e ele me olha meio assustado.

— Comigo?

— Sim, com você — confirmo.

— Sim, por que não estaria? — Parece nervoso ou sem-graça, mas não consigo definir exatamente.

— Sei que não é da minha conta, mas o que exatamente está rolando entre você e a Juliane?

Seus olhos se arregalam um pouco.

— Nada, sua amiga é louca! — Sua fisionomia muda completamente.

RESGATANDO O AMOR

— Olha, eu realmente não sei nada, a Jujuba nem quer falar no seu nome. Não sei o que ela fez ou se foi você que provocou algo, mas...

— Eu não provoquei nada. O que ela disse? Ela nem me deixa falar — defende-se.

— Eu não estou te acusando. Acabei de dizer: toda vez que toco no seu nome, ela desconversa. Eu não sei o que ela fez ou se fez algo com você, mas a Jujuba é a melhor pessoa do mundo. Se gosta dela, não desiste. Ela tem esse jeito mandão e liberal, mas, no fundo, eu sei que não é nada disso.

— Desculpa o que vou te dizer, não me leve a mal, mas a última coisa que quero na minha vida é complicação. O que existiu entre mim e sua amiga foi só um mal-entendido, acho que já resolvemos. — Sua voz sai um tanto abalada.

— Bom, se você está dizendo, tudo bem. Eu não queria ser intrometida, me desculpa.

— Tudo bem, eu só não sou o tipo de cara que se envolve e quer relacionamentos. Não quero compromissos, acho que vim com defeito de fábrica.

Não consigo segurar a gargalhada.

— Que foi? — me questiona. A confusão é visível em seu rosto enquanto tento controlar meu riso.

— Nada não. Que os jogos comecem! — Sua careta de "não estou entendendo nada" me faz sorrir mais ainda. — Não é nada, obrigada mesmo por ter trazido a chave.

Assente, sem desfazer a careta, e claro que deve estar pensando que sou louca também.

— Ok, vou lá então. Vai começar o futebol daqui a pouco. — Ele se vira e começa a caminhar.

— Daniel — chamo-o e me olha novamente. — Sempre fui boa em conclusões, mas agora, eu realmente estou na dúvida de quem irá jogar a toalha primeiro.

— Quê?

— Nada não, isso é sono. — Aceno para ele, que parece mais confuso ainda, e entro.

O destino às vezes é implacável: juntar o caminho de dois avessos a compromissos foi um pouco cruel.

— E aí, garoto, que saudade! — Abro a porta da sala. — Está bom, eu também te amo, agora deixa a tia chegar?

Coloco minha bolsa na mesa de centro, sigo para a cozinha seguida pelo Sorte, tomo um copo d'água e logo a Maromba nota minha presença e se enlaça em minhas pernas, pedindo carinho.

— Já falei com você, deixa eu falar com ela agora, Sorte. Olha o ciúmes. — Pego Maromba no colo e sigo para o sofá, sentando-me com ela.

— Meu Deus, que horas são?

Maromba dorme em cima da minha barriga e Sorte, no chão, ao pé do sofá. Eu nem sei em que momento peguei no sono, preciso de um banho. Coloco Maromba no sofá, pego meu celular, e quando verifico as horas, vejo que é quase meia-noite. Nossa, o Fê disse que voltava em três horas e até agora não chegou. Bom, deve estar com problemas no trabalho, não vou incomodá-lo.

Sigo para seu quarto, preciso de um banho e voltar a dormir.

Saio do banheiro um pouco renovada, esse chuveiro do Fernando é tudo de bom.

Abro seu armário, preciso de uma blusa para dormir, sempre esqueço de trazer algumas peças de roupas para deixar aqui. Fico uns bons segundos admirando seu armário. Como ele consegue manter tudo tão organizado? Pessoas como ele e a Jujuba devem nascer com um diferencial no cérebro, não é possível.

Olho mais uma vez, encantada, de cima a baixo, e uma caixa no alto me chama a atenção. O que será que tem ali? Sei que não devo, mas a curiosidade já me venceu e estou colocando a poltrona para conseguir alcançá-la. Só uma espiadinha rápida não fará mal. Apoio a caixa sobre a cama e retiro a tampa, focando meus olhos em seu interior.

Estou com um sorriso no rosto, me achando uma bisbilhoteira, mas o mesmo sorriso começa a morrer assim que começo a me dar conta do que tem aqui. Meus batimentos aceleram ao pegar um punhado de fotos e atestar quem está nelas: Fernando e uma mulher, e parecem extremamente felizes. É claro que ele já teve outra pessoa, mas me dói ver isso. Esse é o momento em que devo fechar a caixa e retorná-la ao seu lugar, mas é claro que não o faço. Em vez disso, deposito as fotos mais românticas sobre a cama e continuo minha investigação.

RESGATANDO O AMOR

Vejo um coração de pelúcia, uma blusa feminina que deve ser da mulher das fotos, dois pingentes, uma pulseira de miçangas, uma flor seca, uma tiara de cabelo. A cada objeto retirado, um pouco de ar me falta. Ele nunca mencionou um relacionamento, ainda mais tão sério. Por que não me contou?

Volto minha atenção para dentro da caixa novamente e vejo uma caixinha preta. Ergo a tampa com as mãos trêmulas, como nunca as tive, e quando vejo o conteúdo, uma pontada de dor me invade.

São duas alianças... Isso significa: ele foi noivo ou quis ser, e por que ainda guarda essas coisas?

É claro, ele ainda a ama.

Olho para todos os objetos espalhados pela cama, mas nem o baque que tive com as alianças, que acabei de deixar junto das outras coisas, sobre a cama, me preparam para o que meus olhos leem agora:

Fernando Estevão e Letícia Ávila convidam...

— O que você está fazendo?

Assusto-me com o grito, deixando o convite de casamento cair de minhas mãos.

— Eu... — Parece que todas as palavras me foram arrancadas. A expressão que vejo no rosto de Fernando me é totalmente desconhecida. Seus olhos flamejam raiva. — Desculpa, eu só estava curiosa.

— E a curiosidade lhe dá o direito de fuçar no que não deve?! — berra.

— Não, eu não deveria...

— Então, por que o fez?

Só queria me enfiar em um buraco agora.

— Eu sinto muito.

— Jura que sente? Parecia muito à vontade bisbilhotando o que não é seu! — grita, enquanto começa a recolher as coisas da cama e devolvê-las à caixa novamente. Ele está transtornado, e eu sem saber o que fazer.

— Desculpa, Fê. Eu não deveria ter mexido. — Não me responde ou me olha, permanece focado em reunir os itens dentro da maldita caixa. — Por que não me contou sobre ela? — desentalo a pergunta da garganta.

— Porque não é da sua conta, porque esse é um assunto meu e que diz respeito só a mim! — grita, com muita raiva e com o dedo em riste, me fazendo dar dois passos para trás. — Você não tinha a porra do direito de mexer em nada!

Minha vontade é de começar a chorar, mas não vou fazer isso. Ele está colocando a porcaria de uma caixa de lembranças na frente do nosso relacionamento. Se é assim, é porque eu realmente devo valer muito pouco para ele. Vai ver, só estou tapando um buraco, e constatar isso me destrói de uma maneira inimaginável.

— Você ia... — engulo em seco — se casar... com ela? — Quase não consigo perguntar, sei a resposta, mas preciso ouvir da sua boca.

— Sim — responde, sem sequer me olhar.

— E por que não casou? — Não vou recuar agora, preciso ir até o final.

— Qual parte você não entendeu? — grita em meio a gestos de mão. — É a porra da minha vida! — Bate com a mão aberta em seu peito. — Isso não lhe diz respeito! — berra e se vira para depositar a caixa no lugar que eu havia pegado.

— Você a ama?

Termina de devolver a caixa, fechando a porta do armário em seguida. Encosta a cabeça na porta que acabou de fechar e permanece ali, em silêncio, sem me responder.

Meu coração está tão comprimido que tenho plena certeza de que nunca mais voltará à sua forma original.

— Responde, droga! — Dessa vez, quem grita sou eu. Estou com tanta raiva de mim por ter me deixado envolver tão rapidamente. Eu não sabia nada dele e simplesmente o amo com todas as minhas forças, e agora esse mesmo amor está sendo minha completa ruína.

— Essa é a porcaria do seu problema! — Soca a porta à sua frente, me assustando. — Você entra na vida das pessoas, dominando tudo, chega como um furacão, vira tudo de cabeça para baixo — acusa-me com o indicador. — Impõe sua presença de uma forma que torna impossível recusá-la ou dizer não. Isso aqui — soca o armário novamente, com muita força, e vejo quando o sangue jorra de seus dedos — é tudo o que me restou, é tudo que eu tenho, e você não vai passar seu furacão por aqui também e apagar tudo! Não vou deixar chegar a esse ponto, não vou perder isso, essas são minhas lembranças e você não vai apagá-las, ouviu bem? — grita com raiva e desespero, destruindo meu coração em um milhão de pedaços.

— Essa parte da minha vida é só minha, não posso simplesmente esquecer! — Sua cabeça está encostada no armário novamente, as mãos espalmadas sobre ele, como se tivesse vida ali, e eu estou feliz por não me olhar nesse momento, pois lágrimas escorrem pelo meu rosto. Limpo-as o mais rápido que consigo, não posso permitir que me veja assim.

— Você entendeu o que eu disse? — pergunta completamente trans-tornado, ainda sem me olhar.

— Eu entendi, Fernando. — Tento manter meu tom firme. — Sua vida — concluo e saio do quarto o mais rápido que consigo, pego minha bolsa, destranco a porta da sala e o portão. Estou apenas de toalha, mas isso agora não faz a mínima diferença. Ligo o carro e acelero.

Concentro-me no para-brisa, pois a estrada está embaçada. Ligo o limpador, mas aí me dou conta de que nenhum temporal cai lá fora, e sim aqui dentro. São minhas lágrimas as culpadas pela visão turva. Tento limpá-las, mas não tenho a mesma eficiência do limpador do para-brisa e, assim como a chuva, não tenho o poder de evitá-las. Não consigo parar de chorar, parece que essa é minha válvula de escape, é o que está me evitando sucumbir de vez.

— Como fui cair nessa? Como me deixei envolver dessa maneira? — Nunca senti uma dor assim, é algo sufocante. Como queria nunca o ter conhecido, como queria não ter me apaixonado dessa forma.

Ele ama outra, estava sendo muito bom para ser verdade, eu estava sendo apenas seu meio de esquecê-la. Como fui idiota! Do jeito que a ama, provavelmente ela o chutou, senão estariam juntos, com certeza.

Quando me dou conta, já estou parando o carro em minha vaga. Não sou capaz de me lembrar da última curva ou sinal fechado que enfrentei, realmente dirigi até aqui no automático.

Coloco um de meus jalecos por cima da toalha de banho e saio do veículo da melhor maneira que posso.

Bato a porta do meu apartamento atrás de mim, e aqui mesmo fico. Não tenho a mínima ideia de como vou me recuperar dessa.

CRISTINA MELO

CAPÍTULO 30

FERNANDO

O celular já não sai mais do carregador, aciono-o sempre que apaga, porque esse é o único jeito de vê-la. Seu sorriso nessa foto é a única coisa boa que me resta.

Estou em estado letárgico há uma semana. Pedi uns dias de dispensa no batalhão, não sou capaz de pensar em mais nada que não seja a Cecília e a merda que eu fiz. Perdi tudo outra vez, e dessa vez a culpa é exclusivamente minha: eu cavei a fossa em que estou enfiado agora, e sei que esse seria meu lugar durante um bom tempo.

Um som perturbador me incomoda, e levanto contrariado do sofá, que se tornou meu habitat durante os últimos dias.

— Que merda é essa, cara? Está faltando água aqui? — Daniel reclama assim que abro o portão, e minha vontade é bater na sua cara para que me deixe em paz.

— O que você quer, Daniel?

— Como assim, o que eu quero? Estou te ligando há dias, e tem dois dias que te chamo aqui e não me atende. Que porra está acontecendo? Há quantos dias não toma um banho? Você está fedendo, cara! — diz com a camiseta sobre o nariz.

— Não enche, Daniel! Agora que já viu que estou vivo, pode ir, estou bem — retruco sem certeza alguma.

— Está bem porra nenhuma! O que aconteceu? Caralho, há quanto tempo não limpa o quintal? Está sem nariz, porra? Isso está fedendo muito! — reclama, pegando a mangueira e ligando a água, então bato o portão, desanimado.

— Eu catei os cocôs — defendo-me. Era realmente uma das poucas coisas que estava fazendo esses dias. Volto para dentro. Se ele quer lavar o quintal, problema dele. Pego mais uma cerveja na geladeira e sigo para o meu sofá e minha foto.

— Que merda é essa, Fernando? Me diz o que aconteceu — exige.

— Você virou faxineiro? Porque eu não estou interessado — advirto, enquanto ele recolhe as garrafas de cerveja, embalagens de comida que havia pedido por pedir, pois a maioria se encontra intacta.

— É por essas e outras que não me apaixono. Você está um trapo humano, Fernando, e tenho 99% de certeza que sua doutora está envolvida nisso. Sua casa nunca teve nem uma marca de chinelo no chão, e agora, olha isso. Nem eu, com toda a minha bagunça, suportaria viver aqui. O que ela fez? Vocês estavam bem, deve ser pirada que nem aquela amiga doida dela!

— Não fala da Ceci!

— Então? — Vejo a confusão em seu rosto.

— Eu sou um idiota, um amaldiçoado idiota — digo conformado, e tomo outro gole da minha cerveja.

— O que você fez, cara? Você é todo certinho, foi resolver fazer merda agora, que finalmente voltou a v... — Não completa a frase, mas sei perfeitamente o que diria.

— Eu saí de mim, falei um monte de merda para ela, descontei a porra da minha raiva nela. Não soube lidar com o que estava sentindo, não consegui lidar com o fato de que tinha esquecido uma das partes mais dolorosas da minha porcaria de vida, que havia dias que não pegava a maldita caixa que passei oito anos contemplando pelo menos duas vezes do meu dia. Não consegui lidar com o fato de que aquilo não representava mais nada, de que nem sequer me lembrei de que estava ali.

E o fato de ver tudo na mão da Cecília, foi como um choque de realidade. O medo de perder a única coisa boa que me aconteceu, em anos, me atingiu em cheio. Morri de medo de acordar do sonho lindo que estava vivendo, foi como se eu estivesse usurpando algo, sendo outra pessoa, vivendo outra vida e houvesse sido descoberto, capturado e obrigado a voltar para minha prisão. E, ao mesmo tempo, foi como se eu estivesse traindo a memória da Letícia com tanta felicidade. Eu surtei, não consegui lidar com tudo, só pensava que não era certo fazer isso com a Letícia e também com a Ceci.

— A Letícia está morta, Fernando. Você se apegou tanto a esse luto que não enxerga nada além disso. A Letícia te amava, porra! Ela iria querer te ver feliz. Sei que ela não apoiaria o modo como tem vivido, tenho certeza que, se pudesse, te daria uns tapas agora. Ela se foi, irmão, nada do que está naquela caixa, vai trazê-la de volta.

Lágrimas queimam meu rosto.

— Deixa ela ir, meu amigo, é o melhor que pode fazer. Você não tem que se enterrar com ela, porra! Deus quis assim. Você não pode fazer mais nada em relação à Letícia, mas pode fazer pela Cecília. Você a ama, não abra mão da sua felicidade, irmão. Há muito tempo não o via tão feliz assim, e isso não é errado ou usurpar; você se apaixonou, só está vivendo, e se não assumir isso e lutar por ela, vai perdê-la.

Concordo com a cabeça o tempo todo. Ele está certo, eu preciso deixar a Letícia partir. Na verdade, já deixei, só não queria admitir isso, pois não sabia como seria minha vida sem tanta dor. Que porra estou dizendo? Sabia sim! Cecília havia me mostrado isso, e o burro aqui não enxergou completamente e agiu como um idiota. Ela me faz tão feliz, achei que poderia ter a felicidade e a dor juntas, mas isso é impossível, e agora consigo enxergar que a única dor em meu peito é o medo de ficar sem a Ceci. Ela havia me libertado.

— Eu falei muita merda para ela. — Soluço, em meio às lágrimas.

— Se redime, porra. Pede desculpas, se ajoelha, mostra a ela o quanto a ama, joga pétalas de rosas de um helicóptero, faz serenata, leva ela para Paris. Faz qualquer merda; o que não dá é você continuar assim.

— Você não viu como ela saiu daqui. Foi embora destruída, e eu não consegui nem ir atrás dela, fui um maldito covarde, ela não vai me perdoar. — Apoio a cabeça nas mãos, a dor em meu peito é incessante.

— Tenho certeza que, se ela o ama, vai perdoá-lo e entender. Pode te dar um castigo, mas vai perdoar — diz otimista.

— Eu só queria ter um pouco da sua certeza, estou morrendo de medo de a ter perdido para sempre.

— A sua confiança está abalada por esse seu cheiro horroroso. Vai tomar um banho e fazer essa barba, pelo amor de Deus! Se ela o visse assim, certamente correria quilômetros para longe de você. Eu, que sou seu amigo, estou quase fazendo isso, está foda! Tem que ser muito amigo para aturar esse cheiro.

— Está tão ruim assim? — Cheiro minha camisa e faço uma careta ao constatar que realmente está brabo.

— Cara, nem seu cachorro está perto de você, está muito ruim!

Assinto, dando um sorriso fraco.

— Vou jogar uma água no corpo. — Levanto-me, reunindo um pouco de coragem. Preciso de muito mais para reparar a merda que fiz e conseguir o perdão do meu amor. Preciso dela mais do que o ar que respiro, e tenho que mostrar isso a ela.

— Não economiza água não, parceiro. Está muito ruim, não estou brincando.

Revido sua piadinha com um gesto de mão e sigo para o banheiro.

Ela tem que me perdoar, ou não sei como será. Não suportarei viver com o fato de que a perdi por pura burrice.

— Vou te contratar para fazer minha faxina — brinco, ao voltar à sala e vê-lo varrendo o chão.

— Isso estava uma nojeira, porra. Mais um pouco, teria urubus sobrevoando sua casa.

Sorrio. Sabe aquele amigo com quem pode contar para o que der e vier? Esse é o Daniel. Ele é mais que um amigo, é meu irmão.

— Até seu cachorro está mal, o bicho não sai daquele canto.

Volto-me para onde Daniel aponta e vejo Sorte encolhido, muito quietinho. Ele nunca foi assim.

— Sorte! — chamo-o e, mesmo assim, continua quieto na mesma posição. Droga, o que há com ele? Minha preocupação aflora e me aproximo. — Ei, amigão. O que você tem? — Apoio a mão em sua barriga, e sinto o quanto está inchada.

— O que ele tem?

— Não sei, mas não é nada bom, tenho que levá-lo na... veterinária. — Travo ao me lembrar da Ceci.

— Hoje é domingo, deve estar tudo fechado.

— A clínica é 24 horas — explico, enquanto pego minha carteira, chaves, celular e me abaixo para pegar o Sorte. — Vamos lá, amigão. Você vai ficar bem. — Mesmo no colo, permanece apático.

— Eu te deixo lá, meu carro já está aqui na frente.

Assinto e o sigo. Poucos minutos depois, estamos parando em frente à clínica. Minha respiração falha e meus batimentos cardíacos aumentam.

— Me liga que te pego, não vou entrar aí, não.

Olho-o, desconfiado.

— O que você aprontou, Daniel?

— A pergunta é *o que aprontaram*. Estou fora, não quero falar disso.

— Você, fugindo de mulher? Essa é nova! Mas tudo bem, te ligo se precisar. Obrigado, parceiro.

Saio do carro e pego o Sorte no banco de trás, e Daniel vai embora.

— Vai dar tudo certo, você vai ficar bem — digo ao Sorte, e tento me convencer também de que realmente ficaria tudo bem.

Assim que passo pela entrada da clínica, paraliso completamente com o Sorte nos braços.

CRISTINA MELO

CAPÍTULO 31

FERNANDO

A saudade que já me dominava, agora toma conta de tudo de vez. Ceci ainda não me viu, anota algo em pé, apoiada no balcão da recepção, e minha vontade é de correr até ela, abraçá-la, beijá-la e dizer-lhe o quanto a amo e o quanto senti sua falta.

— O que houve com ele? — Mari, a recepcionista, me pergunta, mas não consigo responder, e não demora mais que alguns segundos para Cecília me notar. Nossos olhos se conectam, e ela não precisa me dizer como se sente, pois seus olhos são o reflexo dos meus: só há saudade e dor neles.

— O que ele tem? — me questiona, com o tom frio e extremamente profissional. Aproxima-se, e seu cheiro delicioso me invade.

— Eu não sei, ele só fica deitado. Notei que a barriga dele está bem inchada. — Meus sentidos se aguçam, e busco o cheiro de seu cabelo enquanto ela apalpa a barriga do Sorte em meus braços.

— Zé! — grita pelo enfermeiro. — Preciso que traga ele até o consultório. — Seu tom gelado está acabando comigo.

— Oi, doutora — o enfermeiro indaga ao chegar.

— Me ajuda no consultório?

— Sim, senhora.

— Eu levo — digo quando ele tenta tirar o Sorte de minhas mãos, e Cecília revira os olhos. O cachorro é meu, tenho direito de acompanhá-lo.

Entramos no consultório dela e o coloco na mesa. Parada ao meu lado, ela começa a examiná-lo.

— Ele comeu alguma coisa diferente da ração? — indaga sem me olhar, ao apertar a barriga do Sorte mais detalhadamente.

— Não, quer dizer, não tenho certeza.

— Claro que não, seria surpreendente se tivesse. — Usa seu tom sarcástico e não consigo responder, ela está com muita raiva ainda. — Zé, me passa o jelco, equipo, soro, também vou colher o sangue.

O enfermeiro lhe entrega tudo que pediu. Ela colhe o sangue e o coloca no soro, depois aplica duas injeções nele, sem me dar a mínima atenção ou satisfação, e observo tudo em silêncio. Ela está linda, mas também noto que está abatida, com certeza perdeu alguns quilos, e tenho certeza que o culpado disso sou eu, e isso me destrói de mil maneiras possíveis.

— Bom, ele está desidratado e, ao que parece, com uma baita infecção intestinal, mas só terei certeza depois do resultado do exame de sangue e do ultra, amanhã. Xixi e cocô estão normais?

Estou me sentindo muito culpado pelo estado do Sorte; com certeza deve ter comido uma das comidas que deixei pela mesa de centro.

— Sei lá, acho que sim — digo com a voz fraca, incerta. Não analisei suas fezes, só as catei e muito mal, como o Daniel alegou. Não posso afirmar que a culpa dele estar assim é minha, ficaria com mais raiva, sem dúvida.

— Será que você não é capaz de ter certeza pelo menos em relação ao cocô do seu cachorro? — Se altera um pouco.

— Ceci. — Toco seu braço, e ela se afasta.

— Ele terá que ficar internado. Pode ir, peço para lhe darem notícias. Descubro o que preciso nos exames, já que não é capaz de dizer. — É ríspida

— Vou chamar o laboratório, doutora — diz o enfermeiro antes de sair da sala.

— A gente precisa conversar, eu...

— Estou trabalhando, Fernando, e realmente não tenho nada para falar com você. Agora, se puder me dar licença, alguém vai lhe dar notícias sobre o Sorte. — É seca e nem sequer me olha.

— Amor, eu disse um...

— Sai! — corta-me com um grito, e engulo em seco, fechando os olhos.

— Só me deixa explicar...

— Eu não quero sua explicação, não quero mais nada de você, só que saia da minha sala, agora. — Não me encara de maneira nenhuma.

Não sei como a farei me ouvir, mas sei que hoje não será esse dia, ela está muito magoada e precisa de mais tempo. Não forço mais a barra e saio da sala com o coração esmagado.

— Descu... — interrompo o pedido de desculpas quando percebo com quem eu trombei. É o amiguinho idiota dela, que me encara de cima a baixo com cara de deboche. Carrega uma embalagem de lanche nas mãos.

— Veio falar com a Cissa? — indaga irritado.

— Não é da sua conta.

— Ouvi dizer que terminaram — provoca.

— Ouviu errado. Agora sai da minha frente. — Não posso perder a cabeça com esse cara e ferrar mais ainda minha situação.

Abre caminho com um sorriso zombeteiro, e passo por ele antes que eu faça uma merda. Quando olho para trás, o filho da puta está entrando na sala da Cecília. Mas o que é isso? O desgraçado não perde tempo.

O sofrimento dá lugar à raiva. Não acredito que a Cecília esteja dando abertura para esse idiota! Ok, ela me disse que são amigos, mas então o que ele está fazendo aqui, num domingo, quando sei que só um veterinário faz plantão? Se ela está, não há necessidade dele, e pelo jeito que está vestido, não veio aqui a trabalho.

— Você esqueceu de me dar a conta! — Quando dou por mim, já invadi o consultório, e a cena que vejo me deixa com um ódio descomunal. Aperto a fechadura com toda a minha força para não voar no filho da puta. Ele abraça Cecília enquanto ela apoia a cabeça em seu ombro.

Seus olhos agora me encaram assustados. Ela está com esse infeliz? Não é possível!

— Eu resolvo isso, fica tranquilo. — Sua voz está abalada, e se afasta um pouco do desgraçado, que me encara com superioridade.

— O cachorro é meu, minha responsabilidade! — Sei que meu tom sai rude, e ela me encara por segundos sem dizer nada.

— Deixo na recepção quando fechar tudo, ainda tem outros exames a serem feitos, como te disse.

— Ok, eu acerto lá, então — digo firme, e ela assente com cara de tanto faz.

— É só isso? — indaga-me com desdém.

— Está longe de ser só isso, e você sabe, mas se é assim que quer, beleza! — Saio e bato a porta. Sei que não devia, mas é o que faço. A raiva me domina de uma forma absurda, não consigo pensar em nada além da cena que acabei de presenciar: ela nos braços daquele filho da puta!

Passo pela recepção e saio transtornado da clínica. Não consigo acreditar que, depois de tudo que me disse, ficaria com outra pessoa tão rápido, ainda mais esse cara. Isso é tão absurdo que chega a ser ridículo.

— Agora a cagada está completa. Beleza, obrigado aí. — Olho para cima, agradecendo por minha vida ser uma verdadeira bosta.

A única coisa que preciso agora é tomar um porre, um que me faça esquecer toda essa merda.

CAPÍTULO 32

CECÍLIA

Estou olhando para a porta que acabou de provocar um estrondo no ambiente e no meu coração. Tento regularizar a respiração, os batimentos, vendo toda a fortaleza que levantei para ele despencar de uma vez só, enquanto lágrimas escorrem por meu rosto.

— Cissa. — Heitor aproxima-se novamente, e me afasto.

— Por favor, Heitor. Eu preciso ficar sozinha.

— Cissa, esse cara não vale a pena, não fica assim. Come alguma coisa, pelo menos.

— Eu realmente não estou com vontade de comer. Obrigada de verdade pelo lanche, mas agora eu quero ficar sozinha, não fica chateado — peço, tentando controlar as lágrimas.

— Tudo bem, mas me promete que vai me ligar se precisar de algo. Qualquer coisa, Cissa. A hora que for, vou estar sempre aqui para você. — Suas mãos envolvem as minhas, mas as puxo com delicadeza.

— Eu sei, Heitor. Obrigada por tudo. Se precisar, prometo que ligo.

Beija minha cabeça e sai da sala. Tranco a porta e me deixo levar pelas lágrimas. Realmente, não sei como não desidratei ainda; a única coisa que fiz desde que saí da casa do Fernando foi chorar. Vê-lo hoje só potencializou meu sofrimento. Não sei como consegui me manter firme na sua frente, acho que a raiva e o fato de não olhar em seu rosto ajudaram bastante, mas quando ele voltou à sala e fui obrigada a olhá-lo, foi como se a ferida machucasse novamente no mesmo lugar. Se ele permanecesse um segundo a mais na sala, revelaria a intensidade da minha dor, e não preciso que sinta pena de mim, isso não.

Como sinto sua falta, como queria que seu amor fosse meu.

Mas não é, Cecília. Precisa aceitar isso e se recuperar, não pode chorar para sempre.

Uma semana depois...

— Cissa, você precisa reagir. Por que não atende à ligação dele?

— Para quê?

— Ele não disse que queria explicar?

— Explicar o quê, Jujuba? Não preciso ouvir as desculpas dele por amar outra pessoa, vou passar essa.

— Por isso meu lema é não me apegar e não me apaixonar. É isso que esses caras fazem: deixam a gente de quatro, apaixonada, depois simplesmente somem e que se dane tudo — desabafa muito irritada, e percebo que já não fala de mim.

— O que houve entre você e o ogro?

— O quê? Nada, estamos falando de você aqui, Cissa — defende-se, toda nervosa.

— Jujuba?

— Não houve nada, Cissa. O cara é um babaca, me provocou e depois arregou. Vai ver é broxa, esqueceu de tomar o Viagra.

Não aguento e gargalho.

— Acho que não estaria com essa raiva se soubesse que o problema dele é esse. Pelo que te conheço, se ele fosse broxa, você nem lembraria mais que existe.

Revira os olhos.

— Quem está lembrando é você! Por mim morreu, não alimento essas coisas. Cissa, a fila anda.

— Juliane!

— Ai, Cissa, vamos mudar de assunto. Sério, não quero falar desse ogro imbecil. Você já olhou o resultado da prova? Saía hoje.

— Esqueci completamente.

— Então vamos confirmar sua entrada.

— Como sabe se passei?

— Você é a pessoa mais inteligente que conheço, e sei que gabaritou a prova. — Começa a mexer em seu celular. Eu estava tão ansiosa por essa especialização, e agora...

— Ahhhhhh, não acredito, não acredito e não acredito!

— O que foi? Entrou? — Sua felicidade me contagia.

— Claro que não. Foi você, mas fiquei em segundo, cara, não imaginava.

— Eu entrei? — Estou surpresa.

— Claro que sim, não tinha dúvidas sobre isso, mas eu ter ficado em segundo foi massa! Vou sentir tanto sua falta, Cissa. Uhuuu, doutora Francisca, internacional!

Ainda estou tentando assimilar a notícia de que farei a minha tão sonhada especialização, mas mesmo essa notícia tão maravilhosa não é capaz de me deixar feliz.

— Ainda não desistiu desse apelido? Também vou sentir muito sua falta, Jujuba, pena ser apenas uma vaga.

— Todos te chamam assim, eu também posso, quem manda ser a melhor e fazer milagre? Sabe que é a melhor daquela clínica.

Todos me deram esse apelido depois da recuperação milagrosa do Sorte, em uma referência a São Francisco de Assis.

— Um ano fora do país... Eu queria muito esse curso e não poderia ser em melhor hora — digo com desânimo.

— Você vai sair dessa, amiga. Sei que essa viagem te fará muito bem e, quando voltar, nem vai lembrar que esse capitão existiu.

— Tomara, Jujuba, é só o que quero: esquecer. — Concentro-me para não voltar a chorar de novo.

— Ei, bola para frente! Amanhã, depois do trabalho, começamos as compras. Você embarca daqui a 15 dias, temos que preparar tudo. — Finge uma animação, e sei que é para me animar.

— Claro, amiga. Agora preciso dar um pulinho na casa dos meus pais, quero dar a notícia pessoalmente.

Assente, se levantando do sofá.

— Vou dar um jeito lá em casa, está uma bagunça. Vê se come algo, está sumindo de tão magra, sabe que a tia Ester vai te dar um mega esporro por não estar se alimentando, e se eu pudesse, iria com você, só para me juntar a ela. Ele não merece isso, levanta a cabeça e dá a volta por cima.

— Ok, deixa o esporro para a dona Ester, já sei que vou ouvir. — Desânimo é pouco para definir meu estado de espírito.

— Qualquer coisa, me liga.

Assinto. Ela sai, fecha a porta e me forço a levantar. Não dá mais para fugir, agora tenho que encarar minha mãe. Quando cogitei a possibilidade de passar um ano nos EUA, achei que ficaria radiante e explodindo de felicidade se desse certo, mas não é isso que estou sentindo agora.

Algumas horas depois, fecho a porta, apática. Graças a Deus, minha mãe ficou tão animada com a notícia que dei a ela que não focou muito nas reclamações sobre minha alimentação. Ainda bem, porque se começasse a exigir muita explicação, a única coisa que iria fazer seria chorar.

Não consigo me reconhecer, nunca fui de me abater fácil, nunca fiz o papel da mocinha pobre coitada, mas também nunca havia amado como o amo.

CRISTINA MELO

Essa viagem e esse projeto realmente vieram em ótima hora, será minha tábua de salvação.

Dois dias depois...
— Zé, pede para a doutora Juliane dar um pulinho aqui. — Mal termino a frase, minha vista começa a escurecer...
— Doutora! — Zé me segura antes que eu chegue ao chão.
— Preciso me sentar, Zé. Não estou bem.
Guia-me até minha cadeira, e o que parece é que eu tomei um baita porre, pois minha cabeça não para de rodar. Encosto-a na parede e mantenho os olhos fechados.
— Augusto! — Zé grita pelo outro enfermeiro.
— Oi.
— Chama a doutora Juliane ou a dona Barbara, a doutora Cecília está passando mal.
Escuto passos apressados, provavelmente deve ser o Augusto correndo...
— Cissa, o que você tem? — A voz de Jujuba invade o consultório nem dois minutos depois. Logo sinto sua mão em meu pulso.
— Eu não sei, só estou muito tonta, muito mesmo. — Meus olhos continuam fechados.
— Você tomou café?
— Comi uma maçã há pouco, não precisa me dar bronca — defendo-me e abro os olhos um pouco, vendo quando deposita o estetoscópio em meu peito, e dou um sorriso fraco.
— Realmente, precisa começar a se alimentar direito, Cissa, parece criança! Fala "ah". — *Está me examinando?*
— Ah! — Entro na brincadeira.
— Como eu pensava — diz séria, como se tivesse mesmo descoberto o que tenho.
— É grave, doutora? Gostaria de avisar que minhas vacinas estão em dia — digo de olhos fechados, tudo roda.
— Cissa, você está grávida!
Seu diagnóstico me choca tanto que quase entro na escuridão de vez.
— O quê? — indago, depois de vários segundos de silêncio.
— Você será mamãe, e eu, titia! — diz animada, como se estivéssemos em uma situação normal e eu tivesse programado um filho.
— Eu não estou grávida, Juliane. Para de falar bobagens! — Enfren-

to-a, mesmo sem olhá-la.

— Zé, toma aqui, vai na farmácia aqui do lado e compra o melhor teste de gravidez que eles tiverem.

— Mas... eu... O que eles vão pensar, doutora?

— Que você está grávido é que não, né! Vai logo, criatura!

— Vai gastar dinheiro à toa, não estou grávida! — grito, com as mãos sobre a cabeça, tentando amenizar meu sintoma.

— Como tem tanta certeza?

— Porque minha menstruação não está atrasada! — revido.

— Isso não quer dizer nada.

— Ah, Jujuba. Vai perturbar a sua vó, só preciso de ajuda para ir para casa. Amanhã vou ao médico de verdade, descobrir o porquê disso.

— Você está grávida, já disse — insiste.

— Vai cagar, Juliane! — Já deu da brincadeira.

— Aqui, doutora. Disseram que esse é o melhor que tem — diz Zé ao retornar após algum tempo, entregando uma sacola à Juliane.

— Obrigada, Zé, pode deixar que cuido dela. Veja se a dona Barbara já sabe e peça para desmarcar a agenda da doutora Cecília por hoje.

— Ok, vou falar com ela.

— Nem pensar vou fazer isso, Juliane! Disse que ia gastar dinheiro à toa.

— Vai, sim!

Alguns minutos depois, entrego o palito para ela.

— Satisfeita? — Volto a me sentar. — Assim que puder me levar pra casa, agradeço.

— Cissa... tem dois palitos rosa... você está grávida! —Seu tom muda de brincalhão para sério e surpreso.

— Quê? — Até agora, tinha consciência da sua brincadeira; o que não poderia imaginar, e tenho certeza que nem ela, é que sua previsão estava certa. Estamos agora uma encarando a outra, e ambas encarando os dois tracinhos rosa à nossa frente.

Nenhuma palavra se forma em minha boca; a surpresa da descoberta toma conta de mim.

CRISTINA MELO

CAPÍTULO 33

FERNANDO

Alguns dias depois...

Analiso o quebrar das ondas. Há algumas horas estou na mesma praia, e acho que no mesmo ponto em que vi Letícia pela primeira vez. Muitas lembranças já rodearam meus pensamentos durante o tempo que estou aqui. Minha decisão foi tomada há alguns dias: já havia queimado tudo da "caixa de lembranças", já tinha aceitado e a deixado partir, mas precisava atestar isso para mim mesmo e, assim, enterrá-la de vez, por isso estou aqui.

Confiro o celular ao ver que o dia começa a nascer. São exatamente 5h45. Levanto-me e logo sinto a água tocar meus pés descalços. Lágrimas inundam meus olhos, enquanto contemplo o par de alianças nunca usadas na palma da mão. Uma saudade boa me domina. Lembro do sorriso de Letícia e do seu senso de humor, lembro de tudo que vivemos juntos. Despeço-me dela e, pela última vez, penso que não deixaria de viver nada do que vivi com ela, mesmo se soubesse do nosso futuro trágico; ainda assim a amaria pelo tempo que fosse possível, e foi isso que fiz. Amei-a intensamente, cada segundo que estive ao seu lado.

— Obrigado, Vida. — Atiro as alianças o mais longe que consigo, no lugar favorito de Letícia no mundo: o mar.

Enxugo as lágrimas e faço meu caminho de volta pela areia, e no mesmo instante, volto a ser um pouco do Fernando que era quando conheci Letícia: livre de amarras, livre para ser feliz, livre para viver, livre para reconquistar. E responsável pela minha liberdade, livre para viver o que puder com ela, livre para amar Cecília como merece ser amada.

Paro o carro em frente à clínica. Ceci precisa me ouvir, não falo com ela desde a internação do Sorte. Ela fez exatamente o que disse que faria: no dia seguinte fui informado da liberação do Sorte por outra pessoa. Fez o mesmo com a conta, como exigi.

Tentei ligar e enviei mensagens algumas vezes, e não tive retorno algum. Se não tivesse tanta certeza do número, diria que estava ligando para o número errado.

A saudade que sinto dela é fora do normal e tem ficado insuportável, por isso, de hoje não passa. Ela não pode continuar fugindo. Nem que tenha que me desculpar todos os dias da minha vida. Ela precisa me ouvir, preciso lhe dizer o quanto a amo e o quanto sinto sua falta e preciso dela.

Preparo-me para sair do automóvel quando meus olhos flagram a última coisa que queria presenciar no mundo. Fico paralisado.

Ela está saindo da clínica, abraçada ao filho da puta...

Não consigo mensurar o tamanho da minha dor. Logo o idiota a ajuda a entrar no carro dele, e um minuto depois ele some da minha visão, me deixando com um milhão de perguntas e satisfações a serem tiradas. No entanto, não consegui exigir uma que fosse, nem do veículo consegui sair, pois cada músculo do meu corpo permanece paralisado.

Ela está mesmo com ele? Eu... a perdi.

Raiva, dor, arrependimento e impotência se misturam em meu peito e cabeça.

Como conseguirei voltar a viver na escuridão? Não conseguirei, não dessa vez.

Três dias depois...

Saio do batalhão às 22 horas, exausto, depois de um plantão de 48 horas.

Era do que eu precisava: chegar em casa bem cansado, assim conseguirei dormir bem sem as lembranças da Ceci, que me evocam a todo instante a dor incessante em meu peito.

Estou vivendo no automático e tentando não pensar muito, só tentando, porque a falta que ela me faz é o único pensamento que eu tenho.

Os únicos momentos bons que tenho são por conta do Sorte e da Maromba, que são uma lembrança viva dela e me ajudam a não desmoronar completamente quando chego em casa. Não permitirei mais que qualquer um deles volte a ficar doente por minha causa e negligência.

Entro no condomínio e, conforme me aproximo de minha casa, meus olhos começam a piscar sem parar. Minhas mãos seguram o volante com muita força, o ar foge dos meus pulmões...

Não pode ser uma visão, não é uma visão, confirmo ao encostar o carro.

Eu seria capaz de reconhecê-la a milhares de quilômetros de distância...

Ela está encostada no muro ao lado do portão, de cabeça baixa, e não tenho como medir o tamanho da felicidade que me invade agora.

Saio do veículo, tendo plena consciência de que o estacionei de qualquer maneira, mas a única coisa que me interessa está a alguns passos de mim, olhando-me com os olhos mais lindos que se pode ter.

— Oi — cumprimento, ao parar a centímetros de distância.

— Oi — responde quase inaudível.

— Eu... — Ergo uma das mãos e a aproximo do seu rosto, mas ela recua antes que eu consiga tocá-la. O sentimento que me invade é de privação. Olho seu rosto abatido por alguns segundos, e ela baixa o olhar. Está mais magra, e com olheiras que nunca tinha visto. Ela também está sofrendo, e isso acaba comigo. Não posso imaginar ser o responsável por seu sofrimento, mas, no fundo, sei que sou.

— Nós precisamos conversar. — Sua voz sai abalada.

— Graças a Deus, meu amor. Eu senti tanto sua falta. — Abraço-a, aliviando um pouco da minha saudade. Beijo seu ombro, pescoço, e afago seu cabelo. Sinto sua respiração profunda e aperto mais meu abraço, ela precisa ter certeza do quanto senti sua falta.

— Está aqui há muito tempo?

— Algumas horas.

— Ceci, por que não pegou a chave com o Daniel ou me ligou?

— Ele passou por aqui há uns dez minutos e ofereceu, mas eu disse que estava tudo bem, que preferia te esperar aqui.

— E por que ele não me ligou? Deixa ele comigo! — Puxo o celular do bolso e descubro que está sem bateria. — Vem, vamos entrar. — Puxo sua mão, mas ela trava em seu lugar.

— Eu prefiro falar aqui mesmo.

— Eu não vou conversar com você no portão, ainda mais depois de ter ficado em pé aqui esse tempo todo.

Aperto o controle na chave e o portão se abre. Não parece muito confortável com a ideia, mas me segue até a sala. Fecho a porta sob os protestos do Sorte, mas eu preciso muito mais dela, depois ela mata a saudade dele. Estou sendo egoísta, mas meu único foco agora é ficar bem com ela.

— Cadê seu carro? — *Sério, Fernando, tanta coisa para falar e está preocupado com o carro?* Estou preocupado em como chegou aqui, e o pensamento de que aquele merda a trouxe já me deixa puto.

— Eu o vendi.

— Por quê? Como veio? Está tudo bem? Está precisando de dinheiro? — Uma preocupação aguda me invade.

— Eu vim de táxi. Está tudo bem ou vai ficar, e não estou precisando de dinheiro.

Pisco sem entender.

— Vai trocar de carro?

— Não vim aqui por causa do carro, Fernando — corta o assunto.

— Eu... desculpa. Só fiquei preocupado, você está certa, temos muito que conversar. Amor, eu não queria dizer...

— Estou grávida.

Como se tivesse levado um soco no estômago, minhas pernas fraquejam, me fazendo sentar no sofá. O ar que havia recuperado ao vê-la me escapa novamente. Meu coração, que já estava descompassado, parece que vai explodir ou achar passagem para fora do peito.

Não consigo pensar, assimilar ou formar palavras em minha boca que descrevam o que estou sentindo nesse momento.

CRISTINA MELO

CAPÍTULO 34

CECÍLIA

Meus olhos estão fixos em Fernando. Com o corpo colado ao encosto do sofá, parece estar em transe. Já se passaram alguns minutos desde que declarei minha gravidez, e ele nem piscando está.

Deveria tê-lo preparado antes, eu sei, mas também sei que tinha que falar logo, antes que a coragem que levei dias para reunir me fosse tirada, e saísse daqui sem contar que terei um filho.

Não tenho ideia se quer ser pai, nunca conversamos a respeito e muito menos se queria ser pai de um filho meu. Mas não poderia esconder isso dele e muito menos privar meu filho de ter pai.

A decisão se quer ou não ter um filho é dele, porque eu quero e já amo essa criança em meu ventre e farei qualquer coisa por ela, a começar por estar aqui, agora.

— Grávida? — Enfim volta a reagir, seu tom é rouco e está abalado. — Meu... — Levanta e para à minha frente, seu rosto tem uma expressão indecifrável. Engole em seco e passa a mão rapidamente pela têmpora. — É meu filho?

Baque. Meu coração quer parar nesse momento, mas o forço a continuar. Meu filho precisa de mim, tenho que reagir por ele.

Um estampido invade meus ouvidos, e aí me dou conta de que dei um tapa em seu rosto. Minha raiva é descomunal. Seu olhar me questiona, enquanto o meu o queima com todo o meu ódio.

— Meu filho. *Meu*! — respondo, e sua cabeça nega o tempo todo, enquanto pisca sem parar e nenhuma palavra sai de sua boca. Desgraçado, maldito, covarde, idiota!

— Não...

— Não me interessa nada do que tem a dizer — corto-o antes que comece a ladainha. Como pode duvidar que meu filho não é dele? Acha que sou o quê?

Saio em disparada para a porta da sala, preciso sair daqui.

— Amor...

— Não me chama de amor, seu babaca! Me solta! — Puxo o braço do seu aperto.

— Fica calma, pelo amor de Deus, não é nada disso, eu só...

— Você é um idiota que não merece nada, muito menos ser pai, agora me solta! — grito.

— Não vou te deixar sair daqui assim, só me escuta e se acalma.

— Não! Sai! — Empurro-o para longe de mim. Ele não revida, simplesmente volta a ficar paralisado. — Nunca mais se aproxime de mim! — digo, já abrindo a porta.

— Se acalma, não é bom que fique nervosa desse jeito — diz, tranquilo demais para o meu estado de espírito, e solto uma meia gargalhada em deboche.

— Vá à merda!

Sigo para o portão, saio e o bato com toda força. Não consigo mais encará-lo ou ficar próximo a ele. Ando pelo condomínio o mais rápido que meus passos permitem, ainda tentando controlar as lágrimas.

— Oi, pode me levar? — indago ao taxista que está deixando um morador.

— Sim, para onde?

— Obrigada. Botafogo, por favor. — Entro no carro e ele dá partida.

— Ceci! — Fernando se aproxima.

— Acelera, por favor.

O taxista obedece, e assim o carro se afasta, deixando-o para trás.

Assim que entro em casa, as lágrimas transbordam e caem sem controle. Eu prometi a mim mesma que não choraria mais por ele, mas é incrível o seu poder de se superar nas merdas. Que filho da puta! Ele não me amar, tudo bem, mas como pode duvidar de mim, do meu amor?

A dor em meu peito quer me sufocar, mas não permitirei, preciso reunir minhas forças, alguém agora depende de mim, alguém que já amo com todo o meu ser.

— Vai ficar tudo bem, meu amor. A mamãe vai cuidar de você — prometo, entre um soluço e outro, acariciando a barriga que começa a se salientar.

Descobri que estou com quase onze semanas de gravidez. Realmente foi uma surpresa, nunca tive sintoma algum até o dia em que descobri. Sempre me preveni, menos no dia daquele pesadelo em que ele chamava meu nome. Naquela noite, esqueci o remédio e não usamos nada, tenho certeza que foi ali que engravidei. A brincadeira de Juliane acabou sendo uma realidade; nem ela, nem eu acreditamos quando vimos o resultado positivo do teste. Ficamos bons minutos em silêncio, minha amiga tão embasbacada quanto eu. De todas as surpresas que poderia ter, essa estava em último lugar na lista.

CRISTINA MELO

E agora estou grávida, sem coragem de contar aos meus pais, apesar de eles serem loucos para ser avós, e eu ter quase trinta anos. Sei que enfrentaria um questionamento sem fim. Mas não poderia tomar qualquer atitude antes de contar para esse babaca, que acaba de renegar o próprio filho e fugir das suas responsabilidades. Sinto-me completamente sozinha, minha única amiga está a quilômetros de mim.

Não poderia ir para outro país grávida; assim, abri mão da minha vaga, e nem isso eu contei para os meus pais – uma coisa levaria à outra, então só mantive o silêncio. Mas agora que sei o posicionamento desse imbecil, estou livre para tomar minhas decisões e agir da minha maneira.

Meu filho não será peso para ninguém e nem mendigará amor; ele ou ela receberá muito amor e só amor.

Deito em minha cama e abraço o travesseiro, encolhida em posição fetal. As lágrimas não dão trégua, preciso recuperar o controle da minha vida. De uma maneira ou de outra, tenho que voltar a ser forte.

CAPÍTULO 35

FERNANDO

Fico parado, vendo o táxi se afastar mais e mais, até sumir de vista.

Não posso estressá-la mais, por isso estou brigando comigo mesmo, tentando decidir se seria certo ir atrás dela. Como foi para casa em um táxi e em segurança, então resolvo deixá-la se acalmar um pouco.

Acho que é a melhor decisão no momento.

— Isso não está acontecendo.

Estou caminhando de um lado para o outro por minutos, ou horas, não tenho ideia do tempo. Caminhar é a única coisa que me acalma um pouco e evita que eu saia correndo por esse condomínio, anunciando que serei pai. Essa é a maior e melhor surpresa que já tive na vida: um filho! Eu seria pai, pai!

— Eu vou ser pai! — Dou um pulo, socando o ar.

— Quê? — Daniel parece atordoado, do outro lado da linha.

— Eu vou ser pai, Daniel! — grito. Dessa vez, estou na garagem.

— Cara, é 1 hora da manhã, volta a dormir — responde com a voz grogue.

— Você ouviu o que eu disse? Vou ser pai, porra! — grito, animado demais.

— Cara, você estava sonhando — diz tranquilo.

— Sonhando porra nenhuma, a Ceci está grávida! Eu. Vou. Ser. Pai!

— Porra! Você está falando sério?

— Claro! Eu vou ter um filho ou uma filha! Eu estou feliz pra caralho!

— Parabéns, irmão! — deseja animado. — Está de quanto tempo?

— Não sei, ela não me deixou falar.

— Oi?

— Saiu daqui que nem um furacão, ela ainda está com muita raiva, disse que o filho era dela, só dela — explico.

— Tu é retardado mesmo, Fernando! Vai fazer as pazes com a sua mulher e me deixa dormir.

— Como?

— Vou ter que desenhar? — É irônico.

— Você não conhece a Ceci, ela não me escuta.

CRISTINA MELO

— Você a ama?

— Claro que amo, e muito — respondo.

— Então, se vira e consegue o perdão dela. Boa noite! — Desliga o telefone sem me deixar responder.

Conseguir seu perdão é o que mais quero, preciso tê-la de novo em minha vida. Não abrirei mão dela e do meu filho, lutarei por eles até meu último suspiro.

— Caralho, eu vou ter um filho! — grito, ainda sem acreditar no tamanho da minha sorte. — Em breve terá um bebezinho nessa casa, Sorte. Nós seremos uma família de verdade. Eu agora só preciso convencer aquela teimosa da sua tia que a amo mais que tudo.

Ligo meu notebook, começo a navegar pelo Google, pesquisando e descobrindo tudo que posso sobre gravidez e bebês. Meu bebê terá o melhor pai do mundo!

Pelo menos, eu farei o impossível para ser.

CAPÍTULO 36

CECÍLIA

Estou saindo do banheiro quando ouço um estrondo na minha porta, logo a campainha também é disparada.

Não preciso abrir a porta para saber quem é.

— Ceci, eu não vou embora até abrir.

Meu coração dispara só de ouvir sua voz. Merda!

— Não vou abrir. Vá embora ou chamo a polícia! — ameaço com raiva.

— Eu sou a polícia! Já estou aqui, amor, abre. — Seu tom é ameno.

— Não!

— Eu dei um tiro no Sorte.

— O quê? — Abro a porta, apressada, para encontrar um sorriso descarado em seu rosto e pacotes por todos os lados.

— Cadê ele? — indago, muito preocupada.

— Brincadeira, amor. Você acha que eu seria capaz disso? — Faço uma careta e tento fechar a porta, mas ele não deixa e entra com algumas sacolas.

— Estou grávida, não pode dizer essas coisas, seu babaca!

— Desculpa, meu amor, sei que não abriria a porta, apelei.

Larga várias sacolas no meio da sala, sai para buscar o resto que havia deixado do lado de fora, mas mantendo uma das pernas do lado de dentro, para evitar que eu feche a porta novamente. Pega duas delas e segue para a cozinha, depositando-as em cima do balcão, sob meu olhar incrédulo. Ele ficou maluco de vez agora.

— Você está pirado? Eu não quero mais te ver, vai embora! — peço, enquanto inspeciona minha cozinha.

— Você tomou café, pelo menos?

— Não é da sua conta!

Ergue as sobrancelhas diante da minha resposta malcriada e começa a retirar algumas embalagens de uma das sacolas.

— Nós vamos almoçar e depois vamos conversar. São quase 13 horas, não pode ficar tanto tempo assim sem se alimentar, Ceci.

— Você é bizarro, Fernando! — Nem sei mais o que dizer para ele.

Já que não quer sair, saio eu! Sinto raiva por estar só de camisa velha de dormir; se estivesse com outra roupa, não seria para o quarto que eu iria.

— Amor, vamos conversar. — Segura meu braço antes que eu entre

CRISTINA MELO

no quarto. Seu corpo cola às minhas costas, e essa proximidade desperta muitas saudades.

— Me solta! Já deixou clara a sua posição, não estou te cobrando nada, só estou te pedindo para me deixar em paz, eu e... — engulo em seco — meu filho — completo.

— Nosso filho. Meu amor, eu nunca duvidei de você, só fiquei surpreso e muito feliz, não soube me expressar direito. — Suas mãos envolvem meu corpo e param sobre minha barriga. — Eu sei que falei um monte de besteiras, me perdoa. Pelo amor de Deus, não consigo mais ficar sem você. — Seus lábios tocam meu pescoço, arrepiando-me.

— Não vou voltar para você. — Sou firme, ou tento ser.

— Olha para mim, amor. — Vira-me ainda em seus braços, mantendo seu abraço, enquanto nossos olhos se conectam.

— Eu te amo. — Meu coração acelera e uma felicidade absurda me invade. Ele nunca disse que me amava. — E amo muito! Os últimos dias têm sido um inferno. Eu sei que disse um monte de coisas ruins que te magoaram muito, e se for preciso e assim quiser, passo cada segundo e dia da minha vida me desculpando por isso, mas não duvide do meu amor.

Amor e confusão andam juntos dentro de mim; dúvida e medo são inevitáveis.

— Como posso duvidar do seu amor? O fato de você me trocar por uma maldita caixa de lembranças não quer dizer nada, não é? — Empurro-o, mas ele não cede o abraço.

— A Letícia...

— Não quero saber, não me interessa! Nada que venha de você me interessa, Fernando. Sua vida, como você mesmo disse, então não quero saber. — Sou rude, sei disso.

— Falamos disso depois, então, não fica nervosa. Temos que ver onde montaremos o berço, seu quarto não tem espaço. Esse apartamento é muito pequeno, amor.

— O quê? Você usou alguma coisa ou bebeu? — Olho-o, incrédula com sua cara de pau.

— Te dou o tempo que precisar, mas não me afasta de você e do meu filho — pede com desespero, e me tira as palavras.

— Você comprou um berço?

— É lindo, amor. Você vai adorar. — *Realmente comprou um berço?* — Você precisa ver uma coisa — diz animado demais, e sai correndo para a sala.

— Olha esse macacão. — Entrega-me a pequena peça amarela de tricô, após retirar da sacola.

— Lindo! — Cheiro a roupinha, já imaginando meu bebê usando-o.

— E os sapatinhos? — Calça-os nos dedos e ergue para mim. — Eu os achei muito pequenos, mas a vendedora me garantiu que dariam.

— São perfeitos! — Meus olhos se enchem de lágrimas, são as primeiras peças do meu bebê.

— Precisa ver a mantinha. — Puxa minha mão até que chegamos à sala. Sento-me no sofá, admirando a cena dele recolhendo algumas sacolas do chão e vindo para o meu lado.

— Você comprou o enxoval completo? — indago, enquanto enche meu colo com peças e mais peças.

— Claro que não, isso é uma parte do que o bebê vai precisar, eu fiz uma lista.

— Uma lista? — encaro-o, confusa.

— É, amor, uma lista. Precisamos ter certeza que vai ter tudo o que precisa.

— Fernando, se isso tudo aí no chão for para o bebê, não vai precisar de mais nada até a faculdade.

— Ceci, isso não é nada. Você não tem noção de quantas mudas ele vai precisar por dia, fiquei espantado. Também há a questão do tempo: temos que ter roupas para todas as estações, isso porque não te contei das fraldas.

Estou sorrindo como há dias não sorria, meu coração transborda de alegria. Ele também já ama nosso filho e está se esforçando para demonstrar isso.

— Precisa almoçar. Vou esquentar no micro-ondas, já deve estar gelado.

Levanta-se e fico aqui, babando em cada roupinha, uma mais linda do que a outra, todas em cores neutras e que servirão para qualquer que seja o sexo. Começo a dobrar cada peça com o maior cuidado e amor do mundo. De repente, meu olhar encontra o seu na cozinha. Olha-me com um sorriso lindo no rosto, seus olhos me reverenciam a todo instante.

Nunca achei que ficaria tão feliz por ter me enganado. Eu estava errada, ele quer nosso bebê tanto quanto eu.

— Ceci, senta aqui. — Apoia o prato sobre o balcão. — Eu comprei esse suco orgânico de laranja com beterraba. — Despeja o conteúdo da garrafa em meu copo.

— Obrigada.

Esse safado me desarmou de todas as formas possíveis. Senta-se ao meu lado e almoçamos juntos o peixe com alguns legumes.

— As roupinhas são lindas. Eu amei tudo, obrigada. — Puxo assunto, depois de alguns minutos em silêncio.

— Você é quem me deu o melhor presente que eu poderia receber, meu amor. — Seu sorriso chega aos olhos. — Me desculpa por ontem, não queria que entendesse da forma errada. Na verdade, só queria confirmar que não estava sonhando. Um filho, vou ter um filho da mulher que amo.

Engulo em seco enquanto se aproxima mais.

— Eu te amo, Ceci. Amo com todas as minhas forças. Me perdoa, sei que te magoei. — Seus lábios encostam-se aos meus, e uma lágrima teimosa escorre pelo meu rosto. Suas mãos o envolvem. — Eu tive tanto medo de te perder, que acabei te perdendo. Me arrependo de cada letra, de cada palavra, de cada frase que te disse naquela noite. Nada daquilo era real, meu amor, mas demorei um pouco para aceitar isso, para voltar a viver.

Minha respiração é irregular.

— Fernando, por favor, isso não faz mais diferença, nós não...

— Faz sim. Não vou abrir mão de você, não vou te perder sem lutar, sem deixar claro meu amor.

— Não quero mais, Fernando. Não vou voltar para você. — Quase não consigo terminar a frase.

O que eu mais queria era que ainda estivéssemos juntos, mas sei que demoraria algum tempo para voltar a confiar. Ele engole em seco, suas mãos vão à têmpora e se levanta, mas logo volta a se sentar como se tivesse decidido algo. Suas mãos seguram as minhas e seus olhos me avaliam, e o que eu enxergo neles são dúvida e desespero.

— Eu tinha 21 anos quando comecei a namorar a Letícia. Sei que a maioria dos caras nessa idade só quer curtição... — Sinto o sangue queimar meu rosto e a respiração volta a oscilar. Ele está falando dela. — Mas acho que amadureci mais cedo por conta de tudo que já havia passado com minhas perdas, já conversamos sobre isso.

Assinto. Sei que esse é o momento de interrompê-lo, mas não consigo, algo em mim quer saber tudo sobre ele, mesmo que isso me magoe mais.

— Me achava o cara mais sortudo do mundo, por ser tão jovem e mesmo assim já ter um grande amor. Nós fazíamos tudo juntos, tudo era tão perfeito, apesar de algumas brigas; claro, um pouco da imaturidade ainda estava lá, mas não conseguíamos ficar nem cinco minutos brigados. Era assustadora a dependência que tínhamos um do outro. Logo não conseguíamos mais nos ver um sem o outro.

Depois de uma pausa curta, continua:

— Então, os planos para o futuro começaram. Questionávamos até quantos filhos e cachorros teríamos, tínhamos muitas conversas a respeito. — Dá um sorriso meio de lado, e a única coisa que estou pensando é que são muitos detalhes para meu estômago.

— Daí três anos depois, o momento inevitável aconteceu e a pedi em casamento. Os próximos três anos foram de planejamento e organização para o grande dia: compramos um apartamento, mobiliamos com a nossa cara, quer dizer, mais a cara dela, que não abria mão de muita coisa. — Sorri novamente, e eu só quero matá-lo por estar me fazendo imaginar isso.

— Um ano antes do casamento, Letícia só falava e pensava nisso, ela cuidava de cada detalhe com afinco, e eu apenas tinha que concordar com tudo, e tudo estava bem. Sabia que logo passaria e a teria novamente para mim. E passou, o tempo passou relativamente rápido. — Faz uma pausa e limpa a garganta.

— Estávamos indo fazer a última prova do vestido de noiva, faltava uma semana para o nosso casamento. — Meu coração se comprime. Não sei se quero que continue, mas não sou capaz de impedi-lo. — De repente, nosso carro foi abordado por bandidos. Eles atiraram antes mesmo de eu conseguir parar. O tiro atravessou o para-brisa e acertou o peito de Letícia. Consegui chegar a um hospital, mas ela não resistiu à cirurgia. Quando recebi a notícia de sua morte, um buraco se abriu sob meus pés.

— Eu sinto muito, Fê. — Minhas mãos encontram seu rosto, e só sinto sua dor e uma vontade de protegê-lo, de dar meu colo e dizer que tudo está bem agora. Quero cuidar dele e o fazer feliz de novo.

— Foram oito anos vivendo na escuridão. O primeiro vestígio de sol foi quando te vi pela primeira vez. Você me trouxe para a superfície novamente, meu amor. Você me resgatou e não pode fugir da sua responsabilidade.

Sorrio em meio às lágrimas, e um soluço escapa dos meus lábios por ele estar repetindo o que eu lhe disse uma vez.

— Me perdoa, Ceci, pelo amor de Deus! Eu sou apenas um cara que desaprendeu a amar, nem achei mais que tivesse um coração. Mas você, com sua teimosia, foi lá, destrancou a porta e o resgatou, e agora ele te pertence, só você tem a chave, meu amor. Preciso muito de você e do meu filho, minha linda, diz que ainda tenho chances, que não perdi você para sem... — Trava um pouco, enquanto lágrimas transbordam em seu rosto.

Baixa a cabeça e chora copiosamente. Agora tudo faz sentido, consigo entendê-lo como um todo e principalmente sentir sua dor, pois é o reflexo da minha.

— Fê. — Seu olhar encontra com o meu e, nesse momento, toda a dor que senti durante todos esses dias se dissipa. — Eu posso até tentar perdoá-lo... — Sua expressão se aviva. — Mas não será tão simples assim.

— O que você quiser, meu amor.

Finjo pensar em algo, com o indicador sobre o queixo.

— Acho que pode começar com um beijo.

Não demora nem um segundo para sua boca chegar à minha. Nos beijamos com muita saudade, amor, paixão e desejo.

— Eu te amo tanto, Ceci. A única coisa que quero é te fazer a mulher mais feliz deste mundo. — Me pega em seus braços.

— Eu também te amo, Sr. Fodão. Nós temos todo o tempo do mundo e sei que seremos muito felizes. E antes de aprontar mais alguma coisa, lembre-se que sei castrar.

Sua gargalhada enche o ambiente.

— Vou me lembrar, meu amor — afirma, ainda sorrindo.

Caminha comigo em seus braços na direção do meu quarto. Sinto-me completa novamente. O meu mundo voltou a girar.

CAPÍTULO 37

FERNANDO

Dois meses depois...

— Não, assim não, Daniel. Isso está ficando todo manchado! — reclamo.

— Não tem nada manchado aqui — defende-se.

— Claro que tem, rola isso direito, essa é a parede em que ficará o berço! — exijo.

— Eu não sou pintor! Deixa de ser perfeccionista, para mim está muito bom.

— Não está bom, está tudo marcado — volto a afirmar.

— Você é um mala, Fernando! Saio da minha casa em pleno domingo para te ajudar, e ainda reclama.

— Não estou reclamando, só estou dizendo a verdade, não está ficando bom.

— Contrata uma equipe de pintores, então. — Solta o rolo na bandeja que está no chão.

— Esses caras são todos uns lambões! Quando você tiver um filho, vai entender que para ele queremos o melhor. Pinta a parede atrás da porta, eu faço essa. — Coça a cabeça enquanto assumo seu lugar. — Aliás, já está na hora de sossegar o facho, está ficando velho. Toma vergonha na cara e se firma com alguém.

— Estou muito bem assim, não quero problemas para minha vida, ela está ótima da maneira que está. — Seu tom é incerto.

Sei que a vida dele há algum tempo não é ótima, mesmo que ele se esforce para mostrar o contrário, assim como também sei que a Juliane mexeu com ele. Mas, como sempre, não dá o braço a torcer.

— E a Juliane, não tem chances?

— Mesmo que tivesse, agora é tarde demais. Podemos voltar a nos concentrar na pintura do quarto?

— Ela não vai ficar lá para sempre, e já inventaram o avião, só para você saber.

— Na boa, Fernando. Você está cada vez mais um mala! Não curto romances e, mais uma vez, não quero isso — diz irritado.

— Suco, meninos!

— Cissa, como você atura esse cara?

— Me diz você, convive há mais tempo com ele. — O tom de Ceci é brincalhão. Entrega um copo a Daniel.

— Toma! — revido, enquanto Ceci se aproxima e me entrega o outro copo, seguido de um beijo.

— Bom, eu tenho que ir trabalhar. Tentem não discutir tanto. Apesar de ainda faltar algumas semanas para a chegada do bebê, temos que terminar a pintura, então se comportem.

— Eu passo lá mais tarde, amor. — Despeço-me da mulher mais linda deste mundo. — Vamos voltar ao serviço, Daniel, para de preguiça — implico, quando a Ceci sai.

— Para de ser chato! — revida.

Uma semana depois...

— Será que hoje conseguiremos saber o sexo, doutora? — indago, enquanto ela despeja o gel na barriga da Ceci.

— Vamos torcer — responde-me, e a ansiedade só aumenta.

— Amor, se continuar apertando minha mão assim, vou ter que engessar quando sairmos daqui.

— Desculpa, meu amor — peço, enquanto ela e a doutora sorriem.

— Fica calmo, papai. O mistério acaba de ser revelado. — Fixo meus olhos para o local na tela onde a doutora aponta.

— Acho que não quero saber, amor.

Olho para Ceci, assustado.

— Claro que quer, amor... — Fixo meus olhos mais ainda nela. De onde saiu isso agora? Sua gargalhada a entrega.

— Desculpa, não resisti.

— Estou quase enfartando aqui de tanta ansiedade, aí vem me dizer que não quer saber o sexo... Você quer me matar?

— Claro que não, meu amor, me desculpa. — Sorri mais ainda.

Beijo sua testa, mas sem tirar os olhos do monitor.

— Então vamos acabar com a curiosidade. Vocês terão um lindo menino, parabéns!

— Parabéns, amor! — Beijo-a, muito feliz.

— Te disse que seria menino.

— Você disse, meu amor — confirmo, muito feliz e emocionado.

— Oi, tia Rosa!

— Oi, minha filha. Nossa, como está linda! Já sabe o sexo? — a mãe do ex da Ceci pergunta, colocando a mão em sua barriga. Estamos parados no corredor do shopping, onde acabamos de encontrá-la casualmente.

— Acabamos de saber, é um menino — Ceci diz radiante.

— Que lindo! Parabéns aos dois, que venha com muita saúde.

— Obrigado. — Sorrio.

— E o Alex, tia?

— Ele vai para o Canadá na próxima semana.

— Vai trabalhar? — *Por que a Ceci quer saber desse babaca?*

— Vai com a Aline. Ela vai tentar um tratamento para recuperar os movimentos, é um método novo, ainda em estudo, mas estão com muita esperança. Ele se sente muito culpado pelo que aconteceu com ela.

— Vou torcer muito para que tudo dê certo, tia. — Ceci a abraça.

— Tomara, minha filha. Mas assim que esse bebezinho lindo nascer, me avisa, quero conhecê-lo.

— Pode deixar que aviso sim, tia.

— Vou esperar, então. Mais uma vez parabéns aos dois: um filho é o melhor presente que podemos receber.

Assinto, e logo termina de se despedir e vai embora.

— Curiosa, você! — acuso-a assim que ficamos sozinhos.

— Nada de *Ivo*, amor.

— Não é ivo nenhum, só não entendo o que esse cara ainda te interessa.

— Sério isso, Fernando? — Ela me encara com raiva. — Vamos logo olhar esse bendito carrinho! Estou com fome, com sono e me sentindo enorme de gorda, então não provoca e não estraga o momento. — Puxa minha mão e voltamos a andar.

— Vai continuar de bico? — me pergunta quando o vendedor sai para buscar o carrinho que escolhemos.

— Não estou de bico — minto. Claro que estou puto, toda vez fica perguntando pelo cara.

— Quantas vezes vou ter que dizer que te amo? — Abraça-me, mas

CRISTINA MELO

permaneço em silêncio. — Amor, para com isso, já passamos dessa fase. Vamos ter um filho e é você quem eu amo, é você quem escolhi, então para de bobeira e deixa o Alex fora da nossa vida. Agora seremos só eu, você e o Bernardo.

— Eu te amo tanto, Ceci. Tenho muito medo de te per...

— Eu sei, eu também te amo, e você não vai me perder, não se for uma escolha minha.

Beijo-a. Preciso deixar esse medo de lado, só tenho que agradecer por tanta felicidade e viver isso intensamente.

CAPÍTULO 38

FERNANDO

Alguns meses depois...

Acordar ao lado de Ceci é a melhor forma de começar o dia. Como faço quase todos os dias, fico bons minutos admirando a mulher linda ao meu lado e agradecendo muito aos céus por ter me dado esse presente maravilhoso. Ela, graças a Deus, aceitou morar comigo, depois de uma semana de muita insistência. Eu não poderia estar mais feliz por tê-la aqui comigo. Agora faltam poucas semanas para o nosso filho chegar, e isso está me matando de ansiedade e felicidade.

— Amor, acorda... — Beijo seu ombro, após acabar de me vestir.

— Não quero acordar. Fui pegar no sono quase de manhã, Bernardo só cisma de batucar na minha barriga à noite — reclama, ainda de olhos fechados.

— Amor, não é melhor entrar logo de licença? — Acaricio sua barriga.

— Só mais três semanas e saio, quero ficar bastante tempo quando o Bernardo nascer, por isso estou adiando. O que me mata são os plantões, mas já diminuí muito, e hoje é o último. Depois, só quando eu voltar de licença.

— Está bem, minha linda, só tenta não fazer esforço. — Beijo sua cabeça.

— Não vou fazer. Não estou abusando, fica tranquilo.

— Tudo bem. Eu tenho que ir agora, tenho uma reunião com o comandante às 11 horas, é melhor se levantar também ou vai se atrasar.

— Vou só às 18 horas para o plantão — explica.

— Que bom. Então, qualquer coisa me liga.

— Eu ligo. — Volta a fechar os olhos e se aconchega ao meu travesseiro. Saio do quarto, fechando a porta bem devagar.

— O que nós vamos fazer hoje? Desarticular uma quadrilha que trafica entorpecentes na zona sul, não podemos dar bobeira — dou o comando à equipe. — Já sabemos como agem; a grande dificuldade é por onde vamos entrar. A comunidade está cercada de olheiros e precisamos do fator surpresa ou todo nosso plano de ação vai por água abaixo. Queremos pegar o chefe da quadrilha. Por isso, a única alternativa é entrar pelo alto, vamos pela Serrinha, lá a visualização é mais difícil e os traficantes e olheiros não guardam essa área. A boca fica a poucos metros de distância de onde vamos entrar; eles fazem apenas a segurança da boca para baixo e não da boca para cima. Estratégia é o que mais temos, treinamos isso. Vou dividir a equipe em três: a primeira vai com o Sargento Aguiar; a segunda com o Tenente Novaes; e a terceira vai comigo. Entendido, alguma dúvida? Esta é a hora de falar. Vamos tentar manter o silêncio, trabalhar com os comandos de mãos, não podemos deixar nada estragar o sucesso da operação. Alguma dúvida?

— Não, senhor!

Respondo com um gesto de cabeça, atestando que todos entenderam a operação.

Chegamos ao entorno da comunidade em três viaturas, estacionamos e seguimos pela mata em três grupos, como no plano. O acesso é bem difícil, mas cercamos o que podemos, andamos o mais rápidos e cautelosos que conseguimos. Sigo à frente com meu grupo e guio os demais com gestos; ergo dois de meus dedos apontando a direção que devemos seguir, e assim vamos ganhando mais e mais terreno. O silêncio e a surpresa são as nossas maiores armas, agora.

Continuamos avançando. Um faz a contenção, enquanto o outro conquista mais um pouco de terreno; é como se fosse uma dança bem ensaiada e treinada. Para ser um policial do Bope tem que amar a farda primeiramente e, depois, passar por um longo treinamento e aperfeiçoamento. Foi assim comigo e com todos que estão no batalhão. Cada um tem seu motivo para entrar, mas temos orgulho de vestir essa farda preta, é isso o que nos move, todos trabalham pelo mesmo ideal: tentar diminuir um pouco da violência. Porque acabar, sabemos que é impossível.

— Perdeu! — disparo contra um grupo que cruza com a equipe. Tentam correr e jogam algumas sacolas e o que parecem ser radiotransmissores na mata. — Para! — grito, mas não param, e um segundo depois são pegos pela equipe 3. — Na parede, os quatro! — ordeno, apontando meu fuzil, e assim o fazem. — A casa caiu! — alerto, mesmo tendo a certeza de que já sabem.

— *Nóis* não fez nada não, senhor.

Faço um gesto e dois policiais seguem para a direção em que despacharam os objetos.

— E por que os senhores correram? — indago, mesmo já sabendo a resposta.

— *Nóis* só se *assustamo*.

— Reviste-os — ordeno ao cabo André.

— Para onde estavam indo?

— Eu *tava* indo na minha *mina*. — *Cara de pau.*

— O senhor tem passagem?

— Tenho duas, senhor.

— E por que seria?

— Latrocínio e tráfico, senhor. — Essa é a maldita lei que temos! Duas passagens e está solto, traficando de novo e provavelmente também tirando vidas de inocentes, como a da Letícia.

— E agora está mudado?

— Sim, senhor. Eu trabalho.

Olho para a equipe, e todos acreditam tanto quanto eu, é sempre a mesma história.

— E eu posso saber quem portava isso aqui? — Mostro as bolsas e os rádios que o cabo Diniz acaba de me entregar. Abro-as, encontrando-as recheadas de papelotes de pedra, pó e maconha. Os quatro seriam enquadrados como traficantes.

— Sei não, senhor.

— Responda para o delegado. — Sou firme. — Algeme os quatro, recolha o fragrante — ordeno ao cabo. — Mais uma passagem, filho, e quem sabe dessa vez você tenha mais tempo para pensar.

Fogos são disparados.

— Descobriram a gente, atenção redobrada — alerto e deixo dois dos homens fazendo a guarda dos presos, enquanto nós avançamos, logo sendo recepcionados com muitos tiros. Revidamos, mas claro, com tática. Tiro certeiro e bem dado; cada um que disparamos, mesmo em momento de caos, é estudado e bem direcionado, diferente deles, que atiram para qualquer lado e direção, e é assim que a merda acontece e acabam atingindo pessoas inocentes.

Depois de longos minutos de tiroteio intenso, conseguimos tomar o terreno e render mais alguns meliantes. Estouramos como queríamos a base e uma apreensão grande é feita, mas o chefão, que era nosso objetivo, conseguiu escapar.

— Aciona a PM, manda subir — digo ao Tenente Novaes.

— Sim, senhor, Capitão. — Carlos pega o celular e começa a ligar. Ouço um grunhido bem baixo, e meus olhos correm todo o local, que está uma confusão só.

— Ouviu isso? — indago ao sargento ao meu lado.

— Nada — responde confuso, mas não me dou por satisfeito e me afasto um pouco em busca do som agoniado.

— Soldado! — grito ao ver o vira-lata ensanguentado, encostado a um carro.

— Sim, Capitão. — Aproxima-se.

— Fica na contenção — ordeno, enquanto giro o fuzil para as costas, seguro pela bandoleira e logo me abaixo. Aproximo a mão de seu focinho, reparando o quanto sua respiração está fraca, seu peito sobe e desce muito lentamente. Quem foi o maldito que acertou o bicho? Vejo o pequeno orifício na lateral de seu corpo, onde não para de jorrar sangue.

— Calma aí, cara. Eu vou tentar te ajudar. — Passo a mão em sua cabeça. Pego o celular o mais rápido que consigo.

— Oi, amor. — Ceci atende no terceiro toque.

— Amor, tem um cachorro aqui.

— Oi? Onde você está?

— Estou na operação, ele foi baleado.

— Você atirou em um cachorro, Fernando? — Seu tom já começa a ficar irritado.

— Claro que não, amor. Estou tentando ajudar.

— Quem atirou?

— Sei lá, Ceci! Só vi o bicho caído aqui no chão.

— Muito filho da puta quem fez isso! Atirar no bicho inocente! Que raiv...

— Tá, Ceci, só me diz o que fazer, o bicho está morrendo — a interrompo.

— Tem que pressionar o ferimento, mas de leve, só precisamos evitar que ele perca muito sangue. — Tarde demais, pelo sangue todo ao seu redor.

— Alguém me arruma um pano aí! — grito, e logo aparece uma camisa verde de malha em minhas mãos.

— Pronto, estou pressionando o ferimento, e agora?

— Agora leve-o para a clínica. Estou indo para lá, tem que operar, não tem jeito. Como está a respiração?

— Bem fraca, amor.

— Vamos torcer para ele resistir. Tenta vir o mais rápido possível, vou acionar o Heitor, te espero.

— Está bem, amor, estou indo agora mesmo. — Desligo o celular e o devolvo ao bolso.

— Tenente, resolve tudo, tenho que socorrer o cachorro, me mantém informado — digo a Carlos, que se aproxima.

— Caralho, foi a nossa equipe que o atingiu? — indaga, enquanto pego o cachorrinho nos braços.

— Não tenho ideia, espero que não, mas agora preciso correr.

— Sacanagem, espero que ele consiga. Sabe de alguma clínica aqui perto? Posso ver com a Clara, ela leva o Adônis em uma aqui perto.

— Já liguei para a Cecília, ela está esperando. Obrigado, parceiro.

— Vamos torcer. Depois nos falamos, termino tudo aqui. Aguenta aí, parceiro — se dirige ao cachorro em meu colo, e assinto.

— Diniz, André, vocês vêm comigo!

— Vem, amor, por aqui. — Cecília já está preparada me esperando.

— Ele está muito fraco, tossindo ou fazendo algo parecido — digo, enquanto a sigo para o centro cirúrgico com o cachorro ensanguentado no colo.

— Zé, pega ele. Amor, você não pode entrar aqui, está tudo esterilizado.

Entrego-o ao enfermeiro, e logo encaro o babaca do amiguinho dela que já esperava ao lado da mesa.

— Tenho que voltar para o batalhão, só vim trazê-lo. Me liga assim que terminar? Vou torcer muito para que ele consiga.

— Ligo, Fê. Agora preciso começar.

Beijo-a rapidamente, e ela fecha a porta. Ele conseguiu chegar até aqui, vai ficar bem, Ceci é a melhor, sei disso.

CRISTINA MELO

CAPÍTULO 39

Cecília

— Doutora Francisca! — Heitor me chama enquanto verifica o oxigênio.

— Não achei que fosse voltar da última parada, Heitor. Esse realmente foi milagre, só espero que resista, tadinho — digo, ao retirar as luvas e jogá-las no lixo.

— Ele foi forte, você o salvou, doutora Francisca!

— Já basta a Jujuba, não pega a mania dela, Heitor. — Sorrio, retirando a touca e o avental descartáveis.

Ele sorri enquanto faz a escuta no cachorrinho na mesa, ainda sob o efeito da anestesia.

— Só dizemos a verdade. Já se passaram quase três horas, vai comer alguma coisa e sentar um pouco, fico aqui até poder liberá-lo para a internação.

— Mania que vocês têm de achar que grávidas têm que comer o tempo inteiro! — reclamo.

— E não tem?

— Não! — confirmo, enquanto lavo as mãos. — Mas agora preciso ir ao banheiro; o xixi, sim, é toda hora. — Abro a porta do centro cirúrgico enquanto ele sorri e assente. — Me chama, qualquer coisa vou estar no consultório. Obrigada mesmo por ter vindo me ajudar nessa.

— Sabe que pode contar comigo sempre, Cissa.

— Eu sei, meu amigo, obrigada. — Aceno e saio da sala.

— Amor?

— Oi, minha linda, como ele está? — indaga do outro lado da linha.

— Fê, eu fiz o possível. A bala perfurou o pulmão, mas ele ainda está vivo, vamos ver como reage até amanhã.

— Tomara que ele consiga, amor, obrigado. Eu estou saindo daqui agora, vou passar aí, o que quer comer?

— Sorvete! — respondo rápido.

— Amor, não dá para viver à base de sorvete.

— Você perguntou o que eu quero, eu quero sorvete — digo, enquanto preencho o receituário da internação.

— Está certo, vou levar o sorvete, mas como sobremesa. Vou levar outra coisa para o jantar.

— Tá bom, Sr. Fodão! Agora preciso ligar para a Jujuba, nos vemos daqui a pouco, te amo.

— Também te amo, minha linda.

Após desligar, busco o WhatsApp e inicio a chamada de vídeo.

— Fala, Ju! — Estava morrendo de saudades da minha amiga.

— Oi! E aí, como está a grávida do ano?

— Estou muito bem. Esse seu afilhado será jogador de futebol. Nossa, como chuta, menina, é um batuque de bateria de escola de samba — conto sorrindo.

— Jogador ou passista, precisa decidir o que ele será. — Sorri na tela do celular, mas não é o sorriso típico dela, parece forçado, algo não está certo.

— Está tudo bem, Jujuba? — Meu tom se torna mais sério.

— Tudo, Cissa. Só estou um pouco cansada. — Essa não é a Jujuba que conheço mesmo.

— E a noite em Washington, como é?

— Não tenho saído. — Suas mãos mexem no próprio cabelo, me parece um tanto nervosa.

— Oi? Amiga, o que está acontecendo?

— Não é nada de mais, Cissa. Eu só estou estudando bastante, o curso é puxado, não sobra muito tempo.

Analiso seu rosto. Mesmo que esteja em uma chamada por vídeo, sou capaz de pegar sua mentira. Algo a incomoda e eu sei disso.

— Se você não quer me contar, eu vou entender, mas que tem algo errado com você, isso tem.

— Não tem não! — nega o óbvio. — Você tinha que ser analista e não veterinária, para de neura!

— Tudo bem, mais seis meses e arranco a verdade de você — prometo, e agora seu sorriso sai espontâneo.

— Só queria te lembrar que o capitão do Bope é o seu namorado.

— Sabe como é, a convivência ensina. — A gargalhada de Jujuba aumenta. — Ah, e só para você saber, o Daniel também está esquisito. — Seu semblante muda. Eu sabia.

— Ele te disse alguma coisa? — Sua voz sai esganiçada.

— Ahhh, então tem alguma coisa para dizer! — insisto.

— Odeio suas indiretas! Realmente não posso falar sobre isso agora, tenho que ir, nos falamos depois. Beijos no meu afilhado. — E assim ela desliga a chamada, sem me deixar falar mais nada, nem mesmo me despedir. O que houve entre esses dois? A curiosidade está me matando.

— Mari, me liga. Moramos a duas ruas daqui.

— Ela vai ligar, amor. Não tem necessidade de passar a noite aqui, se moramos tão perto. — Olho-o, ainda indecisa. — Mari, o celular vai ficar ligado e também tem o telefone da nossa casa. Qualquer emergência, chegamos aqui muito rápido — ele orienta a Mari.

— Vai tranquila, Cissa. Eu ligo por menor que seja a emergência, prometo.

— Então está bem, eu volto às seis horas para fazer as medicações.

Ela assente e saímos.

— Não estou achando isso uma boa ideia — volto a dizer ao entrar no carro.

— É uma ótima ideia. Vai dormir na nossa cama, bem confortável, em vez daquele sofá desconfortável, e ainda terá um bônus: eu vou estar com você, até posso te fazer uma massagem e outras coisas.

— Ok, acaba de me convencer, mas quero te dizer que vou cobrar a massagem e outras coisas. — Pisco e me inclino um pouco para beijá-lo.

A barriga enorme quase não me permite a manobra, mas logo o amor da minha vida percebe. Eu disse o "amor da minha vida"? Sim, ele é o amor da minha vida, meu grande amor. Ele vem ao meu encontro, impedindo um contorcionismo maior, e nos beijamos, e a sensação de beijá-lo é a mesma do primeiro beijo. Não importa o tempo e quantos beijos já dei nele ou ainda darei: a sensação é sempre a mesma. Eu o amo com todas as minhas forças e tenho certeza que sempre o amarei.

Uma semana depois...

— Amor, já pensou o que vamos fazer com seu mais novo resgatado? — pergunto, enquanto me sirvo do suco de mamão.

— Falei com um amigo no batalhão que ficou de me dar a resposta. Se ele não ficar, vamos ter que trazê-lo para cá, até arrumar um dono para ele. — Corta uma fatia de bolo.

— Afinal, onde comem dois, comem três. Isso porque você não queria cachorro. — Pego uma torrada.

— Não podia deixar o bicho morrer, Ceci — defende-se.

— Claro que não, amor, por isso que te amo, sabia que você ainda tinha jeito. — Beijo seu braço. — Agora preciso ir. Nem acredito que falta tão pouco para o Bernardo chegar. — Apoio as mãos nos quadris.

— Ceci, acho que já abusou demais. — Ajuda-me a levantar.

— Só vou atender as revisões e deixar tudo explicadinho para a Sandra, que vai me substituir. Não vou demorar, almoçamos juntos, prometo.

— Está bem, só vou ao banheiro e já te levo.

— Assim que o Bernardo nascer, vou ter que comprar outro carro. Estou muito mal-acostumada com isso de morar perto do trabalho e de você ficar de motorista para mim — comento ao fechar a porta do automóvel.

— Não estou reclamando, e vamos deixar para pensar nisso depois? De preferência quando estiver liberada para dirigir — diz tranquilamente e pisca.

— Eu sei que sou agoniada, mas é que já estou pensando na creche e, amor, não vi nenhuma boa aqui perto.

— Não acredito que já está procurando! — Ele me encara com ar incrédulo.

— Claro que sim, temos que pesquisar tudo, não vou colocar meu filho em um lugar que não tenha referências e boas indicações.

— Depois sou eu que sou apressado — diz, ao fazer a curva à esquerda.

— Isso se chama cuidado — repreendo-o .

— Eu sei, minha linda, você está certa.

— Ai de você se disser o contrário.

— Tenho amor à minha vida, não faria isso — gargalho, enquanto para o carro em frente à clínica.

— Em no máximo trinta minutos estou de volta. Vou dar um pulo rápido para cortar o cabelo, depois volto para te buscar, senão você vai abusar, tenho certeza — diz, ao me ajudar a descer.

— Fê, não precisa. Te ligo para me buscar.

— Claro que precisa, eu já volto. Qualquer coisa, me liga que venho antes.

— Acho que consigo esperar trinta minutos.

— Olha o sarcasmo — adverte.

— Deixe-me ir, Sr. Fodão. Eu te amo, não esquece. — Beijo-o.

— Eu também te amo, minha linda, muito.

Despeço-me e faço meu caminho, e ele entra em seu carro novamente.

— Bom dia, dona Barbara! — cumprimento a recepcionista.

— Bom dia, doutora. O cliente da biópsia já está esperando.

Bato na testa imediatamente e ergo um dedo para dona Barbara. Merda, esqueci total!

— Amor.

— Oi, linda. — Ele atende o celular no segundo toque. — O que houve? — Seu tom é preocupado.

— Amor, pega aquela maleta pequena que está em cima da mesa de centro, tem um cliente aqui para fazer um exame e vou precisar dela.

— Estou retornando aqui, já te levo. É só isso?

— É sim, esqueci completamente que tinha esse exame hoje, desculpa.

— Eu já chego a...

— Todo mundo parado nessa porra! — O som estrondoso dos tiros disparados no mesmo ambiente me faz paralisar em meu lugar; medo e desespero me dominam. — Ninguém se mexe ou vai morrer! — grita uma voz atrás de mim, e não tenho reação ou ideia do que devo fazer.

— CECI???

CAPÍTULO 40

Fernando

— Amor??? — Todo o ar se esvai dos meus pulmões. Busco-o desesperadamente, preciso dele, preciso manter o controle. Gritos continuam do outro lado da linha. — Cecília, fala comigo, pelo amor de Deus!

Nada, não ouço sua voz ou sequer sua respiração.

— Ah! — gritos desesperados emergem do outro lado, mas nenhum é dela.

— Amor, eu estou chegando. Vai ficar tudo bem, fica calma, não se mexe, faz tudo o que eles mandarem, pelo amor de Deus, faz tudo que mandarem — peço, tentando demonstrar uma calma que estou longe de sentir.

Não sei como consigo dominar meu medo ou se o domino, a única coisa que preciso agora é tirar minha mulher e meu filho lá de dentro. Estou a três quarteirões da clínica. Acelero o mais rápido que posso e, mesmo assim, parece não ser o suficiente.

— Carlos! — grito pelo comando de voz do carro, enquanto dirijo como um louco.

— E aí, Fernando, o que manda?

— Reúne todo mundo que conseguir o mais rápido que puder, é urgente, preciso do maior efetivo possível! Invadiram a clínica em que minha mulher trabalha, e ela está lá dentro. — Quase não consigo terminar, mas me forço a falar mais um pouco e passo a localização exata.

— Chego aí o mais rápido possível. Não entra lá sozinho, espera o reforço, estou acionando o batalhão mais próximo, não vão levar dez minutos para chegar. Sei que deve estar desesperado, mas é o certo a fazer.

— Minha mulher está lá dentro, porra, e grávida! Não vou ficar parado enquanto ela está correndo risco. — Subo o canteiro e paro na rua ao lado da clínica.

— Estamos chegando, parceiro. Manter a calma e o foco é o que pode salvá-la. Deve ser um assalto, eles vão pegar o que querem e sair. Vamos pegá-los, sua calma é a única forma de ajudá-la agora.

Desligo o carro, desligando o viva-voz junto, o que faz a voz de Carlos sumir.

Destravo minha pistola e com ela ao lado do corpo, vou me esgueirando pela lateral da clínica. Queria ver se fosse com a mulher dele, se essa ladainha ajudaria. Não vou ficar parado aqui fora porra nenhuma. Assim que consigo ter a visão da entrada, vejo dois carros pretos com portas entreabertas, os vidros escuros não me deixam ter certeza se o interior está vazio, mas pela minha experiência, sei que o motorista espera dentro do carro para a fuga. Não vou conseguir entrar pela frente, não sozinho, merda!

A saída dos fundos, é isso. Apresso meus passos, mas continuo atento. Alguns segundos depois chego à parte de trás da clínica.

— Ei! — Puxo pelo braço da menina que acaba de abrir a porta e começava a correr. — A Cissa, você viu a doutora Cecília?

— Não me mata, eu não sei de nada. Não vi ninguém, por favor, me deixa ir.

— Eu não vou te matar, sou da polícia. Só quero saber da minha mulher.

— Não sei, eu não a vi, estava no banheiro quando ouvi os tiros. Muita gente conseguiu sair, vai ver ela saiu. Agora me deixa ir. — Chora muito e força seu braço contra o meu.

— O que eles querem?

— Eu não sei!

Deixo-a ir e entro, antes que não tenha mais chances.

— Eu vou perguntar mais uma vez, e a última. — Uma voz que só transmite raiva preenche meus sentidos. — Quem é a piranha que é mulher do desgraçado do Bope? — Meu sangue gela; não é um assalto. — Fala, porra! — o infeliz berra.

O que ele quer e como sabe que Cecília é minha mulher? Perguntas e mais perguntas rodeiam minha mente agora, mas logo são apagadas pelo medo. Trata-se de vingança!

— Solta ela, sou eu quem está procurando. — Não sei dizer qual o nível do meu desespero no exato momento em que ouço a voz da Ceci. Só preciso continuar respirando, só preciso tirar a Ceci daqui. O medo me domina, mas não posso ceder a ele agora.

É isso o que faz, Fernando. Você faz isso por anos, agora sabe exatamente o que fazer. Foco, foco, foco.

Aproximo-me mais e mais em direção à voz, minha pistola em punho. Cadê a porcaria do reforço?

— Então é você, sua piranha! Cadê a porra do meu cachorro? — *Cachorro?*

— Não faz isso, ela está grávida! — intercede dona Barbara.

— Cala a boca, porra! Minha conversa é com ela. Responde, piranha!

— Como é o seu cachorro? — A voz de Ceci é calma.

— Meu amor — sussurro ao conseguir visualizá-los. Ele puxa o cabelo de Ceci, inclinando a cabeça dela para trás, enquanto quatro outros homens apontam armas para ela e dona Barbara. São cinco ao todo, não consigo ter certeza, mas é o que me parece daqui.

— Você sabe muito bem, sua vaca! Quer fazer gracinha, quer pagar pra ver, enfio uma bala na sua cabeça! — grita, puxando-a violentamente.

Só quero matar esse desgraçado, mas sei que não posso fazer, não agora, com a Ceci em suas mãos.

— É o cachorrinho preto?

— Esse mesmo, sua puta! O mesmo que o verme do seu macho e os amiguinhos dele balearam. Cadê ele?

— Ele o salvou. Seu cachorro chegou aqui quase morto, ele nunca atiraria em um cachorro, está vivo graças a ele.

— Cala a boca, sua piranha! Cadê o cachorro?

— Está na internação, não pode sair ainda — diz firme.

Agora não, amor, não revida.

— Tá se garantindo em quem, sua vagabunda? — Puxa mais a cabeça da Ceci. — Eu quero o meu cachorro, agora!

— Se ele morrer, a culpa é sua — Ceci diz, impetuosa.

Não, amor, não faz isso. Imploro em silêncio.

— Vamos ver quem vai morrer!

— Solta ela, agora! — Aponto a arma para a cabeça do infeliz, ainda protegido atrás da pilastra, e todas as armas e olhos vêm em minha direção. Sei que fiz merda, mas meu desespero venceu.

— Solta a porra da arma ou ela morre agora. Solta, seu verme!

— Só deixa ela ir, pega seu cachorro e vai embora. — Controle é a única coisa que não transmito em minha voz.

— Você atirou na porra do cachorro, mais do que justo eu atirar nessa vagabunda.

Balanço a cabeça de um lado para o outro, enquanto tento manter a mão firme.

— Só solta ela, cara. Pega seu cachorro e garanto que nada vai lhe acontecer.

Os olhos de Ceci não saem dos meus, e só vejo pavor neles.

— Fácil assim, *tá* me ameaçando, caveira filho da puta?! Eu que estou no comando aqui, seu verme escroto, vai pagar pelo que me fez! — Puxa mais ainda o cabelo de Ceci e se esconde atrás dela.

— Solta ela, porra! Ela salvou seu cachorro, deixa ela ir. Ela está grávida; eu fico no lugar dela, apenas o deixe ir.

— Solta a arma, filho da puta, ou vou estourar a cabeça da sua mulherzinha na sua frente! — grita. Em todos esses anos no Bope, nunca me senti intimidado ou senti o pânico que esse miserável me faz sentir agora.

— Estou soltando. Calma, não precisa disso. — Começo a me abaixar bem devagar, tentando ganhar tempo.

Sei que a primeira coisa que vão fazer, depois que baixar a arma, é atirar em mim, e se eu morrer não poderei defender a Ceci e meu filho, e isso é o que está me deixando apavorado. Não posso perdê-los, eu morreria antes de deixar que qualquer coisa acontecesse aos dois. Sei que dessa vez sucumbiria de vez. Todos estão virados para mim e concentrados no que estou fazendo, esperando o momento para atirarem em minha direção. Olho para a Ceci mais uma vez.

— Eu. Sinto. Muito. — Mexo só os lábios, e mesmo assim ela é capaz de me entender.

— Polícia! Perdeu, porra!

Volto à minha posição assim que minha equipe invade a recepção. Três dos bandidos soltam as armas com o susto.

— Solta a arma, você está cercado! — exijo.

— Não vou soltar, seu verme, desgraçado! Manda eles soltarem as armas ou sua doutorinha vai morrer! Eu mato, eu tô falando sério! — grita, puxando a Ceci contra seu corpo.

— Ninguém vai matar ninguém aqui. Pega seu cachorro e sai, cara! Dona Barbara, vai buscar o cachorro. — Peço a Carlos o tempo todo, com os olhos, para não fazer nada. — Vai, dona Barbara! — grito, e ela sai de trás do balcão e segue para o corredor. — Ela vai trazer seu cachorro e vocês vão sair, ok? Ninguém vai fazer nada e nem vamos atrás de vocês, dou minha palavra.

— Eu não quero sua palavra de bosta; quem dá as ordens aqui sou eu, seu filho da puta! Faz gracinha e eu mato essa puta e a porra do filho — ameaça, empurrando a arma contra a fronte de Ceci, enquanto ergo uma das mãos em súplica e nego com a cabeça.

— Pronto, do jeito que achar melhor, o cachorro já está aqui. — Aponto para dona Barbara, parada com o bicho nos braços. — Só pegar e sair, só sair — imploro, sem a mínima ideia de como estou conseguindo me controlar ou até mesmo segurar a pistola, pois não há uma só parte do meu corpo que não esteja trêmula.

— Pega o Esqueleto, Tequinho! — ordena a um dos seus comparsas.

Eles estão cercados por todos os lados. Carlos aponta para ele, enquanto Diniz, André, Gonçalves, Garcia, Tavares, Rangel, Teles, Souza e Briglia nem piscam — todos prontos e com alvos certeiros, sei disso, seus maxilares estão tensos e completamente focados. Tenho 99% de certeza que não errariam o alvo e que todos esses desgraçados estariam mortos antes mesmo de conseguirem assimilar ou ouvir o disparo. Mas não posso arriscar o 1%, não posso arriscar a vida da Ceci e do meu filho.

— Já tem o cachorro. Agora pode ir, garanto que ninguém vai atirar. — Olho para Carlos, que faz um gesto de cabeça, e capto a sua mensagem de que acha que consegue pegar todos. Volto a implorar com os olhos que não o faça, e ele assente levemente.

— Essa piranha vai com a gente! — Começa a arrastar Ceci junto com ele, alimentando meu desespero.

— Deixa ela ir, pelo amor de Deus, eu vou com vocês — imploro dessa vez, sem dar a mínima importância do que ele está achando, só quero minha mulher e meu filho a salvo.

— Ela que vai, porra! — Continua em direção à porta.

— Por favor! — Eu me aproximo um pouco.

— Fica aí, caralho! Ela vai morrer, não *tô* de brincadeira.

Travo e miro em sua cabeça, não posso deixá-lo levar a Ceci, vai matá-la, sei disso.

— Já parei, deixa ela e nada vai te acontecer.

Ele nega, ao mesmo tempo que ouço os três primeiros disparos.

E tudo que vem a seguir parece estar em câmera lenta...

— Amor, fala comigo! — Puxo o corpo de Ceci de cima do corpo do desgraçado, sem vida. — Quem atirou, porra? — exijo, enquanto tento estancar o sangue que sai do peito de Ceci. — Chama a porra da ambulância! — grito, sem enxergar ninguém à minha frente. — Amor, fala comigo, eu vou te levar para o hospital, você vai ficar bem.

Não consigo me concentrar em mais nada que não seja ela. Estou completamente alheio a qualquer outra coisa. Logo, sua tosse me dá um pouco de esperança.

— Isso, amor, só tenta respirar, você vai conseguir, a ajuda já está chegando. — Passo as mãos em seu rosto, e as lágrimas, motivadas pelo desespero, já rolam pelo meu rosto.

— Fê... — Sua voz sai fraca entre uma tosse e outra, e seus olhos lindos estão nos meus. — Eu...

— Não fala, amor, tenta só respirar. — Beijo sua testa. — Me perdoa, a culpa é minha — imploro.

— Salva o Bernardo. — Tosse novamente e puxa o ar com dificuldade. — Salva nosso filho, meu... amor. — Lágrimas escorrem no canto dos seus olhos.

— Não diz isso. Os dois vão conseguir, eu preciso de você, amor, não faz isso comigo, aguenta pelo amor de Deus! — Seus olhos se fecham. — Cadê a ambulância, porra?! — Busco o ar também e soluço entre uma lágrima e outra. — Abre os olhos, amor. Não faz isso. — Ela os abre, mas sinto o quanto se esforça para isso.

— Escolhe o nosso filho, Fê. Eu... diz para ele o quanto eu o queria e já o amava, faz isso... — Tosse enquanto nego o tempo todo com a cabeça, não posso perdê-la. — Me prome... promete? — Aperto sua mão, preciso mantê-la aqui de alguma forma. A dor em meu peito é sufocante. Por favor, meu Deus, ela não.

— Você mesma vai dizer, meu amor. Tenta ficar calma, a ajuda está chegando, não se esforça mais do que o necessário.

— Promete — exige, muito fraca.

— Não faz isso, amor, não me deixa. — Não consigo me manter racional, choro copiosamente.

— Por favor, precisa me prometer, Fê... — implora em tom quase inaudível, e eu não tenho outra coisa a fazer senão responder:

— Eu prometo, meu amor.

— Eu... te amo... Sr. Fodão. — Um sorriso fraco se abre em seu rosto e logo seus olhos se fecham.

— Amor! Ceci! — Abraço-a da maneira que posso.

— Senhor, precisamos levá-la. — Dois paramédicos a pegam e a colocam em uma maca.

— Ela vai ficar bem, não vai? — pergunto, em total desespero, enquanto correm para a ambulância.

— Faremos o possível, senhor.

Em segundos, estou entrando na ambulância junto com a Ceci, não posso soltar sua mão, ela precisa saber que estou aqui e que não vou deixá-la me abandonar.

— Estou aqui, minha linda. Você vai conseguir, sei que vai, pelo nosso Bernardo, por mim. Luta, meu amor, pelo amor de Deus, luta! — imploro, sem conseguir conter as lágrimas.

Nem cinco minutos depois, a ambulância para.

— Perfuração no tórax, por arma de fogo à queima-roupa, pulso bem fraco, pressão 9 por 6, perdendo muito sangue, projétil ainda no local, feto com aproximadamente 37 semanas! — o paramédico grita para uma equipe que já nos espera.

— Cesariana de emergência. Preciso de mais dois cirurgiões, tentaremos salvar os dois, temos que operá-la assim que retirar o bebê! — grita, enquanto empurram a maca para dentro do hospital.

— Parada! Precisamos optar agora! Massagem cardíaca, o feto vai entrar em sofrimento em alguns minutos.

Ouço e vejo tudo, mas é como se eu não estivesse aqui. Estou paralisado, vendo meu mundo desabar novamente, e agora o peso que recai sobre mim é muito maior.

— Senhor? O senhor precisa me dizer, precisamos saber a prioridade, não podemos tentar ressuscitá-la se sua opção for a criança. O que fazemos, senhor? Sua esposa ou seu filho?

Desabo sobre meus joelhos, não consigo mais me manter de pé, minhas mãos e braços dobram-se sobre a cabeça. Avisto na maca um médico curvado sobre a Ceci, massageando seu peito o tempo todo. Precisa manter seu coração batendo pelo Bernardo. Eu a perdi, ela me deixou.

— Senhor, precisa me dizer. Não podemos ressuscitá-la com choque ou a criança morre.

Me promete, Fê... nosso filho, salva nosso filho.

— Meu filho, salva meu filho — peço, cumprindo minha promessa.

— Não pare a massagem! Precisamos manter o coração batendo até tirarmos o bebê.

O barulho da maca se afastando é como uma faca a perfurar meu coração, o mesmo que havia sido resgatado há tão pouco tempo, e agora é esmagado, dessa vez sem chance alguma de resgate.

CAPÍTULO 41

FERNANDO

Três anos depois...

O que nos faz seguir em frente quando algo terrível acontece? O que nos ajuda a prosseguir e continuar vivendo? Como conseguimos reagir ao caos, quando ele chega e nos envolve por completo? Como conseguimos nos reerguer quando perdemos o chão, quando perdemos todo o apoio que nos mantém de pé? Como achar o fio para nos guiar de volta?

Talvez esses sejam alguns dos mistérios da vida, talvez essas perguntas não tenham que ter respostas, talvez tudo faça parte de algo maior que nunca seremos capazes de entender.

Mas então, vamos reformular algumas questões e tentar descobrir ao menos o que nos prepara para seguir em frente ou continuar prosseguindo. Será que existe uma preparação? Será que realmente cada um de nós nasce com seu destino escrito e uma missão?

Como manter a capacidade de continuar, mesmo quando temos a certeza de que tudo acabou e que nada mais faz sentido? Mesmo quando temos a certeza de que não somos mais capazes de suportar tanta dor e permanecer de pé? Como voltamos a nos reconhecer e achamos um novo sentido?

Como, em uma fração de segundos, todo o sofrimento que achamos que vai acabar nos matando se dissipa?

Nessa fração está o sentido da vida, a fração de segundo em que tudo desaparece como fumaça, aquele momento em que temos a certeza de que é o fim, que dessa vez não haverá mais jeito, que não existem chances para um resgate, em que não se consegue nem sequer respirar. E já está tão entregue, a ponto de aceitar que a dor é a melhor parte de você. Em meio a todo esse caos, que às vezes dura anos, como apenas um segundo é o suficiente para mudar tudo? Justamente nesse segundo, percebemos que nada é sobre nós. Só aí percebemos que, por mais que pareça o fim e seja o fim, a vida vai continuar, a vida vai sempre se renovar.

Mesmo que não estejamos mais aqui, ela vai sempre existir, e no momento em que entendemos isso, recebemos nossa recompensa. É nesse ponto que conseguimos nos reerguer de novo, é aí que percebemos que estamos prontos para passar para a próxima fase, só aí percebemos sua grandeza e em como cada fração de segundo do nosso tempo, desde que nascemos, é importante e nos prepara. Estamos sendo testados e submetidos a provas a todo o momento, e nem nos damos conta disso, até que nos vemos perdendo o que nos é mais importante. Nesse momento, o tempo é a única coisa que queremos, só pensamos em recuperá-lo e daríamos qualquer coisa para isso, mas este é cruel: ele não volta.

Até esse momento, não prestávamos atenção às preparações diárias que tentam nos mostrar, de uma maneira ou outra, que estamos sendo testados durante toda a vida. Cada perda, por mínima ou grandiosa que seja, nos prepara para a grande prova final. Seja a perda de um ônibus quando se está muito atrasado, a perda de um emprego, a perda de um amigo, a perda de uma oportunidade de dizer algo à pessoa que se ama ou simplesmente desabafar; a perda de um ente querido ou até mesmo a perda de tempo ou um grande amor. Perdemos muito tempo, pensando no que perdemos ou deixamos de viver, e, na maioria das vezes, não nos damos conta do mais importante: que tudo é uma grande preparação, preparação para algo muito maior – a vida.

Só nos damos conta disso tudo quando entendemos, enfim, que a única pessoa capaz de te resgatar é você mesmo e que a vida sempre continua. Por mais triste e duro que seja, ela sempre continua.

Quem não se arrisca e vive com medo, não vive.

— Papai!

E quando conseguimos entender isso, a vida é generosa, nos presenteia com os melhores presentes, os mais preciosos, que nos ajudam a continuar vivendo e amando a vida da maneira que for.

— Vamos lá, filhão. Chuta para o Sorte!

Presentes que fazem você esquecer, presentes que te curam.

— Me dá *a boia, Torte*! — Bernardo reivindica a bola de Sorte.

Presentes que mostram que sempre vale a pena continuar, por mais difícil que possa ser, sempre vale a pena.

— Gol! Muito bem, filhão!

Pego meu presente nos braços para comemorar o seu primeiro gol, suspendo-o no ar, girando com ele, enquanto Sorte pula na areia ao nosso lado. Os olhos de Bernardo estão nos meus. Ele tem os olhos da Ceci, são os mesmos olhos, os olhos que me fizeram voltar à vida e entender toda a sua magnitude.

— De novo! — pede, animado, em meu colo.

— Nada disso! Ele já estava arrumado, Fernando! A Cissa vai te matar!

E quando a vida é tão magnânima, a única coisa que nos cabe é sermos gratos o resto da nossa vida e vivê-la intensamente.

— A tia Jujuba é muito chata! — implico com ela, pegando Bernardo no colo.

— Isso, vai ensinando isso para o garoto mesmo! — reclama, mas sei que sabe que estou brincando.

— Só um pouco chata, filho. — Pisco para ela.

— Vai fazendo gracinha, rapidinho dou um jeito de convencer a Cissa a não casar — ameaça, em tom de brincadeira.

— A tia Jujuba é a melhor tia do mundo, filhão!

Ele sorri em meus braços, com a mãozinha na boca.

— Bem melhor assim. Agora, me dá ele aqui e vai se arrumar. Só falta a Cissa chegar na capela antes de você, ela te tortura até a morte, tem ciência disso, né?

— Não vai acontecer. Cinco minutos, e estou pronto.

Corro na praia em que passei os melhores anos da minha vida e logo chego à casa dos meus avós, agora um pouco diferente, pois andei reformando. Começamos a vir para cá com mais frequência, Ceci e Bernardo amam esse lugar, e eu não preciso nem dizer o quanto amo também e estou feliz.

Paro a alguns metros da pequena capela, observando como tudo está lindo e perfeito. Nossos amigos estão todos aqui. A mãe de Ceci dá ordens a duas mulheres e organiza alguns detalhes para que tudo fique perfeito. Isso é a cara da minha sogra.

A decoração é simples, mas, ao mesmo tempo, a mais linda que já vi. Uma prima da Ceci, que é decoradora de festas, fez questão de organizar tudo.

Começo a avaliar os últimos três anos de minha vida e em como, apesar de nunca ter achado, sou um cara de muita sorte.

Nosso amor venceu, no final, ele venceu e nos presenteou com um milagre. Cecília ter voltado daquela cirurgia realmente foi um grande milagre. Ele me ouviu, ouviu minhas orações. Não lembro exatamente por quanto tempo fiquei ajoelhado naquele chão, mas durante o tempo que fiquei lá, a única coisa que fiz foi pedir, pedir com todo meu coração que Deus me devolvesse minha família, pois não poderia perder nenhum dos dois, e mesmo o médico tendo dito que não tinha mais jeito, a última palavra seria Dele.

Senti algumas mãos me tocarem enquanto estava ali, ajoelhado. Algumas vozes me pediam para me levantar, diziam que não podia ficar ali, mas algo dentro de mim, que não sei explicar o que era, me dizia que era justamente ali que deveria ficar, que era justamente assim que recuperaria minha família novamente.

— Senhor? — Só negava com a cabeça. Não ia levantar dali, só precisava pedir a Deus que me devolvesse a Ceci. *Por favor, Deus, por favor.* — Ela conseguiu, sua esposa conseguiu sobreviver.

Ergui a cabeça no mesmo instante.

— A Ceci está viva? — Meu coração voltou a bater e tudo voltou a fazer sentido novamente. — Ela vai ficar bem? — Levantei do chão com muita dificuldade, pois não sentia minhas pernas. — Eu posso vê-la? — Precisava vê-la para atestar o que me dizia.

— A retirada do projétil ocorreu com sucesso, ela terá que ficar as primeiras horas na UTI, mas acreditamos que vai ficar bem. Sim, sua esposa é muito forte, ela teve sorte. O senhor não pode entrar na UTI, mas seu filho o aguarda no berçário. É perfeitamente saudável, vai ficar na incubadora alguns dias, mas está muito bem.

Obrigado, meu Deus! Fechei os olhos, permitindo o ar voltar para os meus pulmões.

— Vai ficar tudo bem agora, sua família está de volta. — O médico tocou meu ombro. — Como eu disse, eles tiveram muita sorte.

Uns chamam de sorte ela ter resistido a todo o tempo de cesariana e ter voltado minutos depois, quando a ressuscitaram com o desfibrilador. Seu coração voltou a bater depois que Bernardo nasceu em segurança, e ela não ficou com nenhuma sequela. Como eu disse, os médicos e a maioria chamaram de sorte, mas eu, eu sei que não foi sorte, e sim um milagre.

Foi Deus quem me devolveu a Ceci e minha família, e eu cuidarei deles até o último dia da minha vida.

— Acho que não tem motivos para ter medo. Não quero ser chato, mas você já é casado, sabe disso, não é? — A voz de Daniel me traz de novo à realidade.

— Essa frase, vindo de você agora, soa contraditório. — Faz uma careta e sei que toquei em sua ferida. — Não é a mesma coisa, e não estou com medo. — Mudo a direção da conversa.

— Não é o que está parecendo aqui, atrás da árvore. — Força o tom brincalhão, sei que ele está feliz por mim, mas a tristeza não deixa seus olhos há meses e, mesmo ele se esforçando, não consegue disfarçá-la.

— Deixa de tentar ser engraçadinho, só estou admirando meu casamento e vivendo meu momento, posso?

— Meio boiola isso, cara. Total boiola!

Dou um pescotapa nele de brincadeira.

— Se eu fosse você, estaria mais preocupado com sua vida. Trata de convencer a Juliane de que você não é tão idiota quanto está demonstrando nos últimos meses e para de marcar bobeira — alerto, e sua expressão se torna carrancuda.

— O idiota sou eu? Ela não quis, dei a porra do meu coração a ela e... — Meu amigo trava, sei que o que a Juliane fez, foi bem foda, mas sei também que se amam.

— Já conversaram ou ainda vai continuar fugindo? Vocês estão na mesma ilha, aproveita a chance, cara. Depois da noite passada...

— Ela fodeu com tudo, Fernando, não acho que temos alguma coisa ainda para conversar.

— Você só está magoado, ainda está muito recente...

— Acho que ninguém ficaria exalando felicidade, não é, Fernando. — Faz uma careta, e conheço bem meu amigo para saber o quanto está frustrado.

— Ficar fugindo dela não é a solução, a Juliane...

— Por favor, hoje tem que ser um dos seus dias mais felizes, não me faz te mandar para a puta que o pariu. A Juliane não precisa de advogado, fiz de tudo para entender e ajudá-la, e no fim ela cagou tudo, então me reservo o direito de não querer mais olhar na cara dela.

Ergo as sobrancelhas em resposta, tentando segurar o riso. É claro que ainda é louco por ela, só está deixando seu orgulho falar mais alto.

— Bom, se você não quer mais saber, o Briglia parece querer e muito, está marcando-a desde que chegou. O cara é pegador, sabe a fama que o Cabo tem... — Aponto, e imediatamente a expressão de Daniel se transforma ao olhar na direção que mostro.

Como achei que seria, Daniel sai em disparada na direção dos dois, enquanto eu sorrio e fico com o pensamento positivo para que se acertem. Meu amigo merece ser feliz e sei que sua felicidade está com a Juliane.

— Vamos entrar, Fernando. Está na hora, Cissa já chegou. — Camille, prima de Ceci, puxa meu braço, enquanto olho em todas as direções em busca da mulher mais linda do mundo.

— Nada disso, pode entrar na capela. Não sou trouxa de deixar você estragar a surpresa da entrada, por isso nos arrumamos no hotel. Agora fica lá, que não vai conseguir vê-la até que ela faça sua entrada na capela.

— É a ilha que está fazendo isso? Vocês, mulheres, estão muito mandonas hoje!

— Nós dominamos o mundo, meu filho. Vocês, homens, é que ainda não perceberam — diz, toda dona de si.

— É claro que percebemos, mas disfarçamos bem, para não deixar vocês mulheres ainda mais convencidas.

— Só você, Fernando! — Solta uma gargalhada ao entrarmos na capela.

Beijo sua mão e me dirijo ao altar de madeira de navio, muito bem conservado, enquanto ela se dirige ao seu lugar, sob o olhar de Briglia. O cara é um galinha mesmo, agora há pouco rodeava a Jujuba. Esse aí ainda vai se dar mal com tanta galinhagem; um dia a casa cai.

A música *All of me*, do John Legend e Lindsey, que tínhamos declarado a nossa cara e a nossa música, invade a pequena capela perfeitamente decorada com flores do campo, e meus olhos imediatamente conectam-se aos dela. Seu sorriso lindo ilumina seu rosto, não sou capaz de medir o tamanho da felicidade que estou sentindo neste exato momento. Ela caminha lentamente em minha direção, de braço dado com o pai. Está linda em um vestido branco de alças finas e solto, mas que não esconde a gravidez de alguns meses da nossa princesinha, Manuela, que chegará em breve.

Não achei mesmo que ficaria tão nervoso. Minhas mãos estão geladas e suando frio, minha respiração está falhando e estou me controlando muito para não chorar na frente dos meus amigos. Todo o sofrimento que já passei parece tão pequeno diante da grandeza deste momento. A mulher à minha frente tem tudo de mim, e tudo de mim ama tudo nela.

— Oi.

— Oi — respondo, aperto a mão do seu pai e entrelaço meu braço no dela.

— Estamos tremendo? — sussurra em meu ouvido.

— Estamos tremendo — confirmo sua observação, e ela sorri, entrelaçando seus dedos aos meus.

— Estamos reunidos aqui, para celebrar a união de Fernando e Cecília... — começa o padre.

Olhamos Bernardo, completamente encantados. Ele segue em nossa direção, segurando o cesto pequeno contendo as alianças.

— Obrigado, filhão! Você mandou muito bem. — Pego-o no colo, beijando-o em seguida.

— Arrasou, meu lindo! — Ceci o beija em meus braços. — Agora espera a mamãe e o papai com a vovó e o vovô. — Desço-o, e ele corre na direção dos avós.

— Eu, Fernando Estevão... — começo a repetir o que o padre pede, enquanto envolvo o dedo de Ceci com a aliança — a recebo como minha esposa para amar-te e respeitar-te, na alegria e na tristeza, na saúde e na doença, até que a morte nos separe. — Beijo seu dedo ao terminar, e ela busca a minha mão agora.

— Eu, Cecília Castro Gutierrez, o recebo como meu esposo para amar-te e respeitar-te, na alegria e na tristeza, na saúde e na doença, até que a morte nos separe. — Beija minha mão, e meu coração, que já estava cheio, transborda.

— Pelos poderes investidos a mim, eu os declaro marido e mulher. Pode beijar a noiva!

Ele não precisa falar duas vezes. Beijo minha mulher, a mãe dos meus filhos, e meu grande amor. Beijo-a com a certeza que me faz companhia há alguns anos de que é possível, do caos, encontrar um caminho novo a cada dia. É possível ser mais feliz do que sequer se imaginou, é possível juntar os cacos e deles fazer algo muito maior e melhor. Tudo é possível, desde que permaneçamos lutando até o final.

— Eu te amo!

— Eu também te amo, Sr. Fodão — sussurra a última parte.

Pego sua mão, chamo o Bernardo e saímos da capela ao som de muitos aplausos.

Essa é minha segunda e melhor chance, e eu cuidarei e aproveitarei cada parte dela. O medo já não existe mais, só a certeza de que ainda temos muito pela frente e que eu nunca mais estarei sozinho. O amor que sinto pela Ceci e pelos meus filhos curou minhas feridas, de uma forma que nem marcas ficaram. Sou um novo homem. Um homem que foi resgatado pelo amor.

FIM

AGRADECIMENTOS

Primeiramente agradeço a Deus, pois sem ele em minha vida, eu nada seria.

Esse livro é dedicado a uma pessoa muito especial em minha vida: Daniela G. Carneiro Goulart, a Cecília é em sua homenagem e também a todos que assim como você, amam essa profissão tão linda. Dani, você é a "Doutora Francisca"! Obrigada por tudo, te amo para sempre.

O meu muito obrigada:

Ao meu esposo, por me apoiar incondicionalmente, por me ouvir na alegria e na tristeza e por todas as vezes que acreditou mais do que eu mesma, te amo, meu amor.

À Adriana Melo, por ser amiga acima de tudo e por me apoiar desde início, te amo para sempre, obrigada por ser tão especial em minha vida.

À Claudia, a melhor tia do mundo, obrigada por cada palavra de carinho, por me apoiar, por acreditar e me incentivar sempre e principalmente por ser a pessoa incrível que é, te amo.

A uma leitora que acabou se tornando uma grande amiga e incentivadora, Sury Fernandes, obrigada por tudo, que Deus fortaleça cada vez mais a nossa amizade, você tem sido simplesmente demais.

À Roberta Teixeira, à The Gift Box por me estenderem a mão no momento em que mais precisei, por sonharem junto comigo, por acreditarem no meu trabalho e por me fazerem acreditar novamente, nenhuma palavra seria capaz de expressar minha gratidão. Serei eternamente grata e guardarei isso para sempre em meu coração.

À Martinha Fagundes por seu carinho e empenho na primeira revisão da história, você é demais!

À Bianca Patacho, por ser uma pessoa linda e iluminada. Você é incrível, serei sempre grata pela forma como me recebeu no meio literário e como continua a me apoiar e incentivar sempre. Te adoro de verdade.

À Anne Karolyne do Alfas Literárias, por seu apoio e carinho sempre, por ser tão solidária e sempre estar pronta a ajudar. Te adoro muito

À Carol Dias por tanto carinho com essa história e comigo, obrigada por tudo, amo você.

À Lilian Amaral por ser Beta e uma amiga tão querida, obrigada por ser tão especial e por todas as vezes que esteve pronta a me escutar. Te adoro, amiga linda, você estará para sempre em meu coração.

CRISTINA MELO

Ao meu grupo: Romances Cristina Melo, vocês são demais, amo cada uma de vocês, sintam-se abraçadas e beijadas, obrigada por tudo!!!

A todas as minhas leitoras e leitores por acreditarem em mim e por seus apoios desde início, sem vocês não chegaria tão longe, obrigada, obrigada e obrigada!

E a todos os blogs parceiros que se dedicam diariamente em fazer nossa literatura crescer mais e mais, amo todos vocês, sintam-se abraçados e beijados, sou muito grata a cada um de vocês.

A você que leu agora e cumpriu sua missão até o final, espero que nossa Missão Bope 3 tenha emocionado seu coração. Missão dada é missão cumprida, até a próxima!

CRISTINA MELO

Próximo lançamento:

Último livro da série Missão Bope!

A The Gift Box é uma editora brasileira, com publicações de autores nacionais e estrangeiros, que surgiu no mercado em janeiro de 2018. Nossos livros estão sempre entre os mais vendidos da Amazon e já receberam diversos destaques em blogs literários e na própria Amazon.

Somos uma empresa jovem, cheia de energia e paixão pela literatura de romance e queremos incentivar cada vez mais a leitura e o crescimento de nossos autores e parceiros.

Acompanhe a The Gift Box nas redes sociais para ficar por dentro de todas as novidades.

 www.thegiftboxbr.com

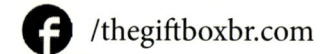 /thegiftboxbr.com

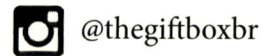 @thegiftboxbr

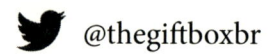 @thegiftboxbr

 bit.ly/TheGiftBoxEditora_Skoob

Impressão e acabamento

psi7.com.br | book7.com.br